IT GIRL

IT GIRL

Roman de
Cecily von Ziegesar

Fleuve Noir

Titre original :
The It Girl

Traduit de l'américain par
Marianne Thirioux-Roumy

© 2005 by Alloy Entertainment
© 2006 Fleuve Noir, département d'Univers Poche,
pour la traduction en langue française.
ISBN : 2-265-08370-4

Je n'ai jamais laissé ma scolarité se mêler de mon éducation.

Mark Twain

1

UN HIBOU DE WAVERLY NE DISCUTE PAS DE SEMI-NUDITÉ AVEC DES ÉTRANGERS.

Un sac marin Jack Spade en tissu écossais heurta le menton de Jenny Humphrey et la tira brusquement de son rêve. Le train de l'Amtrak Empire Service de dix heures pour Rhinecliff, New York, s'était arrêté à Poughkeepsie, et un garçon d'une vingtaine d'années, grand et mal rasé, arborant des lunettes de soleil carrées Paul Smith marron foncé et un T-shirt Decemberists était penché au-dessus d'elle.

— Il y a quelqu'un, ici? demanda-t-il.

— Non, répondit-elle, endormie, en se relevant d'un coup.

Il jeta son sac sous le siège et s'installa à côté d'elle.

Le train démarra dans un grincement à un kilomètre-heure. Jenny renifla l'odeur de renfermé et de transpiration du wagon et agita les pieds; elle serait super en retard pour se présenter à l'accueil de Waverly Academy, songea-t-elle. Elle eût été en avance si son père Rufus l'avait amenée dans son break Volvo bleu pourri – il l'avait quasiment suppliée – mais elle n'avait pas tenu à ce que son papa non rasé et pacifiste la dépose à son tout nouveau pensionnat sélect. Le connaissant, il aurait essayé de lancer un slam de poésie impromptu avec ses nouveaux camarades de classe et montré de vieilles photos d'elle quand elle n'était qu'une pauvre cinquième qui ne portait que des polaires Old Navy orange et vert fluo. Hum, non merci.

— On va à Waverly ? demanda le garçon en arquant les sourcils en direction du *Guide d'éthique de Waverly* fermé sur les genoux de la jeune fille.

Celle-ci dégagea une boucle châtain de ses yeux.

— Ouais, répondit-elle. C'est ma première année.

Elle ne parvenait pas à dissimuler l'enthousiasme dans sa voix – elle était tellement excitée d'entrer dans son tout nouveau pensionnat que, intérieurement, elle ne tenait pas en place, comme si elle avait envie de faire pipi.

— En troisième ?

— Non, en seconde. Avant, j'allais à Constance Billard. En ville.

Jenny était quelque peu ravie de pouvoir faire référence à un passé relativement chic ou qui, du moins, en avait l'air.

— Donc tu voulais changer de rythme, c'est ça ?

Il tripota son bracelet de montre en cuir usé.

Jenny haussa les épaules. Ce garçon semblait davantage avoir l'âge de Dan, son frère. Celui-ci venait de partir pour l'université d'Evergreen sur la Côte ouest, voilà deux jours, sans rien emporter à l'exception de deux sacs marins, de son portable Mac G4 et de deux cartouches de cigarettes. Jenny, en revanche, avait déjà expédié à Waverly quatre cartons gigantesques et deux sacs marins géants, et avait traîné dans le train une valise géante et un sac bourré à ras bord. Dans le cadre de ses préparatifs hyperexcités pour le pensionnat, elle avait quasiment racheté tout le rayon cosmétiques, capillaires et produits de beauté de CVS – qui savait de quoi elle aurait besoin à Waverly ?! Elle était également partie en virée shopping chez Club Monaco, J. Crew et Barneys, munie de la carte de crédit que son père lui avait prêtée pour ses courses de rentrée scolaire.

— Si l'on veut, répondit-elle enfin.

En vérité, on lui avait demandé de quitter Constance – tout simplement parce que l'on estimait qu'elle avait une « mauvaise influence » sur les autres filles. Jenny ne trouvait pas qu'elle avait une mauvaise influence – elle essayait simplement de s'amuser, comme toutes les autres dans son école. Mais quelque part, on avait énormément parlé de tous ses moments d'éclate, ce qui était devenu gênant : une photo de ses nichons dans une pub pour soutien-gorge de sport avait été publiée dans un magazine – elle avait cru qu'il s'agissait d'une séance photo pour des vêtements de sport. Son cul pratiquement nu avait été diffusé sur le Web avant de faire le tour de l'école, et elle avait très mal choisi les garçons avec qui fricoter dans diverses soirées. Et naturellement, tout le monde avait été au courant.

La goutte d'eau, ce fut juste après que Jenny eut passé une nuit au Plaza Hotel avec les Raves, l'ancien groupe de son frère. Une photo d'elle sortant du Plaza, uniquement vêtue d'un peignoir de bain blanc duveteux, apparut en ligne dans la rubrique people dès le lendemain. Des rumeurs coururent, selon lesquelles elle couchait avec tous les Raves, *y compris* son frère. Waouh ! Des parents inquiets, tout chamboulés par la promiscuité sexuelle de Jenny, avaient appelé sur-le-champ la directrice de Constance. Après tout, Constance avait une réputation d'excellence à respecter !

Bien que Jenny ne fût même pas sortie avec *un seul* Rave, et encore moins avec eux tous, elle n'avait pas franchement tenu à *nier* la rumeur – elle adorait que tout le monde parle d'elle. Elle s'était donc assise en face de Mme McLean, la directrice de Constance Billard, dans son bureau patriotique bleu, blanc et rouge, et, à ce moment-là, elle avait réalisé quelque chose d'énorme : ce n'était pas la fin du monde de se faire virer de Constance, mais la possibilité de recommencer de zéro, de se réinventer et de devenir la fille sophistiquée et non gaffeuse qu'elle avait toujours rêvé être. Et quel était l'endroit le plus classe pour commencer? Le pensionnat, bien sûr.

Au grand chagrin de son père – elle était quasi sûre que Rufus voulait qu'elle vive avec lui pour toujours dans leur appartement de l'Upper West Side –, Jenny s'était farouchement documentée sur un tas d'écoles avant d'en visiter quelques-unes. Il s'avéra que la première possédait un code de discipline très strict et vraiment trop gonflant. Quelques minutes après son arrivée dans la deuxième, en revanche, elle s'était vu proposer de l'ecstasy et avait enlevé le haut. Mais tout comme le troisième lit pour Boucles d'or, Waverly, la troisième école qu'elle avait visitée, était la bonne.

En fait, à vrai dire, elle n'avait pas vraiment *visité* Waverly – elle n'avait pas eu le temps, avait posé sa candidature bien après la date limite et pris des libertés créatives avec son dossier de candidature – mais elle avait consulté des milliers de photos en ligne et appris par cœur les noms de tous les bâtiments et les plans du campus. Elle était certaine que cet établissement serait parfait.

— J'allais dans l'école rivale de Waverly, expliqua le garçon en sortant un livre de son sac. St. Lucius. Notre école détestait la vôtre.

— Oh, répondit doucement Jenny en s'enfonçant dans son siège.

— Je plaisante, fit-il en souriant et en retournant son livre.

Jenny constata qu'il s'agissait de *Tropique du Capricorne* de Henry Miller, l'un des préférés de son père. Selon Rufus, il avait été interdit parce qu'il était trop politiquement correct dans la critique sociale vicieuse qu'il faisait de l'amour et du sexe à New York City. Hello, scènes de cul! Elle sentit ses joues rosir.

Puis elle comprit : elle se comportait comme l'ancienne Jenny, si peu sophistiquée. Et une chose était sûre : l'ancienne Jenny ne jouait à l'évidence pas en sa faveur.

Elle examina attentivement le garçon. Elle ne le connaissait pas et ne le reverrait probablement plus jamais, alors qu'en avait-elle à faire de ce qu'il pensait d'elle? À Waverly, elle serait la nouvelle Jenny, la fabuleuse et géniale Jenny, la fille au centre de tout.

Alors pourquoi ne pas devenir *tout de suite* la nouvelle Jenny?

Rassemblant son courage, elle décroisa les bras pour révéler son gigantesque 90 D – qui semblait encore plus gigantesque étant donné qu'elle mesurait à peine un mètre cinquante – et s'assit bien droite.

— Alors, hum… y a-t-il de bons passages dans ton livre?

Le garçon eut l'air médusé : ses yeux effectuaient des allers et retours de son visage innocent à sa poitrine en passant par la couverture usée du livre de poche. Enfin, il fronça le nez et répondit :

— Peut-être.

— Veux-tu m'en lire un?

Il s'humecta les lèvres.

— D'accord. Mais seulement si tu me lis d'abord une ligne de ton livre.

Il tapota la couverture bordeaux de son *Guide de l'éthique* adoré.

— Bien sûr.

Jenny ouvrit le règlement. Elle l'avait reçu voilà quelques semaines et l'avait dévoré de la première à la dernière page. Elle adorait sa somptueuse reliure de cuir, son papier crème et le style comptine légèrement britannique et légèrement condescendant dans lequel il était écrit. Il faisait si merveilleusement correct et classe, et Jenny était sûre que lorsqu'elle aurait passé ne serait-ce que quelques semaines à Waverly, elle serait aussi raffinée, gracieuse et parfaite que Amanda Hearst, la jeune jet-setteuse, ou feu Caroline Bessette Kennedy.

Elle s'éclaircit la gorge.

— En voici une bonne : « Les Hiboux de Waverly ne doivent pas danser de manière sexuellement suggestive en public. »

Elle rit. Cela signifiait-il qu'ils pouvaient danser de manière sexuellement suggestive en *privé* ?

— On vous appelle vraiment les Hiboux de Waverly ?

Le garçon se pencha pour regarder la page. Il sentait le savon Ivory.

— Oui ! répondit-elle dans un grand sourire.

Elle, Jenny Humphrey, allait devenir un Hibou de Waverly !

Elle tourna la page.

— « Les Hiboux de Waverly n'ont pas droit à une intimité sexuelle. Un Hibou de Waverly ne doit pas entreprendre d'activités qui pourraient être dangereuses, comme sauter du Richards Bridge. Un Hibou de Waverly ne doit pas porter de bretelles spaghettis ou de minijupes au-dessus de mi-cuisse. »

Le garçon partit d'un petit rire grivois.

— Quand il s'agit de filles, on parlerait plutôt de chouettes, non ?

Jenny referma le livre d'un coup.

— OK, à ton tour maintenant.

— Eh bien, je viens juste de l'attaquer, donc je commence par le commencement. (Il sourit d'un air narquois et ouvrit le livre à la première page.) « *Dès le commencement, j'ai dû m'entraîner à ne jamais avoir de désirs trop violents.* »

Marrant, songea Jenny. Elle vivait le problème inverse – elle avait des désirs *beaucoup* trop violents.

— « *J'étais pourri*, poursuivit-il. *Pourri au départ.* »

— Je suis pourrie ! lâcha-t-elle étourdiment. Mais pas depuis le départ.

Ancienne Jenny ne parvenait pas à croire ce que disait nouvelle Jenny.

— Ah ouais ? fit le garçon en refermant le livre. Je m'appelle Sam, au fait.

— Jenny.

Elle baissa les yeux pour voir si Sam voulait lui serrer la main, mais elle se trouvait toujours coincée sous sa jambe. Tous deux sourirent, mal à l'aise.

— Alors, ta dépravation a-t-elle un rapport avec la raison pour laquelle tu as quitté New York pour aller au pensionnat? s'enquit Sam.

— Peut-être, répondit-elle en haussant les épaules, tentant d'avoir l'air à la fois sainte-nitouche et mystérieuse.

— Allez, accouche!

Jenny soupira. Elle pourrait avouer la vérité, mais dire : « *Tout le monde croyait que je couchais avec les types de ce groupe et je ne l'ai pas nié* » ferait un peu salope. Pas mystérieuse ni chic, c'était clair. Elle décida donc de prendre des libertés créatives.

— Eh bien, j'ai participé à une espèce de défilé de mode osé.

Les yeux de Sam étincelèrent d'intérêt.

— Comment ça?

Elle réfléchit un moment.

— Eh bien, d'une part, je portais juste un ensemble culotte/soutien-gorge. Et des talons. J'imagine que pour certains, c'était un peu trop.

Ce n'était pas entièrement faux. Jenny *avait bien fait* des photos de mode l'an dernier – pour une double page Les Best dans le magazine *W*. Habillée. Mais à cet instant, les vêtements ne semblaient pas trop intéressants.

— Vraiment? (Sam s'éclaircit la gorge et réajusta ses lunettes.) As-tu entendu parler de Tinsley Carmichael? Tu devrais la connaître.

— Qui?

— Tinsley Carmichael. Elle va à Waverly. Je vais à Bard maintenant, mais je l'ai rencontrée quelques fois à des soirées l'an dernier... Elle est venue à l'école dans son propre hydravion. Mais quelqu'un m'a dit qu'elle avait décidé de quitter Waverly parce que Wes Anderson lui avait offert le premier rôle dans son prochain film.

Jenny haussa les épaules. Cette Tinsley aiguisait son sens de la compétition et l'excitait un tantinet. Elle avait tout de la nouvelle Jenny idéale.

Le contrôleur du train à l'air exténué traversa l'allée d'un pas lourd et arracha le ticket du haut de son siège.

— Rhinecliff, prochain arrêt.

— Oh, c'est moi, dit Jenny en respirant profondément.

Cela se passait pour de vrai ! Elle regarda par la vitre, s'attendant à trouver quelque chose de vraiment magique, mais ne vit que de luxuriants arbres verts, un grand champ et des poteaux téléphoniques. Des arbres ! Un champ ! Le seul champ de Manhattan, c'était Sheep Meadow à Central Park, et il grouillait toujours de dealers et de filles maigres presque nues qui prenaient le soleil.

Elle se leva et attrapa son sac Lesportsac rosé à pois blancs et rouges et la vieille valise Samsonite ringarde qu'elle avait empruntée à son père. Elle arborait de gros autocollants de slogans pacifistes et anti-guerre près des poignées. Pas très nouvelle Jenny. Alors qu'elle se démenait pour attraper sa valise, Sam se leva pour l'aider et la descendit sans mal du porte-valises.

— Merci, dit-elle en s'empourprant.

— De rien, répondit-il en dégageant des cheveux de ses yeux. Alors, est-ce que je pourrai voir des photos de toi… au défilé de mode ?

— Si tu fais des recherches en ligne, mentit-elle. (Elle regarda par la vitre et avisa de l'autre côté du champ une vieille girouette en forme de coq sur le toit d'une grande ferme défraîchie.) Le créateur s'appelle, euh, Rooster[1].

— Jamais entendu parler.

— Oh, il est peu connu, expliqua-t-elle rapidement, constatant que le garçon en polo rose assis derrière eux ne perdait pas une miette de leur conversation.

---

1. *Rooster* : « coq » en anglais. *(N.d.T.)*

Elle tâcha de voir ce qu'il tapait dans son BlackBerry, mais il recouvrit l'écran dès qu'il remarqua qu'elle l'observait.

— Tu... tu devrais venir à Bard un jour, poursuivit Sam. On fait des fêtes d'enfer. De super DJ, tout ça.

— OK, acquiesça Jenny par-dessus son épaule, arquant un poil les sourcils. Mais tu sais, un Hibou de Waverly ne doit pas danser de manière sexuellement suggestive.

— Je ne te balancerai pas, répondit-il sans quitter sa poitrine des yeux.

— Bye Sam, fit-elle en agitant la main, de sa voix la plus aguicheuse et la plus musicale.

Elle descendit du train et respira une bonne bouffée d'air frais campagnard. *Waouh*.

Il va falloir se faire à la nouvelle Jenny !

RyanReynolds :	Salut Benster! Bienvenue, ma belle!
BennyCunningham :	Salut mon chou! Comment va?
RyanReynolds :	J'ai passé le pire trajet dans notre avion pour venir ici. Mon père avait embauché son pilote fou furieux et ils n'ont pas arrêté de papoter et d'aller de plus en plus vite...
BennyCunningham :	La prochaine fois, prends l'avion avec moi. Je te laisserai te blottir contre moi sous mon pashmina.
RyanReynolds :	Ce que tu peux être allumeuse! Hé, t'as vu la foto de Callie dans Atlanta Magazine?
BennyCunningham :	Non, mais il paraît qu'elle a failli anéantir sa mère. Elle a dû limiter les dégâts dans Good Morning Atlanta!
RyanReynolds :	Ouais. C avait l'air défoncée sur la foto.
BennyCunningham :	Elle sort tjs avec IZI? Je vais lui sauter dessus, sinon!
RyanReynolds :	Sais pas. Quelqu'un m'a dit qu'on l'avait vu danser avec une bombe aux yeux ultrableus et aux dreadlocks brunes à Lexington.
BennyCunningham :	On dirait Tinsley. À part les dreadlocks.
RyanReynolds :	Je sais. Dommage qu'elle ne vienne pas à la fête ce soir.
Benny Cunningham :	Sérieux.

2

UN HIBOU DE WAVERLY DOIT RÉSISTER AU BESOIN URGENT
DE LÉCHER SON PETIT AMI DE LA TÊTE AUX PIEDS.

Callie Vernon déposa ses bagages dans l'entrée de la chambre
303 de la résidence universitaire de Dumbarton et passa la pièce
en revue. Tout était exactement comme Beth, Tinsley et elle-
même l'avaient laissé – hormis l'absence de bouteilles vides de
Coca light, de cendriers débordant de mégots de Parliament,
et de boîtiers de CD éparpillés partout. À la rentrée dernière,
comme elles n'étaient qu'en seconde, Callie et ses deux meilleures amies, Beth Messerschmidt et Tinsley Carmichael, s'étaient
vu affecter une chambre horrible et exiguë, agrémentée d'une
seule fenêtre. Mais, par la suite, Tinsley avait soudoyé trois filles
nazes de terminale et avait échangé leur chambre la première
semaine de classe en leur promettant de les inviter aux meilleures soirées secrètes. Elles avaient désiré leur piaule parce qu'elle
était plus vaste que la plupart, arborait des fenêtres à battants
qui donnaient sur l'Hudson River et parce qu'elle se trouvait
tout près de l'escalier de secours – l'idéal pour sortir en cachette
après le couvre-feu.

Beth n'était pas encore arrivée, et Tinsley s'était fait expulser à la fin de l'année scolaire, l'an dernier. Elles s'étaient fait piquer en train de prendre de l'ecstasy en plein milieu des terrains de rugby à cinq heures du matin par M. Purcell, le professeur de physique coincé qui adorait courir avec ses trois schnauzers géants impeccablement pomponnés avant le lever du soleil. C'était la première fois qu'elles goûtaient à l'X, et il leur fallut un moment pour s'arrêter de rire à la vue des chiens ridicules, avant de comprendre dans quel énorme pétrin elles venaient de se fourrer. Chaque fille s'était fait convoquer séparément dans le bureau du directeur – d'abord Tinsley puis Callie et enfin Beth – mais Tinsley avait été la seule à rencontrer de véritables problèmes et à se faire immédiatement flanquer à la porte de Waverly.

Callie aperçut son reflet dans le miroir tout juste lustré au-dessus du bureau antique en chêne, et ajusta son petit haut Jill Stuart en lycra blanc sans manches et sa jupe plissée Tocca jaune citron. Elle avait perdu quelques kilos cet été et la fermeture Éclair latérale n'arrêtait pas de glisser jusqu'à son nombril. Elle était mince, maintenant, peut-être un peu trop, et arborait des taches de rousseur depuis l'été. Ses cheveux étaient longs et hirsutes, et ses yeux noisette ronds, ourlés d'épais cils au bout blond. Elle fit la moue, souffla un baiser au miroir et sentit son cœur palpiter d'anxiété.

Pendant tout l'été, la jeune fille n'avait cessé de cogiter et de s'interroger sur la raison pour laquelle Tinsley s'était fait renvoyer, et pas Beth ni elle. Beth avait-elle tout manigancé pour que cela se produise? Elle avait toujours été supersecrète à propos de sa vie personnelle – sa mère et son père n'assistaient jamais aux journées d'informations des parents, et Beth n'invitait jamais personne chez elle dans sa maison de East Hampton pour les longs week-ends. Un jour, Tinsley avait fait une allusion : Beth devait avoir des problèmes familiaux dont elle ne voulait informer personne. Beth aurait-elle véritablement pu orchestrer l'expulsion de Tinsley afin qu'elle ne dévoile pas ses secrets? Cela faisait tellement soap-opéra, mais Beth pouvait être tellement mélo parfois que Callie la croyait bien capable de le faire.

Callie se pelotonna dans son fauteuil de bureau, ravie que les cours reprennent. En plus du fait qu'elle n'avait pas parlé à ses deux meilleures amies – elle n'avait eu aucune nouvelle des deux –, son été avait été désastreux. Premièrement, il y avait eu sa photo publiée dans *Atlanta Magazine* : elle dansait sur une table au club Coumpound, un martini-vanille à la main. La légende disait : « *Mineure et elle boit de l'alcool : est-ce un comportement convenable pour une fille de gouverneur?* » Inutile de préciser que les électeurs conservateurs géorgiens de sa mère n'avaient pas très bien reçu l'information. Oups.

Après ce cauchemar, Callie était partie dans le bungalow familial à Barcelone – M. Vernon était en partie espagnol et passait ses étés à bosser sur des transactions immobilières en Europe. Elle avait espéré que Barcelone constituerait la toile de fond idéale pour un rendez-vous romantique avec Elias Walsh, son petit ami. Mais sa visite avait été tout sauf romantique. Bizarre, ça oui.

— Hé! fit une voix râpeuse derrière elle.

Callie se retourna d'un coup. Elias. Il se tenait sur le pas de la porte, tout ébouriffé, du haut de son mètre quatre-vingts sexy, plus beau que jamais.

— Oh! dit-elle.

Elle sentit ses paumes devenir glissantes de sueur.

— Comment te sens-tu? lui demanda-t-il en tirant sur l'ourlet usé de son polo.

Ses cheveux brillants presque bruns frisaient dans son cou et autour de ses oreilles.

« Paumée » eût été une réponse raisonnable. La dernière fois qu'elle avait vu Elias, c'était lorsqu'elle l'avait déposé à l'aéroport de Barcelone. Ils ne s'étaient pas embrassés pour se dire au revoir et s'étaient à peine adressé la parole le dernier jour de son séjour en Espagne.

— Bien, répondit-elle prudemment. Comment as-tu pu entrer ? Angelica ne t'a pas vu ?

Angelica Pardee, sa surveillante de dortoir, était extrêmement stricte : les garçons n'avaient pas le droit de se rendre dans le dortoir des filles, excepté durant les « heures de visite », c'est-à-dire une heure seulement entre l'entraînement de sport et le dîner.

— Tu es si maigre, observa Elias d'un ton doux, ignorant les questions de son amie.

Celle-ci se renfrogna.

— Veux-tu avoir des problèmes le premier jour de classe ?

— Tes seins disparaissent, poursuivit-il.

— Mon Dieu, marmonna-t-elle, ennuyée.

En vérité, elle n'avait pas eu faim de tout l'été – pas même de paella barcelonaise, sa préférée. Elle était trop nerveuse pour manger – ou pour faire quoi que ce soit, à vrai dire. Ses dernières semaines en Espagne, elle les avait passées sur le canapé, telle une glandouilleuse déstructurée, vêtue de son string Bikini Dior blanc légèrement râpé et d'un vieux sarong en batik déchiré qu'elle avait déniché pour trois fois rien au marché en plein air de Barcelone, à regarder des heures et des heures de *The Surreal Life*[1] – en espagnol. Et elle ne parlait même pas bien cette langue.

— Pourquoi es-tu déjà là ? lui demanda-t-elle.

D'habitude, Elias se présentait en retard au bureau des admissions de Waverly – encore autre chose qui ne se faisait pas – parce qu'il arrivait en semi-remorque avec Credo, son cheval pur-sang, qu'il gardait sur le campus.

— Comme Credo ne me rejoint que la semaine prochaine, je n'avais aucune raison d'arriver en retard.

Il regarda Callie. Ils sortaient ensemble depuis l'automne

1. Émission de téléréalité américaine, consistant à faire cohabiter des personnalités et à filmer leur quotidien vingt-quatre heures sur vingt-quatre. (N.d.T.)

dernier, mais il avait bien du mal à sauter au plafond à l'idée de la revoir à l'école : en effet, ses parents avaient reçu un mot furieux de Dean Marymount, pendant l'été, les informant qu'il surveillerait leur fils de très près cette année. Il semblerait qu'il y eût des règles à respecter, et ce n'était pas parce que Elias était un légataire – son grand-père, son père et trois de ses frères aînés avaient tous fréquenté Waverly – qu'il ne devait pas se plier à ces règles. Au lieu d'arriver en classe avec une semaine de retard et Credo, il avait pris un vol charter de Kentucky à New York, avec des sièges en cuir inclinables et champagne à volonté. Sympa, non ? Sauf que ce n'était pas exactement ce que le jeune homme avait en tête.

Elias fantasmait régulièrement sur son renvoi de Waverly Academy – jusqu'à ce qu'il se rappelle le marché de son père. S'il sortait diplômé de Waverly, il pourrait effectuer son année de troisième cycle universitaire à Paris. Son père possédait même un grand appartement dans le Quartier latin qui n'attendait que l'arrivée d'Elias. Cool, non ? Il boirait de l'absinthe, peindrait des scènes de rue depuis la fenêtre de sa chambre et ferait du vélo sur un vieux Peugeot pourri le long de la Seine, une Gauloise à la bouche. Il pourrait fumer comme un pompier et tout le monde s'en foutrait royalement !

— Tu vas à la fête au salon de Richards, ce soir ? lui demanda Callie.

— Pas sûr, répondit-il en haussant les épaules.

Il venait de passer le pas de la porte. Callie sortit un pied de son mocassin Burberry pointu et fit rouler ses orteils vernis de rose ballerine. Une horrible peur l'envahit. *Pourquoi* Elias ne voulait-il pas aller à la première fête de l'année ? *Tout le monde* s'y rendait. Sortait-il avec une autre fille ? Avec laquelle il préférait rester seul le premier soir d'école ?

— Moi j'y vais, déclara-t-elle rapidement en croisant les bras.

Aucun n'avait fait mine de s'approcher de l'autre. Mais avec ses cheveux ébouriffés, ses épaules larges et ses avant-bras dorés,

Elias était tellement irrésistible que Callie mourait d'envie de le lécher de la tête aux pieds.

— As-tu passé un bon été après l'Espagne? demanda-t-elle d'une voix perçante, tâchant d'avoir l'air le plus indifférente possible.

— J'imagine. Je me suis fait chier à Lexington, comme d'hab'.

Il extirpa un cure-dents derrière son oreille qu'il fourra entre ses lèvres légèrement gercées.

Callie s'adossa au cadre de son lit d'époque en bois peint en blanc. Le séjour d'Elias en Espagne avait été gâché dès le début. Il avait dû voyager en classe économique et il était arrivé bourru et tendu, puis s'était dirigé direct au bar – pas l'un de ces mignons petits cafés en terrasse tout droit sortis de *Le Soleil se lève aussi*, non, le bar le plus près possible, à l'aéroport. Il s'était ensuite endormi ivre mort sur le canapé des Vernon, ce qui posait un réel problème étant donné que le père de Callie *avait besoin* de s'asseoir sur ledit canapé pour regarder CNN International quand il ne travaillait pas.

Callie avança légèrement les hanches et rongea l'ongle de son pouce tout juste manucuré.

— Tant mieux, répondit-elle enfin.

Elle désirait simplement le prendre dans ses bras, l'embrasser partout, mais elle se voyait mal le faire alors qu'il n'avait même pas fait mine de l'enlacer pour lui dire bonjour.

Puis, remarquant une silhouette familière juste derrière lui, son cœur se mit à battre la chamade.

— Monsieur Walsh! chanta Angelica Pardee, la surveillante du dortoir de Dumbarton.

Elle n'avait même pas trente ans, mais paraissait pressée d'entrer dans la quarantaine. Aujourd'hui, elle arborait un cardigan brun clair fin et sans forme, une jupe noire au genou, et des Elias Spirits noires pratiques. Ses mollets étaient légèrement veinés et bien trop blanc bleuté, et elle ne portait pas de maquillage.

— Dois-je déjà vous dénoncer?

Elias sursauta.

— Je suis désolé, s'excusa-t-il en portant sa main à sa tête, l'air hébété, comme s'il souffrait d'amnésie. Ça ne fait pas long-temps que je suis là et j'avais, genre, oublié dans quel dortoir je me trouvais.

Il regarda de l'autre côté de la pièce, fixa Callie dans les yeux, et elle sentit ses bras se recouvrir de chair de poule.

— On se voit plus tard? finit-elle par articuler silencieuse-ment.

Il hocha imperceptiblement la tête en signe d'assentiment.

— Aux écuries? chuchota-t-elle.

— Demain? murmura-t-il en retour.

« Pourquoi pas ce soir? » voulut lui demander Callie, mais elle se ravisa.

— Monsieur *Walsh*! cracha pratiquement Angelica en l'attra-pant par la manchette de sa chemise.

Son visage était d'un rouge anormal.

— OK! cria Elias d'une voix perçante. *J'ai dit* que j'allais partir.

Angelica secoua la tête avant de pousser le jeune homme dans le couloir.

Callie se retourna et regarda par la fenêtre. Les écuries aban-données étaient l'endroit où ils avaient l'habitude de se rendre l'an dernier pour faire les fous. Seuls quelques étudiants gar-daient des chevaux à l'école; de fait, plusieurs étables restaient vides. Elle ne supportait pas d'avoir été la première à suggérer qu'ils s'y retrouvent et que ce ne soit pas lui qui l'ait fait.

De petites nouvelles arrivaient en foule et gravissaient péni-blement les marches de Dumbarton, chargées de bien trop de bagages. Callie constata que les filles paraissaient dans tous leurs états. Elle le comprenait très bien. Il y avait tant de choses au pensionnat que vous ne pouviez pas prévoir. Elles ne tarderaient pas à découvrir qu'elles n'avaient pas besoin de la moitié de leur bordel et qu'elles avaient oublié les trucs vraiment importants –

du style, des flacons de shampooing vides dans lesquels cacher de la vodka. Elle observa la foule de petites nouvelles se séparer pour laisser passer Elias qui descendit les marches de Dumbarton sans se presser et gratifia ces nouveaux visages innocents d'un signe de la tête. Dieu que c'était dur de sortir avec un tel tombeur !

Elle mit sa tête entre ses mains. Ce qui avait foiré en Espagne était évident : la dernière nuit qu'ils avaient passée ensemble, elle avait avoué à Elias quelque chose d'énorme et de *flippant*. Et que lui avait-il répondu ? Rien. Silence.

Callie soupira. Ils devraient en parler demain, bien qu'elle espérât qu'ils fissent bien plus que papoter.

BennyCunningham : Un copain de mon frère à Exeter m'a raconté qu'il y avait une nouvelle à Waverly, une ex-strip-teaseuse de NYC.

HeathFerro : ?!?

BennyCunningham : Ouaip. Une boîte qui s'appelle... Hen Party ? Chicken Hut ? Horse Stable ? Je crois qu'elle se trouve à Brooklyn ? J'ai demandé à ma cousine qui vit dans le Village de vérifier – c'est le genre d'endroit où tu enlèves le haut et le bas. String y compris.

HeathFerro : Quand puis-je la rencontrer ?

BennyCunningham : Heath, comme tu es vilain !

HeathFerro : Tu ne le savais pas, bébé ?

3

UN HIBOU DE WAVERLY DOIT TOUT LE TEMPS CACHER SES SOUTIENS-GORGE DE GRAND-MÈRE.

— Juste ici, c'est parfait, demanda Jenny Humphrey au chauffeur de taxi dès lors qu'elle remarqua la pancarte bordeaux discrète qui annonçait WAVERLY ACADEMY, accrochée à un arbre près d'un minuscule bâtiment en brique à un étage. Waverly n'était pas loin de la gare, mais Jenny n'avait pas été assez rapide.

— Vous êtes sûre? s'enquit le chauffeur. (Il se retourna et révéla un nez fin et crochu, ainsi qu'une casquette bleu clair délavée à l'effigie des Yankees.) Parce que l'administration se trouve...

— Je suis étudiante ici, le coupa Jenny en sentant un frisson parcourir sa poitrine. Je sais où se trouve l'administration.

Le chauffeur leva les bras, vaincu.

— C'est vous le chef.

Jenny lui tendit un billet de vingt dollars, descendit de voiture et regarda autour d'elle.

Elle y était. Waverly. L'herbe paraissait plus verte, les arbres plus grands, et le ciel plus net et plus bleu que partout où elle s'était rendue auparavant. Il y avait de luxuriants arbres à feuilles persistantes de tous côtés et, sur sa droite, un large chemin aux pavés ronds remontait une colline en serpentant. Un champ vert s'étendait sur sa gauche et, au loin, quelques garçons en shorts treillis Abercrombie tapaient dans un ballon de foot. L'endroit même *respirait* le pensionnat. Comme les bois épais dans lesquels elle ne s'était que rarement rendue, avant de se raviser d'accompagner son père et ses potes anarchistes cinglés qui désiraient camper dans le Sud du Vermont.

Une Mercedes crème décapotable passa devant elle comme un bolide. Elle entendit un clocher majestueux sonner une heure.

« Oui » murmura-t-elle, les bras serrés contre la poitrine. Elle était bel et bien arrivée.

En vérité, elle avait voulu descendre du taxi car elle ne pouvait pas attendre une seconde de plus de poser les pieds sur le sol de Waverly, et non parce qu'elle savait précisément où elle allait. En contemplant le petit bâtiment en brique à côté d'elle, elle réalisa que du lierre avait poussé sur les fenêtres et que la porte était condamnée tant elle était rouillée. Il ne s'agissait clairement pas de l'administration, où elle devait se présenter. Une autre voiture, une Bentley gris cuirassé cette fois, la dépassa. Jenny décida de suivre cette procession de voitures de luxe.

Elle tira ses sacs sur la colline dont le gazon venait d'être tondu, ses talons bobines s'enfonçant dans l'herbe souple et légèrement mouillée. Une piste, flanquée de grands gradins blancs, décrivait un cercle sur sa droite. Quelques filles couraient dessus d'un bon pas, leurs queues-de-cheval rebondissant. Au sommet de la colline, au-dessus des arbres vert foncé, elle distingua une flèche d'église blanche et les toits en ardoise d'autres bâtiments en brique rouge. Les garçons au ballon de foot avaient cessé de jouer et, debout côte à côte, ils regardaient fixement dans sa direction. La regardaient-ils, *elle*?

— Tu veux que je te dépose? demanda une voix masculine, interrompant ses pensées.

Jenny jeta un coup d'œil et vit un homme bronzé d'âge

moyen, aux dents d'un blanc éblouissant, penché par la vitre conducteur d'une Cadillac Escalade métallisée. Elle distingua son propre reflet dans ses Ray Ban d'aviateur. Elle avait l'air cruche et stupide avec son polo Lacoste en coton trop moulant, à tirer ses bagages sur la colline, en sandales roses pointues à talons bobines. Elle avait acheté le polo chez Bloomingdale's, car elle était sûre qu'il lui donnerait l'impression d'être à cent pour cent à sa place au pensionnat et elle était revenue voir les sandales plusieurs fois avant qu'elles soient enfin soldées et qu'elle puisse les acheter.

— Hum, bien sûr. Je vais à l'administration.

Elle se glissa sur le siège arrière de la SUV qui sentait comme une voiture neuve. Un jeune homme aux cheveux blond sale et aux traits ciselés faisait la tête sur le siège passager et ne se retourna même pas pour lui parler.

— Je ne sais pas, Heath, dit l'homme au garçon d'un ton calme. Si ça se trouve, tu ne pourras pas organiser ta soirée – ta mère et moi aurons peut-être besoin de la maison de Woodstock ce week-end.

— *Pauvre con*, siffla le jeune homme dans sa barbe.

Son père soupira.

Jenny se rendit à peine compte de la grossièreté du garçon. Elle n'avait entendu qu'un seul mot : soirée.

Mais elle se voyait mal interroger le type à ce sujet, étant donné qu'il semblait plutôt énervé. La voiture s'arrêta devant un immense bâtiment en brique rouge agrémenté d'une petite pancarte bordeaux à côté du chemin de pierres qui annonçait ADMINISTRATION. Jenny glapit des remerciements, attrapa ses sacs et fila droit vers la porte.

À l'intérieur, la salle d'attente, pourvue de sols brillants en merisier foncé, faisait la taille d'une salle de bal. Un grand lustre en cristal pendillait du plafond à double hauteur. Quatre canapés en cuir couleur beurre étaient disposés en carré autour d'une table basse en teck massif, et un garçon magnifique aux cheveux ambre, allongé sur l'un d'eux, lisait *FHM* et mangeait un sachet de Fritos.

— Puis-je vous aider ? demanda quelqu'un derrière elle.

Jenny sursauta. Elle se retourna et avisa une femme d'un certain âge, en Laura Ashley, aux cheveux gris courts extrêmement laqués et aux yeux bleu pâle, portant un badge nominatif indiquant : BONJOUR, JE M'APPELLE MME TULLINGTON. Elle était assise derrière un bureau où trônait une petite pancarte blanche qui annonçait : « ENREGISTREMENT NOUVEAUX ÉLÈVES. »

— Salut ! pépia Jenny. Je m'appelle Jenny Humphrey. Je suis nouvelle !

Elle scruta l'emploi du temps *Bienvenue à Waverly* scotché au bureau. L'école ne commençait officiellement pas avant demain soir, avec le dîner d'accueil des élèves, mais les épreuves de sélection des équipes de sport auraient lieu demain dans la journée. Mme Tullington tapa des renseignements dans un ordinateur portable Sony vert-de-gris impeccable, puis elle fronça les sourcils.

— Il y a un problème.

Jenny la fixa d'un air absent. *Problème* ? Il n'y avait aucun problème dans le monde magique de Waverly ! Regardez comme le garçon qui mangeait des Fritos était canon !

— Nous vous avons inscrite chez les garçons, poursuivit Mme Tullington.

— Attendez, quoi ? (Jenny reprit brusquement conscience.) Vous avez dit « *garçon* » ?

— Oui... nous avons un *monsieur* Jennifer Humphrey. (La vieille dame, qui semblait paniquée, agitait des papiers dans tous les sens.) Certains étudiants ont de très vieux noms de famille, vous voyez, et peut-être que le comité d'admissions à cru que Jennifer était...

— Oh, répondit timidement Jenny en se retournant pour voir si le garçon sur le canapé avait entendu, mais il était parti. (Tout le courrier qu'elle avait reçu de Waverly avait été adressé à M. Jennifer Humphrey. Elle avait supposé qu'il s'agissait simplement d'une faute de frappe. Comme c'était idiot de sa part de faire ce genre de supposition. *Tellement* ancienne Jenny!) Qu'est-ce que cela signifie? J'ai fait envoyer tous mes sacs au… au… dortoir de Richards, c'est bien ça?

— Oui, mais il s'agit de celui des garçons, expliqua lentement Mme Tullington comme si Jenny n'avait pas compris. Nous allons devoir vous trouver une autre chambre. (Elle feuilleta des papiers.) Tous les dortoirs des filles sont pleins… (Elle décrocha son téléphone.) Nous allons arranger cela. Mais allez voir si vos affaires se trouvent bien à Richards. On les aura envoyées au salon du premier étage. C'est là que sont conservés tous les bagages que l'on nous fait parvenir. C'est en bas du chemin, sur votre droite, quatrième bâtiment. Il y a une pancarte. Nous vous enverrons quelqu'un quand nous aurons tout réglé.

— OK, répondit Jenny d'un ton joyeux, se figurant déjà tous les garçons sexy et torse nu qu'elle allait voir flâner à Richards. Pas de problème.

— La porte principale devrait être ouverte. Mais n'entrez dans aucune chambre. Elles sont interdites! lui cria Mme Tullington.

— Bien sûr, acquiesça Jenny. Merci!

Elle resta sur le porche en pierre de l'administration. Pour avoir étudié les plans du campus, elle avait appris que les dortoirs de Waverly, la chapelle, l'auditorium et les salles de classe étaient disposés en grand cercle au milieu duquel se trouvaient les terrains de foot. Au fond du cercle étaient situés les logements du personnel, l'Hudson River, la galerie d'art, les labos de botanique et la bibliothèque. Tous les bâtiments semblaient en brique, agrémentés de vieilles fenêtres lourdes et de moulures blanches.

Tout excitée, elle se dirigea d'un bon pas vers les dortoirs, tout en se forçant à ne pas faire de petits bonds. Des filles en jeans Citizen usés et en tongs déguenillées en gros-grain se déversaient de Mercedes SUV et de breaks Audi, étreignaient d'autres filles et racontaient avec animation leur été dans leurs maisons de vacances de Martha's Vineyards et dans les Hamptons. Des garçons en sweat-shirts zippés à capuche et en shorts camouflage se bousculaient à grands coups d'épaules. Un type qui portait un sac marin Louis Vuitton criait : « J'ai pris tellement d'ecsta cet été que mon cerveau est frit ! »

Brusquement intimidée, Jenny sentit son corps se raidir. Tout le monde était si beau – exfolié, propre, mode, et sans même *essayer* de l'être, ce qui était bien plus cool que de passer des heures à se pomponner, comme elle avait tendance à le faire – et on aurait dit qu'ils se connaissaient depuis toujours. Elle inspira un bon coup et continua le long du chemin.

Puis, comme surgie de nulle part, une espèce de patate géante descendit en piqué sur elle, produisit un affreux croassement puis vola à quelques centimètres de son visage.

— Arrghhh ! hurla Jenny en battant des bras.

Elle observa la chose s'élancer vers un arbre. Flippante ! On aurait dit un rat sous stéroïdes.

Derrière elle, Jenny entendit un rire moqueur et se retourna d'un coup. Toutes les filles papotaient, mais deux garçons en casquettes de base-ball W à l'envers, assis sur un mur de pierre, l'observaient. Puis elle constata que, dans sa peur, elle avait fait tomber sa valise bourrée à craquer, laquelle s'était ouverte d'un coup. *Oh non !* Ses soutiens-gorge de maintien géants couleur chair, le genre doté d'un fermoir à agrafes supplémentaires et de bretelles rembourrées qu'elle n'utilisait que quand elle avait ses règles, jonchaient le sol. C'était le genre de soutiens-gorge que porterait une énorme grand-mère boulotte.

Elle rangea rapidement les soutifs dans la valise, regarda furtivement autour d'elle pour voir si les deux garçons assis sur le mur s'en étaient rendu compte. Ils accueillaient déjà un autre type en casquette de base-ball blanche et faisaient ce truc, mi-serrement de main mi-étreinte, qu'affectionnaient les garçons, sans prêter attention à Jenny. Avec l'air frais, le paysage riche et chaotique, les seins et les soutiens-gorge gigantesques n'étaient peut-être pas le genre de truc que remarquaient les élèves de Waverly...

Puis le nouveau venu se tourna vers Jenny et toucha de l'index le rebord de sa casquette de base-ball blanche miteuse. Il lui adressa un clin d'œil, comme pour dire : « L'air a beau être frais, nous ne sommes pas complètement aveugles. »

4

LES HIBOUX DE WAVERLY SAVENT QUE DES POUMONS PROPRES FONT DES HULULEMENTS SAINS !

Brandon Buchanan s'assit sur l'une de ses Samsonite et regarda fixement Heath Ferro. Quel que soit le moment où il arrivât sur le campus, il voyait toujours Heath en premier. Ils avaient beau partager la même chambre, Brandon trouvait Heath franchement gonflant, la plupart du temps.

— J'ai apporté une cartouche de clopes, se vanta Heath en dézippant son sac marin Tumi noir de taille moyenne et en montrant à Brandon le bord d'un paquet de Camel sans filtre.

Ils se trouvaient dans le salon de Richards et attendaient qu'on leur affecte leurs chambres. C'était une salle commune ordinaire, l'endroit où se retrouvaient les garçons pour regarder *Sports Center*, partager des pizzas à la saucisse de Ritoli's et flirter avec des filles mignonnes pendant l'heure de visite – toutefois, le salon dégageait une atmosphère très anglaise et royale. Les plafonds de plâtre couleur crème, ornés de poutres en bois foncé, faisaient quatre mètres et demi de haut, et des fauteuils confortables en cuir usé étaient éparpillés un peu partout. Un vieux meuble TV qui ne recevait que trois chaînes et, curieusement, la chaîne de sport câblée ESPN, trônait dans un coin. Par terre gisait un immense tapis oriental très chargé. Des brûlures de cigarette insouciantes lui conféraient un aspect encore plus historique.

— Elle va te durer une semaine environ, railla Brandon en remettant en place ses cheveux châtain doré courts et ondulés, à savoir en vrac délibéré.

Heath fumait comme un toxico, juste devant Richards, bien que fumer fût interdit sur le campus, mais le corps enseignant fermait constamment les yeux. Sûrement à cause de la beauté ahurissante du jeune homme – il était grand, mince et athlétique, aux yeux verts mouchetés d'or, aux pommettes saillantes et aux cheveux ébouriffés blond foncé. Mais c'était plus vraisemblablement sa famille qui lui épargnait bien des problèmes. Son père avait donné quatre cent cinquante millions de dollars pour le complexe nautique de taille olympique et un autre million afin d'ajouter trois étages à la bibliothèque de botanique rénovée : Heath pouvait donc faire ce que bon lui chantait sans jamais écoper de rien de plus que d'un avertissement.

— Tu as apporté ta bizarre crème de fille cette année? le taquina Heath.

— C'est une crème hydratante, clarifia Brandon.

— « C'est une crème hydratante », répéta Heath d'une voix haut perchée.

Et alors, Brandon pouvait bien prendre soin de sa peau, non? Et aimer de jolis vêtements et chaussures? Et faire en sorte que ses cheveux restent ondulés? Sa taille le rendait complètement parano – il ne mesurait qu'un mètre soixante-seize – et il se rasait la poitrine parce qu'il détestait les poils minuscules qui poussaient dans la partie incurvée de son sternum. Ses amis moins proprets n'arrêtaient pas de le casser à ce sujet. Et alors?

— À ton avis, qui vont-ils mettre dans notre chambre? lui demanda Heath.

— Sais pas. Peut-être Ryan. Sauf si on lui refile de nouveau une chambre individuelle.

Le père de Ryan Reynolds avait inventé la lentille de contact souple et se servait ouvertement de sa richesse pour influencer l'établissement au profit de son fils. Beaucoup de parents d'élèves soudoyaient l'école mais, en général, cela restait secret.

Heath partit d'un rire méprisant.

— Tu vas peut-être te retrouver avec Walsh !

— Nan, même l'administration ne serait pas assez bête pour me faire ça, répondit Brandon.

Rien que le fait d'entendre ce nom – Walsh, comme Elias Walsh – glaça le sang de Brandon.

— Alors comment va Natasha ? lança Heath en prononçant le prénom avec un mauvais accent russe.

Brandon soupira. En avril dernier, il s'était mis à sortir avec Natasha Wood, qui fréquentait Millbrook Academy, après que Elias lui eut piqué Callie Vernon, son ex-petite copine.

— Nous avons cassé il y a deux semaines.

— Non, merde ! Tu l'as trompée ?

— Nan.

— Alors quoi ?

Brandon haussa les épaules. Ils avaient rompu parce qu'il rêvassait encore à Callie. Natasha et lui se faisaient des câlins sur la plage principale de Harwich, au cap Cod, et Brandon avait accidentellement appelé Natasha Callie. Oups. Natasha avait grimpé tout en haut du perchoir en bois branlant du maître nageur et refusé d'en redescendre tant que Brandon ne disparaissait pas. Pour toujours.

— À qui appartiennent ces trucs ? demanda Heath en regardant à l'autre extrémité de la pièce et en tapant du pied sur le canapé en tweed marron.

Il restait tout un tas de sacs L.L. Bean en toile rose vif qui n'avaient pas encore trouvé de propriétaire.

Brandon haussa les épaules.

— Sais pas. (Il s'empara d'une des étiquettes.) Jennifer Humphrey.

— Il va y avoir un mec qui s'appelle Jennifer Humphrey dans ce dortoir? Du délire!

— Non. C'est *moi*, Jennifer.

Une jeune fille petite et frisée, en jupe pourpre clair – une imitation Marc Jacobs – se tenait sur le pas de la porte de la salle commune. Brandon savait que la jupe était une fausse car il avait acheté la vraie à Natasha l'été dernier. Cette Jennifer avait un tout petit nez retroussé, des joues roses et portait de petites chaussures roses aux talons rikiki arborant de minuscules ouvertures sur le devant, de sorte qu'il aperçut ses orteils qui dépassaient.

— Salut, dit-elle simplement.

— Euh, bégaya Brandon. Tu n'es pas… censée être…

— Non… en fait… si. (Elle rit un peu.) J'ai été affectée à ce dortoir.

— Alors c'est toi *monsieur* Jennifer Humphrey? intervint Heath en croisant les pieds.

— Ouais. Waverly m'a inscrite chez les garçons.

Brandon savait très bien ce que Heath pensait au même instant: *Avec des nichons comme ça, tu n'as absolument rien d'un mec.* Dieu que ses amis l'ennuyaient parfois!

— Brandon, dit-il en lui tendant la main, poli, et en se campant devant Heath.

Jenny tira sur sa jupe.

— Bonjour.

Elle était quelque peu troublée. Sur les sept garçons qui traînaient dans le salon avec leurs affaires, elle avait choisi les deux plus mignons. Brandon était canon, avec sa peau sans défaut, ses cheveux dorés foncés parfaits et ses longs cils voluptueux, mais il était plus joli qu'elle! Jenny aimait les garçons un peu plus rustres et moins soignés, comme celui assis derrière Brandon, aux cheveux blond sale légèrement gras et dont la chemise en oxford vert pomme donnait l'impression qu'il avait dormi avec. Elle le fixa de nouveau, réalisant que c'était le garçon qui l'avait déposée au sommet de la colline. Celui qui organisait la fête. Ne la reconnaissait-il pas ?

— Je suis supposée attendre ici le temps qu'ils sachent que faire de moi. (Elle regarda directement derrière Brandon, dans l'espoir de rafraîchir la mémoire de son ami sexy.) Je peux traîner avec vous ?

Elle s'efforça de garder une voix calme. *La nouvelle Jenny ne hurle pas quand elle s'invite à traîner avec des garçons sexy en diable !* se réprimanda-t-elle en silence en enfonçant ses ongles dans ses paumes.

— Bien sûr, répondit le garçon en matant ouvertement sa poitrine.

— Que faites-vous là, au fait ? demanda-t-elle en regardant autour d'elle. Tout le monde doit attendre dans le salon avant de se voir affecter une chambre ?

— Nan. Nous sommes juste des branques, donc on est coincés ici, le temps que l'on nous dise où aller.

Il se fendit d'un grand sourire et sortit d'un coup un BlackBerry de la poche de son treillis.

Jenny s'assit.

— Qu'avez-vous fait de mal ?

— N'écoute pas Heath, la prévint Brandon en secouant la tête. Les profs de Waverly sont des enfoirés, voilà tout.

Discrètement, Jenny se mit à décoller du mieux possible la boue sur ses chaussures roses.

— Enfin bref je flippe un peu. Quelque chose m'a carrément attaquée en venant ici. On aurait dit… un chat volant géant.

— Ooooh… c'est un grand duc, expliqua Brandon. Il y en a partout sur le campus. Quelqu'un a donné un couple il y a une centaine d'années et, depuis, ils se sont reproduits. Et même s'ils sont à deux doigts de tuer tout le temps des élèves, le grand duc est notre mascotte. J'imagine que c'est, genre, une tradition de Waverly que de les garder sur le campus.

— Ils chient partout, ajouta Heath.

— Oh, j'aime bien les traditions, s'exclama rapidement Jenny. Mais ce truc a fondu droit sur moi, comme s'il ne voulait pas me louper !

— Comment *aurait-il pu* te louper ? marmonna Heath en tapant dans son BlackBerry.

Il fixa de nouveau les seins de la jeune fille. L'ancienne Jenny eût été gênée, songea-t-elle, mais pas nouvelle Jenny. Elle le provoquerait.

— Quelque chose ne va pas ? demanda-t-elle poliment en croisant les mains sur ses genoux.

Heath eut un sourire ironique puis pencha la tête.

— Attends, tu as dit que tu venais de la ville ? De New York City ?

— Oui, de l'Upper West Side.

Les yeux de Heath s'illuminèrent comme une machine à sous.

— Connais-tu une boîte qui s'appelle le Hen Party ?

Jenny fronça les sourcils.

— Non...

— Je devrais peut-être t'y emmener un jour.

— N'importe quoi, marmonna Brandon.

Le Hen Party était un club de strip-tease dans Manhattan dont tout le monde parlait brusquement. Il regarda Heath, puis la nouvelle. Ils avaient l'air engagés en plein dans un concours de regards de champ de force. Elle paraissait sous le charme, mais bon... Heath avait beau être l'ami de Brandon, il incarnait la version humaine d'un Monet – il n'était séduisant que vu de loin. De près, une fois que l'on apprenait à le connaître, il était super... ridicule, en fait. *Attends de découvrir qu'il a une sale habitude avec ses rognures d'ongles de pied*, songea Brandon en serrant les dents. *Attends de voir qu'il est encore plus langue de p... qu'une fille. Attends de voir que les filles le surnomment Poney dans son dos, parce que tout le monde l'a chevauché.*

Le concours de regards continua. Puis un petit bruit haut

perché retentit et Heath reporta immédiatement son attention sur son BlackBerry. *Pop*! Champ de force désactivé.

— *Monsieur* Jennifer Humphrey, marmonna-t-il de nouveau, de l'Upper West Side. (Il tapa d'autres choses et jeta son BlackBerry dans son sac. Puis il ôta son T-shirt et caressa son torse buriné brun doré de son été passé dans le Nantucket.) Je vais prendre une douche. Tu m'accompagnes?

Jenny ouvrit la bouche pour répondre, mais Heath se retourna d'un coup, trouva une serviette blanche duveteuse dans son sac marin et partit vers la salle de bains d'un pas nonchalant.

Brandon soupira et sortit son Motorola Razr silver. Il parcourut quelques e-mails – rien que des messages de bienvenue et des ragots spéculatifs sur le sort éventuel de Tinsley Carmichael. Sentant que Jenny l'observait, il ne put s'empêcher d'être plein de fourmillements.

— On a le droit aux portables? demanda-t-elle.

— En fait non. Tu n'as pas le droit de t'en servir pour passer des coups de fil, mais tout le monde envoie des textos et des MI. Tu n'as qu'à te connecter sur Hibounet et te servir de ton adresse e-mail de Waverly, qui est ton prénom suivi de ton nom, sans espace. C'est une faille que le corps enseignant n'a pas encore découverte.

— Zut! Je n'ai pas apporté le mien! Le manuel disait « pas de téléphones portables ».

— « Les Hiboux de Waverly ne doivent pas utiliser de téléphones portables sur le campus », récita Brandon d'un ton faussement sérieux.

Jenny gloussa.

— Ouais, j'adore tous ces trucs sur les Hiboux de Waverly.

Brandon sourit.

— Apparemment, l'un des vieux directeurs de Waverly a écrit le manuel juste après les années folles, peut-être pendant, genre, la prohibition, lorsque les bonnes manières et le savoir-vivre étaient vraiment importants. J'imagine que les hiboux étaient les mascottes à l'époque, aussi. Il a été adapté pour les temps modernes, avec les portables et tout et tout.

— Marrant, observa Jenny qui se détendait quelque peu.

Ses joues lui faisaient déjà mal pour avoir trop souri aujourd'hui.

— Au fait, il y a une soirée dans ce salon ce soir. Tu veux peut-être venir?

— Une soirée? dit-elle en arquant les sourcils d'empressement. Bien sûr.

— En fait, ce sera plutôt décontracté, mais c'est la tradition, tu sais?

Brandon haussa les épaules. Il paraissait moins timide en l'absence de Heath.

Jenny se mordit la lèvre, ce que Brandon trouva irrésistible. Elle était tellement différente et semblait si excitée d'être ici – différente de toutes les filles de Waverly en lunettes de soleil Gucci, pulls Fair Isle, total look formaté de bimbo décolorée de base et de Barbie-va-au-pensionnat, qui considéraient que tout leur était dû. Si seulement elle pouvait ne pas faire de tour de Poney avant même que les cours ne commencent...

— Bien, dit Jenny, interrompant son monologue intérieur. Si c'est une tradition, alors je viendrai. Heath sera là, lui aussi?

Heath passa furtivement le pas de la porte du salon. Ses cheveux blonds ébouriffés ruisselaient d'eau sur sa poitrine nue, et la serviette de bain blanche était attachée juste sous ses os iliaques ciselés. Il ne tenait rien, hormis son BlackBerry, auquel il sourit lorsqu'il déclara :

— Je ne louperai cela pour rien au monde.

HeathFerro : J'ai déjà rencontré Miss Strip-tease. Deux fois.

RyanReynolds : ???

HeathFerro : Papa l'a déposée devant l'administration. Puis Brandon et moi étions dans le salon de Richards et elle est entrée ; elle se la joue cool et innocente, vraiment. Mais c'est clair qu'elle est chaude.

RyanReynolds : Elle est déjà entrée en douce dans un dortoir de garçons ? T'a-t-elle montré son string ?

HeathFerro : Pas encore...

5

MÊME LORSQU'ON LE PROVOQUE, UN HIBOU DE WAVERLY DOIT RESTER CIVILISÉ ENVERS SA COLOC.

— Maman, peux-tu s'il te plaît dire à Raoul qu'il n'est pas obligé de m'accompagner dans mon dortoir ? C'est trop *la honte*.

Beth Messerschmidt tâcha de faire tenir en équilibre un sac Chanel matelassé crème plus un sac Jack Spade noir pour ordinateur portable dans une main, et un sac de shopping Hermès géant dans l'autre, tout en maintenant son Nokia Platine contre son épaule. Raoul, l'assistant personnel de ses parents, qui pesait cent quinze kilos et était chauve, se démena pour soulever ses bagages apparemment infinis sans déchirer son costume noir. Il finit par abandonner et ôta sa veste, dévoilant une chemise blanche maculée de sueur, et une montagne de muscles.

— Chérie, tu as besoin de son aide, roucoula sa mère au bout du fil avec son accent du New Jersey fort prononcé. Tu ne peux pas porter ces valises lourdes toute seule !

Beth grommela et referma son téléphone d'un coup. Tous les autres portaient eux-mêmes leurs bagages – qu'ils soient chargés ou pas. Leurs chauffeurs se contentaient de déposer leurs sacs sur le trottoir devant la résidence. Ce n'était pas comme si quelqu'un allait s'enfuir avec tout votre bordel. Mais ses parents, Stuart et Becki Messerschmidt de Rumson, New Jersey, la dorlotaient comme si elle était l'un de leurs mini chihuahuas teacup tout tremblotants.

Ses parents – *breuuuh*! Son père, chirurgien plasticien le plus en vue de la zone à trois états, était bien connu pour se vanter du pourcentage de graisse maximum qu'il pouvait liposucer sur une patiente en une seule séance. Et la seule fois où la mère de Beth l'avait accompagnée à Waverly, quand la jeune fille était en quatrième et visitait l'école, Mme Messerschmidt avait confié à une mère très WASP[1] que son menton était tout simplement *parfait* et lui avait demandé qui elle était allée voir. La femme avait fixé Mme Messerschmidt d'un air interdit avant de finir par comprendre et de s'en aller comme un ouragan.

Depuis son arrivée à Waverly, Beth avait carrément menti à tout le monde au sujet de ses parents. Elle prétendait qu'ils vivaient dans une ferme biologique de East Hampton, mais passaient l'été à Terre-Neuve, que son père était cardiologue et que sa mère organisait des manifestations de charité canadiennes à petite échelle. Elle ignorait complètement pourquoi elle avait inventé toute cette histoire, mais n'importe quelle invention valait mieux que la vérité, à savoir que ses parents étaient des *nouveaux riches*[2] et les personnes les plus vulgaires que Beth avait jamais rencontrées. Tout le monde la croyait à Waverly, à l'exception de Tinsley qui, l'an dernier, avait répondu au téléphone de son amie quand elle ne se trouvait pas dans la chambre. Elle avait eu une interminable conversation à propos des imprimés léopard et des imprimés tigre avec Mme Messerschmitt, qui, naturellement, appelait de sa maison de Rumson, New Jersey – et non de East Hampton. C'était une bonne chose que Tinsley ne revienne pas : au moins, ses parents gênants resteraient un secret.

1. *White Anglo-Saxon Protestant* : Américain protestant d'origine anglo-saxonne. *(N.d.T.)*
2. En français dans le texte. *(N.d.T.)*

— Vous n'êtes pas obligé de m'aider, après avoir fait toute cette route, dit Beth en souriant à Raoul comme pour s'excuser.

Il faudrait qu'elle se souvienne de lui envoyer la crème All-Sport Muscle Rub de Kiehl's pour son retour chez lui.

— C'est bon, répondit Raoul de sa voix de baryton, mais Beth crut détecter un léger grognement quand il déposa ses sacs et repartit chercher les autres à la voiture.

Lorsqu'elle ouvrit la porte de sa chambre, Callie, sa meilleure amie qui possédait un pedigree parfait et *non vulgaire* – sa mère était l'incarnation de Scarlett O'Hara et gouverneur de Géorgie, pour l'amour de Dieu ! –, eut un petit sourire narquois dès que Raoul se dirigea pile à l'endroit où la gigantesque malle à pulls Louis Vuitton de Beth devrait se trouver.

— Oh, où vous voulez, c'est parfait ! fit rapidement Beth avant de se tourner vers Callie. Hé !

— Hé toi-même !

Callie s'adossa à la fenêtre et croisa les bras.

On aurait dit qu'elle avait passé tout l'été à se faire pousser et secouer par Claude, son entraîneur de Pilates, et à ne rien manger à part des chewing-gums sans sucre. Ses cheveux étaient attachés en vrac en queue-de-cheval basse et ses yeux noisette arboraient cette expression légèrement hébétée « vous croiriez que c'est une évaporée si vous ne la connaissiez pas ». Une jupe en coton orange clair et un top assorti gisaient en tas tout froissé par terre, et, à présent, elle portait un T-shirt bleu clair délavé, un minicaleçon de garçon Ralph Lauren en éponge et des chaussettes de gym ornées de petits pompons roses duveteux aux talons.

Si Callie était mignonne et jolie dans un style BCBG – elle était capitaine de l'équipe féminine de hockey sur gazon après tout –, Beth affichait un look plus inhabituel. Elle avait une peau claire et blanc laiteux et une coupe au carré très rousse. Ses yeux verts étaient en amande, et tant son nez que son menton formaient des pointes malicieuses.

C'était bizarre de revoir brusquement Callie et de se comparer de nouveau à elle. L'an dernier, Beth, Callie et Tinsley se ressemblaient comme trois gouttes d'eau, mais l'histoire de l'ecsta était arrivée et tout avait changé. Personne ne savait pourquoi Tinsley avait été la seule à se faire virer, mais Callie avait toujours nourri un talent particulier pour la persuasion – en troisième, elle avait convaincu Sarah Mortimer de sortir avec Baylor Kenyon au lieu de Brandon Buchanan, tout cela parce que Callie avait désiré Brandon pour elle seule. Et l'an dernier, Benny Cunningham, leur magnifique amie brune bien élevée de Philadelphie, avait voulu sortir avec Erik Olssen, un Suédois blafard et canon, mais il aimait Tricia Rieken, qui s'était fait refaire les seins et portait les fringues Dolce & Gabbana les plus pétasses et les plus dominatrices. Callie avait plus ou moins réussi à convaincre Tricia d'aimer Lon Baruzza, qui était boursier mais sublime et soi-disant très bon au lit, et de laisser Erik à Benny.

À l'évidence, Callie excellait quand il s'agissait de faire faire ce qu'elle voulait aux gens, surtout lorsqu'elle avait quelque chose à y gagner personnellement. Et dans ce cas, Callie était peut-être mieux sans Tinsley : au printemps dernier, Tinsley et Elias Walsh, le petit ami de Callie, s'étaient fait repérer par l'équipe de foot féminine derrière les rangées de maisons attenantes, la nuit, seuls. Tinsley et Elias avaient tous deux nié qu'il s'était passé quoi que ce soit, mais Callie pouvait devenir extrêmement territoriale lorsqu'il était question de son petit ami. Cela paraissait de la folie que Callie puisse faire expulser Tinsley du pensionnat pour pouvoir baisouiller avec Elias, mais bon, Callie était un peu folle.

Celle-ci plissa les yeux.

— Tes cheveux sont-ils encore plus roux ?

— Si l'on veut, marmonna Beth.

Jacques, son coloriste, avait merdé et appliqué un roux bleu sur ses cheveux au lieu d'un roux jaune. Elle était allée chez Bergdorf's faire arranger tout cela, mais avait réussi à avoir le styliste le plus punk rock du salon qui lui avait assuré que c'était parfait et que le changer irait à l'encontre de sa sensibilité artistique. Beth craignait de trop ressembler à Kate Winslet dans le film *Eternal Sunshine of the Spotless Mind*, ce qui n'était *pas* un bon look.

— J'aime bien, déclara Callie. C'est génial !

Menteuse ! Beth savait que son amie pensait à des cheveux teints qui avaient l'air faux. Beth déposa violemment son sac par terre.

— Alors, tu ne m'as pas appelée de tout l'été ?

— Je… je t'ai appelée, déclara Callie, yeux écarquillés.

— Non, c'est faux. Tu m'as envoyé un texto. En juin.

Callie se leva.

— Eh bien, tu ne m'as pas répondu !

— Je… (Beth se tut. Callie avait raison. Elle n'avait pas répondu.) Alors, as-tu des nouvelles de Tinsley ?

— Bien sûr.

Beth ressentit une jalousie lancinante.

— Moi aussi, mentit-elle.

Elle n'avait pas eu de nouvelles de sa meilleure amie glamour depuis qu'elle s'était fait renvoyer au mois de mai.

Toutes deux fixèrent le lit vide de Tinsley. Le resterait-il toute l'année ? Peut-être s'en serviraient-elles pour ranger des affaires ou le recouvriraient-elles avec un dessus-de-lit indien en batik et des oreillers brodés provenant d'un des magasins hippy de Rhinecliff. Ou Waverly leur collerait-il une pauvre naze dont personne ne voulait ?

— Tinsley m'a appelée un millier de fois, poursuivit Callie, légèrement agressive.

— Moi aussi, mentit de nouveau Beth, en sortant quelques blouses de sa valise en cuir crème. Alors comment va Elias ? (Elle changea de sujet.) L'as-tu vu cet été ?

— Hum… ouais, répondit Callie d'un ton calme, une douleur dans la voix. As-tu vu Jeremiah ?

— Ouais, si on veut, marmonna Beth en retour.

— Tu détestes toujours sa façon de dire *voiture*? demanda Callie en examinant son brillant à lèvres clair dans un minuscule miroir de poche Chanel laqué de noir.

— Oui, grommela Beth.

Jeremiah, son petit copain, était le juge de touche star de St. Lucius, et bien qu'il vînt d'une famille faisant partie des vieilles fortunes de Newton, une banlieue nantie de Boston, il parlait avec un accent de banlieusard et omettait ses *r* comme Matt Damon dans *Will Hunting*.

— T'a-t-il rendu visite ou lui as-tu rendu visite?

— Eh bien, j'ai passé une semaine avec sa famille à Martha's Vineyard. C'était vraiment sympa.

Beth aimait bien Jeremiah, mais elle adorait littéralement sa famille. C'étaient des riches de Nouvelle-Angleterre types – si discrets et de bon goût, tout le contraire de ses parents vulgaires. Cela ne faisait pas de mal non plus que Jeremiah fût sublime, avec une mâchoire angulaire carrée, des cheveux châtains tirant sur le roux et lui arrivant à l'épaule et des yeux bleu-vert qui la dévoraient.

Beth lui avait promis que dès qu'elle arriverait à l'école, elle l'appellerait et qu'ils feraient l'amour au téléphone. Jeremiah avait voulu coucher avec elle cet été, mais elle n'était pas prête. Elle ne savait pas précisément pourquoi, sauf qu'elle n'avait jamais couché avec personne, et elle ignorait si Jeremiah était le garçon indiqué pour sa première fois.

Naturellement, l'indécision quant à la perte de sa virginité n'était pas le genre de chose qu'une fille comme Beth avouerait haut et fort. Elle avait raconté à Callie qu'elle l'avait perdue depuis longtemps avec un Suisse prénommé Gunther, rencontré lors d'une escapade familiale au ski à Gstaad alors qu'elle ne l'avait même pas laissé la peloter. Beth avait cultivé une image à Waverly : dure, sophistiquée, expérimentée et un peu salope.

Sa mère incarnait tout le contraire – sans défense, naïve, puérile – et Beth ne désirait pas lui ressembler.

Callie étendit ses longues jambes parfaitement douces.

— J'ai vraiment besoin d'une douche. (Elle bâilla, se leva et enfila une paire de sabots en caoutchouc.) Tu veux aller dîner quand je reviendrai ?

— Je ne sais pas. Je dois jeter un coup d'œil à un truc de *prefect* pour demain. Il y a un nouveau conseiller pédagogique, il faut donc que je sois prête et tout et tout. (Beth avait été élue *junior prefect*[1] l'an dernier ; en d'autres termes, elle ferait l'appel et endosserait le rôle de représentante des premières au conseil de discipline. Cela témoignait d'une popularité immense : tous les élèves de votre classe devaient voter pour vous afin que vous obteniez le poste.) Mais j'imagine que je pourrai le zapper. Et nous avons la fête ce soir, aussi…

— Comme tu veux.

Callie agita sa serviette et se dirigea vers la porte.

Beth s'affala sur son lit et regarda par la fenêtre. La vue de la rivière, qui habituellement la calmait comme un *shot* de whisky vingt ans d'âge, lui sembla alors étouffante. Elle avait imaginé que ses retrouvailles avec Callie après ce long été seraient différentes. Elle ne s'était pas attendue à ce qu'elles parlent d'emblée de Tinsley, et avait supposé que Callie se comporterait comme à l'accoutumée – qu'elle se jetterait sur le lit de Beth, leur ouvrirait un sachet de gâteaux apéritif au fromage, et qu'elles échangeraient des ragots sur les trucs fous, romantiques et risqués qu'elles avaient fait tout l'été. Elles riraient, boiraient un gin-tonic et iraient dîner, comme l'an dernier.

Elle ouvrit son portable d'un coup et appuya sur la touche de raccourci pour appeler sa sœur Brianna, qui vivait à New York et travaillait comme rédactrice de mode pour le magazine *Elle*. Bree, qui en avait bavé à Waverly voilà six ans, parvenait

1. Élève chargée de la discipline. *(N.d.T.)*

généralement à calmer la trouille de sa sœur en discutant. Malheureusement, elle tomba directement sur sa messagerie vocale.

— Salut, c'est moi, baragouina Beth lorsqu'elle entendit le bip. Je suis, je ne sais pas, … supermal. Appelle-moi, genre.

Elle coupa la communication et se vautra de nouveau sur son lit. Son téléphone chevrota aussitôt dans son sac. Croyant que c'était sa sœur, elle l'ouvrit d'un coup, mais elle avait tort.

— Salut Jeremiah, soupira-t-elle en collant le téléphone à son oreille. Comment vas-tu?

— Supergénialement bien, maintenant, souffla-t-il au bout du fil.

Beth roula des yeux. Puis elle l'imagina étendu, bras et jambes écartés, sur son lit à St. Lucius, à quinze kilomètres, en maillot de foot déguenillé aux couleurs de son équipe et en boxer-short, ses longs bras bronzés et ses yeux sexy, et elle ressentit alors une bouffée torride de plaisir.

— Alors, allons-nous faire… ce truc? demanda-t-elle sans même prendre la peine de fermer la porte de sa chambre.

Que les petites fouineuses de seconde l'entendent donc! Peut-être qu'elles apprendraient quelque chose, comme ça.

HibouNet	Messages instantanés Boîte de réception

HeathFerro : J'ai des news ! Parlé au pote de mon grand frère qui bosse dans l'I-banking et il m'a dit que le Fish Stick, c'est la bombe de la ville. Les filles enlèvent le haut pour 99 cents !

CallieVernon : Euh, Heath ? Je crois que tu t'es trompé d'adresse. C'est Callie. Je ne veux pas entendre parler de strip-teaseuses, surtout que je suis à deux doigts de prendre ma douche.

HeathFerro : Tu es sous la douche ? Je peux voir ? Maintenant que Elias et toi avez rompu, tu es libre comme l'air, non ?

CallieVernon : Quoi ? Qui t'a raconté ça ?

CallieVernon : Heath ? Où es-tu ? C'est faux !

CallieVernon : Ouh ouh ?

BennyCunningham : Alors la grosse question que tout le monde se pose, c'est : tu as fait un tour de poney ou pas ?

CallieVernon : Poney ?

BennyCunningham : C'est le nouveau surnom de Heath Ferro. Il se fait plus chevaucher qu'un poney à une foire.

CallieVernon : Beuh. J'ai pas couché avec lui, ça va pas non !! Il est ignoble. Et toi ?

BennyCunningham : Plaide coupable.

CallieVernon : Oh non ! Quand ?

BennyCunningham : En troisième. On l'a fait dans le vestiaire de Stansfiled Hall. Plus jamais. Complètement dégueu.

CallieVernon : Sans vouloir changer de sujet, quelqu'un t'a dit que Elias et moi avions rompu ?

BennyCunningham : Hum... Peut-être.

CallieVernon : Qui ?

BennyCunningham : Me souviens pas. Dois aller à la prépa du pré-dîner.

CallieVernon : Parce que c'est faux.

CallieVernon : Sérieux.

CallieVernon : T encore là ?

6

SI CELA RISQUE D'IMPRESSIONNER SES CAMARADES
DE CLASSE, UN HIBOU DE WAVERLY PEUT COLPORTER
DES RAGOTS SUR LUI-MÊME.

— Je cherche Jennifer Humphrey.

Une fille mince aux traits d'oiseau, à l'accent britannique
et aux cheveux blond filasse, s'agitait nerveusement devant
Brandon et Jenny, à la porte du salon de Richards. Elle portait
un col roulé en coton blanc uni sans manches, orné d'une petite
crête triangulaire sur la poche, et un treillis très « mère de banlieue », le style sanglé à la taille qui vous fait un cul énorme.

— J'imagine que c'est toi, reprit-elle.

— Oui, glapit à moitié Jenny, tentant de dissimuler l'impatience dans sa voix.

— Je suis Yvonne Stidder. (La fille tendit la main. Elle avait
une poigne molle et de l'acné au menton.) Je suis la guide des
nouveaux élèves. Nous t'avons trouvé une chambre.

Brandon regarda Jenny en arquant les sourcils et entreprit de
se lever.

— Ravi de t'avoir rencontré, Jenny.

— Moi aussi. (Elle épaula ses sacs marins L.L. Bean roses.) À ce soir, murmura-t-elle lorsque Yvonne leur eut tourné le dos.

— Je suis désolée de t'avoir fait attendre aussi longtemps, poursuivit Yvonne en conduisant Jenny dans l'escalier de Richards, la faisant passer devant un vestibule bondé de V.T.T. Trek et de skateboards, de cartons de PlayStation vides, et d'une douzaine de ballons de foot qui avaient déjà bien servi.

— Ce n'est rien, répondit Jenny, enchantée d'avoir traîné avec ces deux garçons cool, mais quelque peu soulagée de prendre de la distance pour souffler un peu.

— Normalement, nous n'avons pas le droit d'entrer dans le dortoir des garçons en dehors des heures de visite, expliqua Yvonne en jetant à Jenny un regard en biais et en lui tenant la porte. (Elle éternua dès qu'elles sortirent.) En fait, hum, c'était même la première fois que j'y entrais. Bien que, évidemment, je connaisse tout sur les dortoirs des garçons. Je sais des tas de choses sur Waverly au cas où tu aurais des questions. N'importe quelle question.

— OK, merci. (Si Yvonne n'avait pas eu l'air aussi crétine, Jenny aurait pu croire qu'elle se défonçait à la coke tellement elle parlait vite.) Alors, dans quel dortoir suis-je affectée ? demanda-t-elle alors qu'elles traversaient la pelouse.

Elle sentit un picotement de nervosité dans sa poitrine. Elles se rendaient dans son nouveau dortoir, où elle vivrait pendant toute l'année scolaire ! Ou toutes sortes de choses fantastiques lui arriveraient ! Espérons-le.

— Dumbarton. Là-bas, au fond, tu vois ?

Yvonne désigna un bâtiment en brique à deux étages où de petites fenêtres saillaient du toit, au fond du campus. Derrière, l'Hudson qui miroitait paraissait beaucoup plus jolie ici qu'en ville. Jenny n'eut aucun mal à imaginer l'équipe masculine d'aviron glisser dessus sans effort dans leurs outriggers aux lignes pures, leurs bras musclés se bombant à mesure qu'ils ramaient.

— Cette Tinsley Carmichael, elle devait vivre avec Callie

Vernon et Beth Messerschmidt, mais comme elle s'est fait virer, une place s'est libérée. Storm Bathurst, mon amie de l'ensemble de jazz, habite la porte à côté...

— Attends, as-tu bien dit Tinsley? s'enquit Jenny. (Ce nom lui disait bien quelque chose, mais elle avait absorbé tellement d'informations en si peu de temps qu'elle ne se souvenait pas où et quand elle l'avait entendu.) Pourquoi s'est-elle fait virer?

Yvonne remonta encore plus ses lunettes rondes à la monture d'acier sur son nez. Elle sentait le Vicks VapoRub.

— Je ne sais pas très bien, répondit-elle d'une voix monotone. Je n'aime pas commérer.

— Bien, ne peux-tu pas *tout* me dire sur mes camarades de chambre?

Yvonne marqua une pause.

— Je ne les connais pas bien. Mais ce sont les filles autour desquelles tout le monde s'attroupe.

— S'attroupe?

Le cœur de Jenny accéléra.

— Tu sais, celles qui organisent toutes les fêtes, qui sortent toujours avec les garçons les plus mignons... (Yvonne gloussa et se tourna vers Jenny.) Cela ne veut pas dire qu'il n'y a pas de garçons mignons dans l'ensemble de jazz. Joues-tu d'un instrument? L'ensemble de jazz cherche du monde.

— Hum, non, désolée. Mais Callie et Beth, elles sont, genre, vraiment populaires?

— Ouais, acquiesça Yvonne en évitant un dossard bordeaux que quelqu'un avait laissé sur le terrain. Elles constituent le petit groupe d'élèves que tout le monde regarde sur le campus.

Oh vraiment? songea Jenny, tout excitée. Elle toucha le petit alligator chic sur son polo, ravie de s'être si bien habillée pour rencontrer ses nouvelles colocs supercool. Puis elle remarqua un grand brun aux cheveux emmêlés, comme s'il venait d'enlever son chapeau, qui traversait la pelouse. Il portait un grand chevalet de bois sur l'épaule, et son jean était tout éclaboussé de peinture. Le souffle de Jenny se coinça dans sa poitrine.

— Qui est-ce ? demanda-t-elle en le montrant du doigt.

— Lui ? marmonna Yvonne. C'est Elias Walsh.

— Elias. Super prénom, observa Jenny d'un ton songeur. Est-il artiste, quelque chose comme ça ?

— Je ne le connais pas très bien, mais il a le don de se fourrer toujours dans le pétrin. (Yvonne fronça le nez.) Il fume, murmura-t-elle.

Pour une fille qui n'aimait pas les potins, elle en connaissait assurément un paquet.

Le garçon passa les doubles portes de la bibliothèque. Jenny souhaita brusquement pouvoir laisser tomber ses sacs – et Yvonne – pour le suivre.

Mais elle suivit Yvonne dans le dortoir de Dumbarton. C'était un bâtiment pittoresque en brique à deux étages, dont le nom était inscrit au grès brun au-dessus d'une grande porte de ferme en bois blanc. Elles prirent un passage étroit et gravirent une volée de marches en granite. L'une des marches portait l'inscription, 1832, RHINECLIFF, NY. Le dortoir était encore plus vieux que l'immeuble en ruine à loyer modéré où vivait la famille de Jenny dans l'Upper West Side.

Partout autour d'elle, des filles aménageaient. Rooney beuglait d'une chambre, No Doubt d'une autre. Elle avisa une petite Asiatique en nattes dérouler un poster géant de Jennifer Garner dans le rôle d'Elektra, qui bottait les fesses de quelqu'un.

Elles s'approchèrent de la porte 303, légèrement entrouverte.

« … et je te lèche partout partout, et – attends. Non, bordel, Jeremiah, tu n'as pas encore enlevé ton pantalon ! Suis-moi, sur ce coup-là ! »

— Euh ? Il y a quelqu'un ? fit Yvonne en poussant légèrement la porte.

Une fille plus âgée d'une grande beauté, à la chevelure rousse flamboyante, se releva d'un bond de l'un des lits-jumeaux.

— Il faut que j'y aille, bafouilla-t-elle dans son téléphone avant de le refermer d'un coup.

Elle jeta un coup d'œil furtif à Yvonne l'espace d'une seconde puis riva ses yeux perçants sur Jenny.

— Ermmm… Voici Jenny Humphrey, expliqua Yvonne. C'est ta nouvelle camarade de chambre. Elle vient… d'où déjà ?

— Constance Billard, répondit Jenny en tendant la main. À New York City.

— Oh, cool. Beth Messerschmidt.

La fille portait une blouse blanche ajustée à manches courtes amidonnée que Jenny avait repérée dans les vitrines du magasin Soho Scoop tout l'été, ainsi que ce short cycliste arrivant aux genoux que seuls portaient les gosses les plus branchés de Williamsburg.

Jenny pénétra dans la pièce, beaucoup plus grande et ordinaire que dans son imagination. Les fenêtres, immenses et magnifiques, surplombaient la rivière, tandis que les lits et les meubles étaient tout bonnement… vieux. Elle scruta sa nouvelle camarade de chambre du coin de l'œil. Ses cheveux roux flamboyants étaient coupés en carré strict qui s'arrêtait pile au menton. Une oreille arborait sept minuscules cercles en or et elle portait une montre tank de Cartier en diamants et or au poignet gauche. Elle était sexy, sophistiquée, et son visage lui disait vraiment quelque chose. Puis Jenny se souvint : il y avait une photo de Beth sur le site Web de Waverly. Elle était « la fille le nez dans ses bouquins, l'air studieux ». Ou du moins était-ce ainsi que l'avait surnommée Jenny.

— Et Callie ? (Yvonne parcourut la chambre des yeux.) Est-elle arrivée ?

— Douche, marmonna Beth.

Yvonne cilla furieusement puis murmura quelque chose à propos d'un cours de flûte avant de s'en aller précipitamment.

Jenny se dirigea vers ce qui semblait être le seul lit de libre, s'assit dessus et rebondit plusieurs fois.

— Cette chambre est super. J'adore la vue.

— Ouais, elle est pas mal, répondit Beth en croisant les bras sur sa poitrine.

— *Qui es-tu?* fit une voix grave derrière elles.

Jenny se retourna et vit une grande fille d'une beauté saisissante, aux immenses yeux noisette et aux cheveux blond foncé, qui, visiblement, venaient d'être brushés. Jenny trouvait qu'elle ressemblait à la version cinématographique de Cendrillon de Disney. Une fois qu'elle s'était transformée en princesse, naturellement.

— Salut, je suis Jenny. Je – on m'a affecté cette chambre.

— On? Qui « on »? demanda Cendrillon.

— Eh bien… Waverly, bafouilla Jenny. Es-tu Callie?

— Oui. Es-tu en première ou en seconde?

— Seconde. Et vous, les filles?

— Première. (Callie pinça ses lèvres fardées de rouge à lèvres rose puis déposa une énorme trousse à maquillage Gucci sur son bureau.) Tu prends ce lit?

Elle désigna celui où Jenny était assise.

— J'imagine. Enfin, à condition que vous soyez d'accord toutes les deux?

— C'est bon, répondit Callie en jetant un coup d'œil furtif à Beth. Je suppose que Tinsley est bel et bien partie, alors.

Beth renifla bruyamment. Jenny resta plantée sur place sans savoir que dire.

— Qu'est-il arrivé à… euh… Tinsley? demanda-t-elle enfin.

— C'est compliqué, répondit rapidement Beth en ouvrant une valise entièrement remplie de chaussures.

Jenny jeta un œil aux marques: Jimmy Choo, Sigerson Morrison, Manolo Blahnik.

— Ce n'était rien, ajouta Callie en regardant par la fenêtre, se détournant des deux filles.

Jenny n'était pas une grande fumeuse, mais elle aurait bien

voulu avoir une cigarette, juste pour avoir quelque chose à faire avec ses mains.

Callie finit par briser le silence.

— Dans quelle école allais-tu avant?

— Constance Billard. À...

— New York City. Établissement de filles, l'interrompit Callie d'une voix voilée en s'approchant furtivement de Jenny de la même manière qu'un chat viendrait se frotter à vos chevilles. (Elle se tourna vers Beth :) Tinsley est allée à Constance, non?

— Non. À Trinity, jusqu'en cinquième. Ensuite elle est allée quelque part en Suisse, puis ici.

— Ouais. Tinsley n'a pas fréquenté d'établissement non mixte, c'est clair, maintenant que j'y repense. (Callie examina ses cuticules.) Je me souviens qu'elle racontait qu'elle avait des tas de petits copains.

— Eh bien, Tinsley est magnifique, ajouta Beth avec désinvolture en sortant des T-shirts d'une autre valise.

Jenny se hérissa. Beth insinuait-elle qu'elle n'était pas belle? Et qui était cette Tinsley, d'ailleurs?

— Elle pouvait avoir tous les mecs qu'elle voulait, reprit Beth. Même ceux qui étaient pris.

— C'est faux, rétorqua Callie d'un ton cassant avant de se retourner vers Jenny.

Les yeux de Jenny effectuaient des allers et retours entre ses camarades de chambre. Quel était leur problème?

— Tinsley avait fêté son onzième anniversaire à Chelsea Piers[1]. Elle avait loué tout le centre sportif et installé une école de trapèze dans la partie gymnase. Y es-tu allée?

Jenny haussa les épaules.

— Non, désolée.

Mais elle se rappelait cette fête, sans problème. Quand elle

---

1. Immense complexe sportif le long de l'Hudson, sorte de ville dans la ville, proposant d'innombrables activités sportives. *(N.d.T.)*

avait dix ans, le père de Jenny avait râlé des jours entiers à propos d'un article de la rubrique Style du *New York Times*, qui racontait une fête organisée au Chelsea Piers Sports Complex pour une fille d'un an de plus que Jenny. Il s'en était moqué, arguant que c'était complaisant et bourgeois jusqu'à en devenir grossier, mais Jenny avait trouvé que c'était la fille la plus chanceuse au monde. Et voilà qu'elle allait dormir dans son lit ! C'était *forcément* un bon signe.

Callie regarda Jenny comme un expert de chez Christie's pourrait examiner un vase de la dynastie Ming puis sourit.

— Alors bienvenue à Waverly. Je suis sûre que tu vas te plaire.

Jenny croisa les bras. *Je me plais déjà.*

HibouNet	Messages instantanés Boîte de réception

TeagueWilliams :	À quoi ressemble la fille aux 99 cents déjà ?
HeathFerro :	Cheveux châtains frisés, presque naine, énormes nichons.
TeagueWilliams :	Laisse-moi deviner... tu l'emmènes à la chapelle ?
HeathFerro :	Bordel oui !

HibouNet	Messages instantanés Boîte de réception

CelineColista :	Alors Callie et Beth se font la gueule. Elles vont aller au bureau de Marymount pour demander un transfert de chambre.
BennyCunningham :	Tout ça à cause de Tinsley, hein ? Où est-elle, d'ailleurs ? Quelqu'un le sait ?
CelineColista :	Il paraît qu'elle sort avec un mec des Raves et qu'ils sont en tournée en Europe.
BennyCunningham :	Je croyais que c'était la nouvelle, celle qui vient de NY qui sortait avec les Raves...
CelineColista :	Lequel ?!
BennyCunningham :	Tous ! Tout le groupe.
CelineColista :	Dégueulasse. Comment tu le sais ?
BennyCunningham :	J'ai mes sources.

7

LA CHAPELLE N'EST PAS L' ENDROIT IDÉAL
POUR QUE SE FRÉQUENTENT DE JEUNES HIBOUX.

— Hé, regarde qui est là !

Jenny, dans l'entrée du salon de Richards, se rappliquait une couche de gloss rose transparent devant le grand miroir fumé style café. Elle portait un top APC vert émeraude au décolleté arrondi, un tout petit peu trop moulant à cause de ses seins encombrants, et les talons en cuir brun clair les plus hauts qu'elle possédait. Elle retourna la tête d'un coup pour se trouver nez à nez avec Heath Ferro, le garçon au BlackBerry et aux super abdos, debout sur le pas de la porte, une cigarette éteinte à la main. De minuscules gouttes de sueur perlaient sur son front, et ses yeux étaient vitreux et défoncés.

— Hé, répondit-elle d'un ton enjoué, en s'essuyant les mains sur le seul jean Seven qu'elle possédait et qui en l'occurrence rendait ses jambes un tout petit peu plus longues qu'une souche d'arbre. La soirée a lieu ici ?

— Oui en effet, répondit Heath en homme galant avant de passer son bras autour de la taille de la jeune fille.

Jenny sourit. Heath paraissait vraiment heureux de la voir, et

61

elle était heureuse de le voir, elle aussi. Il portait une chemise en oxford bleu clair sortie de son short d'armée et pas de chaussures. Elle aimait ses larges épaules et sa coupe de cheveux « Je suis un élève d'une boîte privée jusqu'au bout des ongles ». *Le genre de look qu'aurait Hamlet s'il était réel*, songea Jenny. Toutes ces bonnes manières de prince danois, plus une étincelle de sauvagerie dans les yeux.

Et Jenny aimait la sauvagerie.

Heath lui tint la lourde porte en bois du salon. Tout le monde s'immobilisa sur place.

— Cool, lança-t-il en effleurant accidentellement de la main le sein de la jeune fille. Ce n'est que nous.

Jenny passa la salle en revue. Sa première fête à Waverly ! Elle aurait pu se retrouver coincée dans le dortoir à jouer aux échecs avec Yvonne, mais non, voilà qu'elle enfreignait le règlement dès sa première soirée au pensionnat ! Elle sentit d'emblée que cette fête était totalement différente des soirées où elle était allée à New York – personne ne baisouillait dans la chambre d'amis, et ils n'avaient pas à craindre le retour inopiné des parents de leur voyage à Paris. Quelqu'un avait baissé les lumières et allumé un tas de bougies. Tout le monde semblait tout droit sorti d'un catalogue J. Crew – ils étaient tous si *beaux*, avec une peau parfaite et rayonnante, et des corps sains et athlétiques, grâce aux sports obligatoires toute l'année. Chaque personne était plus belle que l'autre. Tout le monde portait de grands mugs à cafés isolés, ce qui était quelque peu bizarre, puis Jenny comprit que les tasses contenaient de l'alcool.

À l'autre bout de la salle, Beth était assise sur le canapé en cuir usé avec Callie, leur amie Benny Cunningham et Sybille Francis, qui les régalait d'anecdotes sur le fabuleux safari qu'elle avait fait en Afrique cet été. Beth ne voyait pas ce qu'il avait de génial. Mouches, malaria, et animaux sauvages puants. *Top* ! Elle regarda vers la porte, remarqua sa camarade de chambre faire son entrée au bras de Heath Ferro et donna immédiatement un coup dans les côtes de Benny.

Benny venait de la Main Line, la banlieue chic de Philadelphie, devait hériter de deux cents millions de dollars et arborait une beauté chevaline : grande et souple, longs cheveux châtains épais et immenses yeux marron. Elle était vierge et l'imputait systématiquement à l'endroit où elle avait grandi, comme si Philly était une planète différente où les filles buvaient du lait entier et se réservaient pour le mariage. Benny citait toujours une réplique de Diane Keaton dans *Manhattan*, un vieux film de Woody Allen : « Je suis de Philadelphie, et vous le savez sûrement, là-bas on est croyants, alors sans rancune. » Elle ne comprenait pas que cette réplique était censée être une blague. En dépit de sa pruderie, elle était une grosse langue de vipère qui dévorait religieusement la rubrique people, mais feignait de connaître les informations de première main.

— On dirait que Heath va faire des ravages, observa Sybille Francis, la meilleure amie de Benny, en les pointant du doigt. J'imagine qu'il savait avec qui s'envoyer en l'air.

Beth haussa les épaules. Elle avait du mal à concevoir que sa nouvelle camarade de chambre naïve pût être une salope, mais apparemment Jenny dégageait *bien* quelque chose de frais et de pétillant qui la rendait irrésistible aux yeux de, disons, tout un groupe de rock indé, selon la rumeur qui faisait le tour du campus. Et en effet, elle dégageait un certain mystère qui rappelait quelqu'un à Beth. Tinsley, peut-être ?

— Alors, les filles, demandez-vous vraiment un transfert de chambre ? murmura Sybille en touchant l'épaule nue de Beth.

— Transfert de chambre ?

Sybille battit de ses paupières bien trop fardées de paillettes. Elle avait la main beaucoup trop lourde sur les paillettes car un beau gosse français qu'elle avait rencontré à Saint-Bart pendant les vacances de printemps l'an passé lui avait affirmé que cela agrandissait ses yeux et les rendait sexy.

— Je pensais que Callie et toi étiez prêtes à vous arracher les yeux.

— Eh bien... (La voix de Beth ne fut plus qu'un murmure.) Je n'avais pas l'intention de demander un transfert...

Elle regarda sa camarade de chambre. Callie, à l'autre bout de la pièce, discutait intensément avec Céline Colista, l'autre capitaine de hockey sur gazon. Elles jouaient toutes au hockey ensemble depuis leur arrivée à Waverly en troisième, mais Beth ne l'avait jamais pris autant au sérieux que les autres filles. Callie demanderait-elle vraiment à changer de chambre dans le dos de Beth ? Comment en étaient-elles arrivées là ? Elle se tourna vers sa nouvelle camarade de chambre, debout sur le pas de la porte, complètement éblouie, comme si c'était la première fois qu'elle se rendait à une soirée.

Jenny était toute chose – mais au sens positif du terme. Heath revint et agita un mug de voyage Waverly qui sentait très fort, devant son visage.

— Pour toi.

— Qu'y a-t-il dedans ? s'enquit-elle en prenant le mug avec les deux mains.

— Qu'est-ce que ça peut faire ?

Il la gratifia d'un grand sourire et vida grossièrement le contenu de son propre mug dans sa gorge.

Jenny porta la tasse à ses lèvres. Le liquide fort et aigre avait le goût de bière mélangée à du rhum. Il glouglouta dans sa trachée et lui mit les larmes aux yeux.

— Hé, voici Brandon ! réussit-elle à haleter.

Brandon se tenait près d'une des fenêtres géantes, entouré de trois filles minuscules aux queues-de-cheval blond-blanc assorties. Lorsqu'il aperçut Jenny à l'autre bout de la salle, son visage s'illumina et il lui fit signe. Elle leva la main pour lui répondre, mais Heath la lui attrapa et la posa sur sa hanche.

— Il est l'heure que notre nouvelle élève exécute notre petit rite d'initiation, déclara-t-il dans un sourire diabolique.

— Quoi? (Jenny se renfrogna.) Je n'ai pas entendu parler de rites d'initiation.

— Alors tu n'as pas parlé aux bonnes personnes. (Il but une autre longue gorgée dans son mug qu'il reposa sur le radiateur ancien en argent.) Viens avec moi.

Il la conduisit à la porte.

En route, deux types lui tapèrent dans la main en signe de victoire.

— Où vas-tu, Poney? demanda l'un d'eux.

Heath arqua les sourcils. Les types se mirent à rire, à faire des hennissements et à pousser des cris de joie.

— Qu'est-ce que c'est que tout ça? demanda Jenny en jetant un œil aux garçons qui huaient.

— Qui sait? marmonna Heath en lui ouvrant la lourde porte en bois.

— Qui est Poney? Toi?

— Chut! l'interrompit-il.

Jenny, légèrement mal à l'aise, pinça les lèvres. Mais c'était le pensionnat. Le pays magique de Waverly. Elle s'y trouvait en sécurité, n'est-ce pas?

Dehors, la nuit était noire et extrêmement calme, hormis les bruits de quelques criquets rescapés de l'été. Heath s'arrêta devant la chapelle de Waverly, le bâtiment situé près de Richards. La chapelle était trapue bien que majestueuse, agrémentée de vitraux et d'une lourde porte en chêne.

— Que faisons-nous…? commença Jenny.

Elle n'était pas encore entrée dans la chapelle, elle le ferait demain, pour l'appel, les annonces et les prières.

Heath éteignit sa cigarette sur l'une des vitres de devant.

— C'est une tradition que les nouveaux élèves de Waverly entrent dans la chapelle avant que les cours ne commencent pour de bon.

— Tu ne vas pas m'enfermer dedans ni rien, n'est-ce pas?

demanda-t-elle d'une voix tremblante, se fichant bien de redevenir l'ancienne Jenny.

— Bien sûr que non. (Il arqua les sourcils.) Je t'accompagne.

— Oh. (Le cœur de Jenny prenait de la vitesse.) Bon alors d'accord.

Le jeune homme poussa l'énorme porte en chêne jusqu'à ce qu'elle s'ouvre. Seules quelques bougies illuminaient l'intérieur de la chapelle. Et c'était aussi calme… euh… qu'une église.

— C'est vraiment bien ici, murmura Jenny.

— Assieds-toi ici avec moi.

Heath tapota l'un des bancs en bois foncé. À la lueur de la bougie, les mains bien serrées sur les genoux et les cheveux lissés en arrière, Jenny se demanda si elle n'avait pas mal jugé le garçon. Peut-être était-il très spirituel et sensible.

Elle se glissa sur le banc à côté de lui.

— Alors c'est le rituel, hein ?

— Rituel ?

Heath la regarda, éberlué.

— Tu as dit que…

Jenny s'arrêta. *Évidemment* il n'y avait pas de rituel : c'était un piège.

Ils restèrent silencieux une minute, écoutèrent le vent souffler sur les flancs de la chapelle. Puis Heath posa sa main sur la sienne.

— Tu étais si belle ce matin, murmura-t-il d'une voix essoufflée, mélangeant le *b* et le *m*, de sorte qu'il dit *melle* et *batin*. Surtout quand mon père t'a déposée en haut de la colline.

— Oh, répondit-elle, rayonnante. (Il s'en *souvenait* !) Eh bien, merci.

— Tu viens de cette école de New York non mixte, n'est-ce pas ?

— Ouais.

En avait-elle parlé ce matin ? Elle ne se le rappelait pas.

— T'es-tu fait virer ?

66

— Pas tout à fait.

Puis Heath tituba vers elle. Elle crut qu'il avait juste perdu l'équilibre, mais sa bouche se retrouva brusquement sur son visage, et sa langue s'enfonça entre ses lèvres. La première réaction de Jenny fut de le repousser, mais des picotements de plaisir se mirent à gagner sa colonne vertébrale. Heath embrassait fantastiquement bien, peut-être mieux que tout autre garçon qu'elle avait jamais embrassé. Elle lui toucha la nuque, ferma les yeux bien fort et se laissa emporter. Le banc de bois produisit des petits grincements et gémissements de douleur. Leurs bruits de baisers baveux retentissaient sur les plafonds en alcôve. Sa main caressa les contours de ses doigts avant de descendre rapidement de son poignet à son avant-bras et, enfin, de remonter sur sa poitrine.

Jenny s'éloigna de lui, paniquée.

— Quech k'ilya? railla Heath, les yeux passant rapidement d'un sein à l'autre.

Il n'avait plus rien du petit ange spirituel.

— Eh bien, ça va un peu vite, réussit-elle à dire. C'est tout.

— Allez, la pressa-t-il d'une voix endormie. Jenny de New York. Jenny la Folie.

— Je ne suis pas folle à ce point, le corrigea-t-elle.

Elle avait le sinistre pressentiment qu'il faisait référence à quelqu'un. Que racontait-on sur elle? Et où avaient-ils obtenu leurs informations?

Puis Heath bascula brusquement, posa la tête sur le banc et se mit à ronfler doucement. Jenny se leva. Il était défoncé. Elle passa la chapelle vide en revue, ses ronflements résonnant sur les plafonds à poutres.

Tout cela lui donna le sentiment d'être redevenue l'ancienne Jenny. Elle soupira et balaya des yeux la chapelle faiblement éclairée. L'école ne commençait pas officiellement avant demain. Nouvelle Jenny s'échauffait, voilà tout.

HibouNet   Boîte de réception

A : EliasWalsh@waverly.edu
De : HeathFerro@waverly.edu
Date : mercredi 4 septembre 9 h 50
Objet : Mec...

Ease,

Ai loupé une putain de fiesta. Me souviens même pas de la fin, sauf
que cette petite nouvelle toute fraîche et moi nous entendions super-
bien. Je suis toujours au lit et je pense que je vais y rester toute la
journée. Parie que t'as une putain de super excuse pour ne pas être
là. C'était Tinsley ? Tu l'as vue cet été, non ?

Hé mec, réponds-moi, parce qu'on te croit tous mort.

À plus,

H

A : BethMesserschmidt@waverly.edu
De : JeremiahMortimer@stlucius.edu
Date : mercredi 4 septembre, 10 h 01
Objet : En chair et en os, c'est mieux...

Salut B,

tu as raccroché si vite. Alors que nous arrivions au meilleur ! Je ne
peux pas passer une autre journée sans te voir. Je sais que tes cours
commencent demain, mais tu finis à 16 h, non ? Et si je sautais dans
la navette pour venir te voir demain après-midi ? Nous pourrions
peut-être passer un peu de temps sous ton édredon duveteux...

8

UN HIBOU DE WAVERLY NE DOIT PAS BOIRE
AVEC SON PROFESSEUR – SAUF DU JUS DE FRUITS.

— Ouch !

Beth percuta un grand type alors qu'elle descendait le couloir
du troisième étage de Stansfield's Hall. Elle essayait de tuer le
temps en se remettant à jour dans ses e-mails sur le minuscule écran de son portable avant de faire la connaissance d'un
nouveau professeur, M. Dalton, qui était censé être le nouveau
conseiller du conseil de discipline. Le message de Jeremiah
venait d'apparaître sur son écran.

— Désolée, marmonna-t-elle à la personne qu'elle venait de
bousculer sans regarder de qui il s'agissait.

— Vous devriez regarder où vous allez avec ça. Vous êtes
Beth, pas vrai ?

Elle leva les yeux. Un type incroyablement beau, aux cheveux
blond sale tout décoiffés se tenait devant elle. Il ressemblait au
prince William, mais en plus grand, plus bronzé et plus séduisant. Il portait une chemise Savil Row sur mesure en oxford à
petits carreaux légèrement froissée dont les deux boutons du bas

étaient mal fermés. Beth ne put s'empêcher de l'imaginer l'enfiler à l'aveuglette sur son torse musclé et ferme au saut du lit.

— Je vous ai reconnue grâce à la photo de votre dossier étudiant, poursuivit le garçon. Je suis Eric Dalton, le nouveau conseiller du conseil de discipline.

Oups. C'était un homme, un vrai.

— Oh! Hum, bonjour monsieur Dalton, bafouilla la jeune fille en fourrant son portable dans sa poche. Je, euh, suis désolée.

Elle lui tendit la main.

Il fit passer un mug à café d'une main à l'autre – le même mug bordeaux et blanc à l'effigie des Hiboux de Waverly dans lequel ils mélangeaient des boissons lors de leurs soirées dans les dortoirs – et serra la sienne. Beth fut brusquement ravie d'être une maniaque de l'hydratation et que sa paume soit donc toute soyeuse dans sa main.

— Ils sont interdits ici, vous savez, déclara M. Dalton en arquant les sourcils en direction de son téléphone. (L'espace d'une seconde, Beth crut qu'il était sérieux et entreprit de trouver une excuse. Mais il murmura :) Mais je ne vous dénoncerai pas... pour cette fois. Allez vous asseoir dans mon bureau, j'arrive dans une seconde.

Confuse, la jeune fille sourit et regretta de ne pas avoir répondu avec une remarque pleine d'esprit.

La porte de son bureau était ouverte. Elle entra et regarda autour d'elle. Pour un type qui venait d'arriver à Waverly, il possédait déjà un tas d'affaires. Des affiches enveloppées dans du papier marron jonchaient le sol, ainsi qu'un gros globe noir qui montrait encore la Russie sous le nom de l'URSS, et des livres et des papiers partout. Elle avisa une carafe à décanter remplie de ce qui ressemblait à du vin rouge sur la table de chêne dans le coin et son esprit s'emballa.

Calme-toi, s'intima-t-elle. *Tu es ici parce qu'il est nouveau à Waverly et il tient à rencontrer tous les membres du conseil de discipline. C'est probablement du Snapple[1] à la framboise et à la canneberge, pas du vin.*

Elle s'approcha d'une affiche que M. Dalton avait accrochée dans un cadre lourd et doré. Il s'agissait en fait d'un vieux manuscrit gravé, fixé sur support et encadré. Elle plissa les yeux en tentant de lire les mots en grec classique et murmura : « Priez chaque dieu comme s'ils écoutaient. »

— Comment le savez-vous ? cria une voix derrière elle.

Beth sursauta. M. Dalton, sur le pas de la porte, lui souriait d'un air narquois, comme s'il connaissait un grand secret et était prêt à se mettre à table.

— J'ai passé quelque temps en Grèce, répondit-elle d'un ton hésitant.

— Voulez-vous vous asseoir ? Désolé pour tous ces papiers.

Il ramassa rapidement un tas de documents sur une chaise et se pencha si près de la jeune fille qu'elle ne put s'empêcher de constater comme il sentait bon. Acqua di Parma, sûrement, la seule eau de Cologne qu'elle supportait chez un homme.

— Puis-je vous servir quelque chose ? proposa-t-il en s'asseyant dans son fauteuil de cuir marron à haut dosseret. (Il produisit un bruit de pet que tous deux feignirent de ne pas remarquer.) J'ai un petit frigo, des verres, mais seulement... eh bien... euh... en fait, je n'ai que du pinot noir. (Il fronça les sourcils puis cilla.) Désolé. Il est clair que nous ne pouvons pas boire de pinot noir. Je ne sais même pas ce que ce vin fiche ici, parce que je n'en ai pas bu ni rien.

M. Dalton fait trop de protestations, ce me semble, songea Beth avec ironie, en le regardant écarter nerveusement le col de sa chemise de son cou.

— C'est bon, déclara-t-elle d'un ton guindé en se juchant sur le bord de son fauteuil.

1. Marque de jus de fruits, limonades, thés glacés, etc. à grand succès. *(N.d.T.)*

Dalton alluma le Mac G5 à écran plat qui trônait sur son bureau.

— Bien, Beth, on me demande de classer toutes les vieilles affaires du conseil dans une base de données. On m'a donné le boulot de larbin parce que je suis nouveau.

Il dévoila nerveusement ses dents parfaites et elle se demanda silencieusement s'il avait simplement des gènes dentaires fabuleux ou si c'étaient des fausses. C'était un mal nécessaire, un mal qu'elle ne verrait aucun inconvénient à approfondir. Avec les lèvres, par exemple.

Il remua ses papiers.

— Donc, en plus de rencontrer tous les membres du conseil, je cherche quelqu'un pour m'aider à défricher tous ces dossiers pour trouver les informations pertinentes, puis m'aider à les entrer dans l'ordinateur. Mais ce doit être quelqu'un qui faisait partie du conseil l'an dernier, parce que ces documents sont confidentiels et interdits aux élèves non membres. En faisiez-vous partie l'an dernier ?

Beth s'humecta les lèvres.

— Eh bien non, répondit-elle, alors qu'elle souhaitait mentir.

— Oh. (M. Dalton eut l'air déçu; il laissa échapper un soupir.) Comme c'est dommage.

— Mais nous ne serions pas obligés d'en parler à qui que ce soit, n'est-ce pas ? suggéra-t-elle lentement. C'est vrai, j'aimerais bien vous aider. Ce serait… ce serait bien dans mon dossier de scolarité.

Bien sûr. C'est pour cela que je veux le faire, songea-t-elle. *Mon dossier de scolarité.*

— Je ne sais pas. (M. Dalton secoua la tête et la fixa d'un air perplexe. Beth dégagea nerveusement une mèche de son visage.) Quel âge avez-vous ? finit-il par demander.

— Dix-sept.

— Hum.

Il inclina la tête et sourit avec un côté de sa bouche.

— Quoi?

— Eh bien, vous ne faites pas votre âge, voilà tout.

C'est ce que lui disaient tout le temps les garçons. Ils étaient abasourdis qu'elle soit encore au lycée.

— Et vous, quel âge avez-vous?

— Vingt-trois. Je viens de finir Brown.

Beth arracha inconsciemment le vernis Hard Candy Vinyl sur son petit doigt.

— Je vais entreprendre un troisième cycle universitaire, mais comme j'ai fait mes études à Waverly, je me suis dit que je pourrais payer mes droits de scolarité en enseignant ici quelques années, poursuivit-il.

— Je veux aller à Brown, lâcha étourdiment Beth.

— Je vous imagine bien là-bas, acquiesça-t-il.

Elle fixa son sublime professeur de vingt-trois ans, sans même baisser les yeux lorsqu'il lui rendit son regard, l'espace d'une seconde.

— Très bien. (Il finit par briser le silence.) Je crois que nous devrions trouver un moyen pour que vous puissiez m'aider – enfin si vraiment vous le voulez.

Je le veux, voulut répondre Beth, *je le veux vraiment vraiment*. Mais elle garda le silence.

— Et si nous nous revoyions demain matin avant les cours? Oh, et « M. Dalton » sonne vraiment bizarre. Peut-être m'y habituerai-je lorsque j'aurai cinquante ans et que je serai à la tête de l'entreprise familiale. Mais pour l'heure… (Il baissa les yeux puis la regarda de nouveau derrière ses épais cils blonds.) Appelez-moi Eric?

— D'accord, acquiesça Beth, tout sourire.

Elle pensait à un tas de petits noms qu'elle aimerait lui donner.

Juste alors, les papiers qu'il avait enlevés de sa chaise se mirent à glisser de son bureau vers les genoux de Beth. Il fit un bond en avant pour les rattraper. Au même moment, elle se pencha pour

ramasser ceux qui étaient tombés par terre. Leurs têtes se heur-
tèrent.

Aïe.

— Merde ! cria Beth en apercevant un bref éclair de blanc.

Puis elle la ferma. Bien que la majorité des élèves de Waverly
fussent grossiers, vous n'étiez pas censés jurer devant vos professeurs. Les Hiboux de Waverly doivent toujours avoir de bonnes
manières, et les grossièretés étaient un signe d'indécence et de
mauvaise éducation.

Il se frotta le front, grimaçant.

— Vous allez bien ?

Beth déglutit. Et si M. Dalton la trouvait grossière et vulgaire ?
Mais elle remarqua son expression inquiète et décida qu'il s'en
moquait bien.

— Je crois que je vais vivre, répondit-elle enfin.

— Eh bien tant mieux, répondit-il en riant. Parce que je tiens
sincèrement à vous maintenir en vie.

A : BriannaMesserschmidt@elle.com
De : BethMesserschmidt@waverly.edu
Date : mercredi 4 septembre, 10 h 53
Objet : chaud, chaud, chaud.

Salut frangine !

Je viens de rencontrer l'homme idéal. Il est intelligent, canon, timide, mignon et plus sexy que les top models des pubs Romance de Ralph Lauren. Le problème : il est prof. Du style, celui qui te donne des devoirs à la maison. Du style à s'asseoir sur la scène de Waverly pendant les réunions d'élèves. Du style à noter tes disserts et du style, à ne pas être censé toucher ses élèves... je suis sûre que tu vois ce que je veux dire.

Que faire ?

xoxoxoxo,

Petite sœur

A : JeremiahMortimer@stlucius.edu
De : BethMesserschmidt@waverly.edu
Date : mercredi 4 septembre, 10 h 57
Objet : Re : En chair et en os, c'est mieux...

J,

Bien sûr que tu peux venir demain, mais pas dans ma chambre, c'est mort. Callie joue les divas. Surprise, surprise.

À plus,

B

9

UN HIBOU DE WAVERLY NE DOIT PAS TENTER
DE RENDEZ-VOUS GALANT SECRET. IL Y A TOUJOURS
QUELQU'UN QUI REGARDE.

Callie s'adossa aux portes en bois poussiéreuses des vieilles
écuries, tâchant de ne pas maculer de crottin de cheval sec les
talons de ses toutes nouvelles chaussures Stella McCartney en
cuir verni noir au bout rond. La grange rouge dégradée par les
intempéries se trouvait à côté d'un enclos à chevaux de trois
demi-hectares environ, qu'une étendue de pins très dense séparait du reste du campus de Waverly. Un sifflet retentit au loin et
Callie reconnut la voix bourrue de Smail la coach, l'entraîneur
de l'équipe féminine de hockey sur gazon, qui hurlait : « Ce
n'est pas comme ça que vous deviendrez la meilleure équipe,
mesdames ! » La première vraie journée d'école consistait en
épreuves de sélection éreintantes de huit heures pour les équipes
d'automne, mais Callie était dispensée étant donné qu'elle était
déjà capitaine d'une excellente équipe de hockey.
   Le soleil était bas dans le ciel de fin d'après-midi, et Elias
marchait vers elle. Il portait un des T-shirts qu'il avait rappor-

tés de chez elle – un truc vert miteux arborant un fer-à-cheval, naturellement – sous sa veste de Waverly bordeaux usée. Pas de cravate. Ses cheveux châtain foncé tenaient tout seuls en pics échevelés et il y avait un pâté d'encre bleue à côté de son oreille gauche. Un immense sourire sexy s'étala sur son visage lorsqu'il la vit. Elle le désirait tellement. Peut-être que tout était arrangé entre eux, finalement.

— Tu aurais au moins pu changer de T-shirt, le taquina-t-elle en attrapant le bord entre ses doigts.

— J'imagine, parce que je me sens franchement pas assez bien habillé par rapport à toi, la charria-t-il en retour.

— Je ne suis pas si chic !

— Trop chic, oui. Regarde tes chaussures ! (Il les montra du doigt.) Je te vois bien debout devant ton armoire, en train de te prendre la tête à propos de ta toute dernière paire la plus sexy. Pas vrai ? (Il lui sourit.) J'ai raison, non ?

— Tort, rétorqua-t-elle du tac au tac, bien que naturellement, il eût raison.

Ça la gonflait que Elias la connaisse si bien. Et qu'il fût plus intelligent qu'elle. En fait, en y repensant, tout en lui la rendait à la fois fumasse et la faisait frissonner de plaisir.

Elias alluma une cigarette et se baissa vivement, afin qu'on ne le voie pas depuis la maison de Marymount, un grand manoir Tudor en lisière du campus. Callie flanqua ses longs cheveux blond vénitien derrière ses épaules. Pourquoi restait-il planté comme ça sans rien faire ? Ils se retrouvaient seuls près des écuries abandonnées alors que tout le monde terminait les épreuves de sélection sportives. Elle avait hâte de s'allonger dans le foin infesté de tiques et de lui arracher ses vêtements.

— Tu m'as manqué à la fête hier soir, murmura-t-elle tendrement.

— Mmmm. Ouais, j'étais crevé.

Bon, c'était exaspérant. Il ne bougeait *toujours pas* !

— Euh, tu ne veux pas t'approcher? finit par lui demander Callie en tirant sur sa veste.

— Juste une seconde.

Il s'écarta légèrement et tira une autre taffe.

— Tant pis. Laisse tomber.

Callie se recula et sortit son paquet de Marlboro Lights. Elle en fourra une dans sa bouche et essaya d'allumer son briquet vert fluorescent, mais elle n'arrêtait pas de tripoter maladroitement le système de sécurité enfant.

— Non, non, allez, l'implora Elias d'une voix basse en se tournant vers elle et en jetant sa cigarette par terre. Ne sois pas comme ça…

— Eh bien, je ne sais pas, commença Callie. C'est vrai quoi, tu…

Il posa la main dans sa nuque.

— Je ne suis pas vraiment d'humeur, c'est tout.

Il embrassa légèrement le maxillaire de Callie, puis la poussa contre la porte de l'écurie et l'embrassa plus fougueusement. Ses mains viriles parcouraient tout son corps. Elle dégagea un tas de cheveux emmêlés de son visage.

— T'ai-je dit comme c'était bon de te revoir? murmura Elias entre deux baisers.

Callie soupira. Tout se passait de nouveau bien. Pourquoi s'être fait tant de souci? Elias et elle étaient faits l'un pour l'autre. Peut-être n'aurait-elle pas dû flipper autant à cause de ce qui s'était passé en Espagne. Peut-être n'aurait-elle pas dû prêter attention à ce MI idiot que Heath lui avait envoyé, prétendant qu'ils avaient rompu.

— Et si on s'allongeait? chuchota-t-elle.

Elias l'emmena vers le paddock où l'herbe était verte et douce et embrassa délicatement sa clavicule. Il l'entraîna par terre et l'embrassa dans le cou. *C'est ainsi que les choses doivent être*, songea-t-elle en regardant en direction du soleil qui se couchait. Les écuries abandonnées étaient magnifiques et le soleil, bas et d'un rose étincelant dans le ciel. Non, un morceau de John Mayer ne passait pas doucement en fond sonore comme cette nuit-là, en Espagne, mais cela ferait parfaitement l'affaire.

— Tu te souviens de quoi nous parlions en Espagne? murmura Callie, le cœur tremblant dans la poitrine.

Le souvenir de cette nuit surgit en trombe : ils se trouvaient dans son lit, sous ses draps, presque nus. Callie avait rassemblé tout son courage et dit : « Je t'aime » à son petit ami magnifique, bordélique, sexy, brillant et belliqueux. Elle avait alors eu l'intention de coucher avec lui : ils se diraient qu'ils s'aimaient puis feraient l'amour pour la première fois. Toutes les rumeurs de l'an dernier au sujet de Tinsley seraient tirées au clair, et Elias serait à elle à jamais.

Mais il l'avait embrassée silencieusement en retour, puis le baiser avait fini par se tasser et il avait sombré dans l'oreiller à côté d'elle où il s'était endormi. Elle avait écouté sa respiration devenir un doux ronflement, et s'était demandé s'il avait entendu ce qu'elle lui avait confié. Peut-être l'avait-elle dit trop bas? Callie avait passé tout l'été à espérer que c'était la raison pour laquelle il ne lui avait pas répondu « Je t'aime » en retour.

Elle l'aimait sincèrement. *Mais lui, l'aimait-il?* Elle remarqua l'un de ces grands ducs bien gras qui les observait depuis une branche d'arbre. Il ressemblait à ce dessin humoristique idiot pour les vieilles pubs qui vantaient la marque de friandises Tootsie Roll. Elle était gênée, comme si le hibou la jugeait.

— Tu te souviens de ce que je t'ai dit au lit? lui demanda-t-elle, hésitante.

Elias cessa brusquement d'embrasser sa clavicule et s'effondra à son côté. Elle lui toucha le bras.

— Qu'est-ce qui ne va pas?

— Rien. (Il inspira profondément et inspecta le paddock. Les cris des joueuses de hockey résonnaient depuis les terrains d'entraînement.) Ça me paraît juste... je ne sais pas.

— Que veux-tu dire?

Callie produisit un couinement aigu et gênant. Elle rechaussa ses Stella McCartney à son pied droit puis s'assit bien droite. Une longue traînée de crasse grise s'étalait sur sa jambe; elle pria pour que ce ne fût pas du crottin de cheval.

Une silhouette masculine poussant une brouette apparut sur le chemin qui menait aux écuries.

— Merde. (Callie attrapa Elias par les mains et l'aida à se relever.) C'est Ben.

Ben était le vieux gardien méchant qui créait constamment des problèmes aux élèves. Il trimballait même un appareil photo numérique pour glaner des preuves. L'an passé, il avait surpris Heath Ferro en train de fumer un joint près du centre nautique, mais ce dernier l'avait soudoyé pour qu'il supprime les photos de lui en lui offrant les boutons de manchette Harry Winston en platine de son père, un bijou de famille.

Ils gagnèrent non sans mal l'autre côté de l'écurie où ils se collèrent contre une porte en bois.

— Je devrais probablement retourner dans ma chambre, murmura Elias.

— Comme tu veux.

Callie enfonça son talon dans la boue, bien qu'elle sût que cela allait complètement bousiller ses chaussures. Merde. Pourquoi avait-elle mis l'Espagne sur le tapis?

— Écoute. (Il lui prit les mains.) Je suis désolé. Réessayons ce soir. Ta chambre. Après le dîner d'accueil.

— Mais oui, bien sûr, se moqua Callie. Tu es déjà sur la liste de surveillance d'Angelica.

— Je trouverai bien un moyen. (Il l'attira contre lui et l'étreignit une seconde.) Je te le promets, murmura-t-il.

Puis il disparut.

AlanStGirard : Où est Heath ?

BrandonBuchanan : Toujours au lit. Pas encore douché. Il pue.

AlanStGirard : Mec, c'est presque l'heure du dîner !

BrandonBuchanan : Je sais. Je crois qu'il est encore bourré.

AlanStGirard : Il est parti avec cette nouvelle meuf hier soir.

BrandonBuchanan : Qui ?

AlanStGirard : Cheveux frisés foncés ? Gros nichons ? Il paraît qu'elle était strip-teaseuse à NYC.

BrandonBuchanan : Nan. Elle est jamais venue hier soir.

AlanStGirard : Bien sûr que si ; tu étais trop occupé à mater Callie pour t'en rendre compte. Heath l'a emmenée à la chapelle. Tu crois qu'elle lui a fait une lap dance[1] ?

1. Danse érotique exécutée par une fille dénudée sur les genoux d'un client. *(N.d.T.)*

HibouNet	Messages instantanés Boîte de réception

AlisonQuentin : Cette chapelle craint. Pourquoi le discours de bienvenue à Waverly de Maramount est toujours aussi loooong ?

BennyCunningham : Sans déc' ! Où est tu-sais-qui ?

AlisonQuentin : Sais pas. Mais tu savais que Sybille avait dessiné un petit poney sur les tableaux blancs de toutes les filles de son dortoir qui ont couché avec lui ? Jusque-là elles sont six, y compris la nouvelle. Ça fait juste un étage de Dumbarton.

BennyCunningham : Comment ça se fait que je n'aie pas de poney sur mon tableau ?

AlisonQuentin : T'as couché avec lui ?

BennyCunningham : Nous nous sommes embrassés en troisième ! Un peu fleur bleue, mais bonne technique.

AlisonQuentin : Beuh ! Je croyais que tu étais mon innocente amie !

10

IL Y A CERTAINES CHOSES QU'UN HIBOU DE WAVERLY NE MANGE PAS. C'EST COMME ÇA, C'EST TOUT.

« Vous faites partie d'une grande tradition. »

La voix grave et pénétrante de Dean Marymount retentit dans toute la chapelle dans un bruit sourd. Tout le monde racontait que Marymount avait été un grand protestataire révolutionnaire dans les années soixante-dix, et qu'il était membre de Mensa, l'association des personnes ayant un QI supérieur à la moyenne, mais Jenny trouvait qu'il ressemblait davantage à un entraîneur de la Little League qui conduisait un monospace plutôt qu'au doyen d'un prestigieux pensionnat. Sa mèche grisonnante, rabattue sur son crâne chauve, était collée par la sueur. Derrière lui étaient assis les membres du corps enseignant de Waverly, tous vêtus de l'uniforme de l'école – cravate bordeaux et bleu marine, veste bordeaux, chemise blanche et pantalon. En temps normal, les étudiants devaient simplement porter le blazer bordeaux de Waverly avec ce qu'ils voulaient en dessous, mais pour la première réunion de l'année à la chapelle, tout le monde devait mettre une cravate, y compris les filles. Le semblant de nœud de cravate de Jenny était tout bosselé. Elle soupira. Son père n'en possédait qu'une seule, recouverte de toiles d'araignée. Elle ne lui avait jamais demandé, mais il devait sûrement l'avoir depuis qu'*il* était entré en seconde au lycée.

Ils s'étaient réunis pour écouter le discours officiel de début d'année de Dean Marymount, avant le premier dîner officiel réservé à tout le campus. La chapelle bondée sentait les pieds et la transpiration d'adolescents.

Hier soir, elle avait réveillé Heath pour le déposer dans la véranda devant Richards, puis elle s'était traînée à Dumbarton, crevée. Au milieu de la nuit, Beth ou Callie avait débranché son radio-réveil pour se servir de la prise afin de recharger un téléphone portable. Heureusement les cloches de la chapelle l'avaient réveillée à temps pour qu'elle puisse participer aux épreuves de sélection de hockey sur gazon. Chaque élève de Waverly devait pratiquer un sport, et Jenny avait opté pour le hockey sur gazon, qui lui semblait le sport de pensionnat le plus traditionnel. Elle avait envisagé de s'inscrire au lacrosse au printemps pour la même raison. Elle ne possédait même pas de crosse de hockey, mais Alice Smail, l'entraîneur-bouledogue, avait trouvé un Cranberry en rab aux vestiaires, et Jenny avait découvert sans tarder qu'elle était une hockeyeuse-née.

— Tu es *sûre* que tu n'as pas joué pour ton école? lui demanda Smail.

Comme si Jenny avait pu oublier! Kenleigh, le milieu de terrain de son équipe, que Jenny avait vue à la fête hier soir, murmura « Bien joué » lorsqu'elle trotta vers la ligne de touche. Peut-être serait-elle même sélectionnée pour l'équipe universitaire!

— Cette année, j'aimerais vous présenter de nouveaux membres du corps enseignant, annonça Dean Marymount.

Jenny consulta sa montre. Ils se trouvaient déjà là depuis quarante minutes, à chanter l'hymne de l'école et celui de l'équipe de sport de Waverly, à réciter la prière de Waverly à saint Francis, et à applaudir lorsque le doyen avait présenté les *prefects* de l'école, qui étaient des espèces de présidents de chaque classe. Jenny mourait de faim.

— Premièrement, un ancien élève de Waverly, fraîchement diplômé de l'université de Brown, M. Eric Dalton. Celui-ci sera le nouveau professeur d'histoire ancienne pour les premières et les terminales ainsi que conseiller au conseil de discipline. Il est par ailleurs le nouvel entraîneur suppléant de l'équipe masculine d'aviron. Bienvenue.

Tout le monde applaudit docilement.

Jenny espionna Beth que l'on venait de forcer à se lever et à faire signe à la classe car elle était la présidente des premières, deux rangées devant elle. Elle l'observa donner un coup de coude à la brune à côté d'elle et articuler silencieusement : « Ouh là là ! »

— J'aimerais également accueillir chaleureusement tous les nouveaux élèves et les troisièmes. Waverly est votre nouveau foyer, et nous sommes votre nouvelle famille, poursuivit Marymount. Et enfin… bon appétit !

Une salve d'applaudissements et de huées s'ensuivit alors que la foule se déversait de la chapelle sur la grande pelouse verte en direction de la salle à manger. Jenny haleta en entrant. La salle à manger ressemblait à l'intérieur d'une vieille cathédrale anglaise. Les murs étaient tapissés de photos de classe remontant jusqu'à 1903, et d'un tas de clichés de Maximilian Waverly, le fondateur de l'école.

Des élèves fourmillaient, s'embrassaient et se tapaient dans la main. Jenny ne savait pas quoi faire. Où était-elle censée s'asseoir ?

— C'est un peu la folie ici, non ?

Jenny se retourna, espérant que Heath ferait enfin une apparition. Mais à côté d'elle se tenait le garçon au chevalet qu'elle avait vu sur la pelouse hier avec Yvonne. Elias. Du moins croyait-elle que c'était le nom que lui avait donné Yvonne.

Ses cheveux étaient tellement noirs qu'ils frôlaient le brun, et ses yeux étaient bleu foncé. Sous son blazer de Waverly, il portait un T-shirt vert miteux affichant le contour jaune d'un fer à cheval. C'était le genre de T-shirt chic vendu soixante-cinq dollars chez Barneys, mais le sien faisait résolument *vintage*. Sa voix était râpeuse, teintée d'un accent qu'elle n'arrivait pas clairement à identifier.

— Un peu, ouais, acquiesça Jenny. (Elle fit un pas de côté pour le laisser passer. Un carnet à dessins Smythson of Bond Street dépassait de sa besace en toile verte. Une seule feuille de papier de croquis d'yeux, de nez et de bouches était attachée à la couverture à l'aide d'un trombone.) Hé, tu suis les cours de portraits?

— Oui. Et toi?

— Euh, oui, moi aussi.

En silence, Jenny tâcha de se reprendre. « Tu es la nouvelle Jenny, maintenant », se rappela-t-elle.

— Cool. (Elias tapa dans la main d'un garçon qui venait de passer.) Bon, à plus tard alors.

Il sourit à Jenny.

— Hé! cria une voix familière derrière elle. (Elle se retourna et sourit à Brandon, encore plus mignon et plus propret que la veille – si tant est que ce fût possible – dans son blazer bordeaux de Waverly et sa cravate rayée.) C'est un dîner officiel et assis. Tu es à ma table.

— Oh merci. (Elle lui adressa un sourire reconnaissant avant de le suivre dans la salle à manger bondée.) Alors, la soirée a duré longtemps hier soir?

— Oh, comme d'habitude. (Les yeux du garçon se posèrent par terre.) Je ne t'ai même pas vue. Tu es rentrée tôt?

Jenny se mordit la lèvre inférieure.

— Hum, ouais.

Ils arrivèrent à une table qu'occupaient déjà deux étudiants : un garçon très grand avec un piercing au nez et une fille très grande dont le visage angulaire, les grands yeux noisette écartés et les épais cheveux châtains hurlaient tous : « Bonne éducation. »

— Voici Ryan Reynolds, et voici Benny Cunningham.

— Je t'ai vue à la fête hier soir. Je suis Jenny, dit-elle en souriant à Benny.

— C'est exact, acquiesça Benny en jetant un regard entendu à Ryan.

Jenny ôta sa veste de Waverly en laine chaude et la posa sur sa chaise.

— Tu n'as pas le droit de faire ça ! siffla Benny. Le corps enseignant va péter un plomb !

— Oh.

Jenny enfila rapidement sa veste. Elle passa la salle en revue : la majorité des élèves étaient assis à leurs tables, toujours en blazer.

— Tu cherches Heath ? lâcha étourdiment Benny.

Ryan lui donna un coup de coude.

— Oh. (Jenny secoua sa serviette de table en tissu bordeaux immaculé, espérant que son visage ne prenait pas la même couleur.) Ouais. Il était… il était… un peu fatigué hier soir. J'ai dû l'aider à rentrer.

— « Raide défoncé », je dirais plutôt, rit Ryan. Enfin, bref, Brandon, tu te prépares à fond pour Black Saturday ? demanda-t-il en donnant un coup de couteau dans la vieille table en bois.

— Qu'est-ce que Black Saturday ? demanda Jenny, curieuse.

— Ne t'enthousiasme pas trop ! rit Brandon. C'est quand toutes les équipes de sport de St. Lucius viennent à Waverly et nous organisons un super gueuleton et des festivités de sang. Les équipes prennent ça vraiment au sérieux parce que nous sommes vraiment censés détester St. Lucius. C'est une autre tradition. Tu fais du hockey sur gazon, non ?

— Oui, répondit Jenny en souriant. (C'était la première fois qu'elle faisait partie d'une équipe.) Les épreuves de sélection ont eu lieu aujourd'hui.

— L'équipe féminine de hockey joue aussi, avec les équipes de foot et de football américain. Mais quand c'est terminé, les élèves des deux écoles font la fête comme des rock-stars dans un endroit tenu secret jusqu'au jour en question.

— C'est Heath qui organise la fête d'habitude, lança Benny en rattachant son bracelet à breloques Tiffany en argent à son poignet. Mais peut-être te l'a-t-il déjà dit?

Des élèves serveurs en chemise en oxford blanches amidonnées et pantalons de flanelle gris bien repassés apportèrent de grandes assiettes blanc crème de saumon grillé mariné dans du wasabi au miel. C'était bien meilleur que les lasagnes expérimentales de son père à l'agneau et à l'ananas, flambées à la vodka.

— Ouh là là! Ça sent *délicieusement* bon! (Jenny s'empara de sa fourchette et en avala une énorme bouchée.) *Hummm*!

— La vache, tu manges le saumon?

Un garçon posa les coudes sur la table à côté d'elle. Heath. *Enfin.* « Hé! » Elle dissimula sa bouche pleine avec sa main.

— Personne ne mange le saumon, se moqua Heath.

Il n'y avait plus la moindre intonation amoureuse « Tu es une déesse du sexe » présente dans sa voix hier soir.

Les yeux de Jenny s'ouvrirent en grand. Elle regarda les autres assiettes et, en effet, personne d'autre à table n'avait touché à son poisson.

— Pourquoi? Ça pose un problème?

Brandon se tourna vers elle.

— Non – tout va bien. Les gens… ne le mangent pas, voilà tout. Je ne sais pas pourquoi. C'est *comme ça*, c'est tout.

— Jenny?

Quelqu'un lui tapa dans le dos. Elle se tourna face à Yvonne, la fille qui l'avait accompagnée à Dumbarton hier. Des barrettes en forme de papillon en écaille de tortue retenaient ses cheveux blond-eau-de-vaisselle et ses yeux bleu clair étaient encore plus exorbités et fous que la veille.

— Je peux te parler? (Yvonne jeta des coups d'œil nerveux aux autres à table.) Dans le hall?

Ryan et Benny se regardèrent d'un air entendu. Jenny haussa les épaules et posa sa serviette sur son poisson. *Nouvelle Jenny ne s'énerve pas aussi facilement*, se dit-elle. Personne ne mangeait le poisson ? Et alors ? Nouvelle Jenny faisait ce qui lui plaisait !

Yvonne la conduisit dans le hall d'entrée de la salle à manger.

— J'espère que ce n'est pas pour l'ensemble de jazz, déclara Jenny sans ambages. Parce que je ne suis pas du tout intéressée. En gros, je n'ai pas d'oreille.

— Non, ce n'est pas ça. J'ai, hum, entendu des choses à ton sujet et je me suis dit que tu devrais être au courant.

— Euh ?

Jenny retint son souffle. Elle avait déjà eu droit aux discours : « Je me suis dit que tu devrais être au courant » et il s'était presque toujours avéré qu'elle n'aurait jamais voulu être au courant, justement.

— Tout le monde s'envoie des MI sur toi.

— Quoi ? demanda lentement Jenny.

Yvonne inspira profondément.

— On raconte que tu étais strip-teaseuse et que tu te déshabillais pour, genre, un dollar. Et que tu es une légende du sexe de New York City. Et, euh… que tu as déjà couché avec quelqu'un ici à Waverly.

— Quoi ? s'écria Jenny d'une voix perçante. (Brusquement le hall lui sembla sombre et flou.) Avec qui ?! Enfin, qui raconte ça ?

Yvonne baissa les yeux.

— Ce garçon qui était à ta table. Heath Ferro. Je ne sais pas si tu le connais, mais il…

Jenny vit un brouillard rouge devant ses yeux. Heath.

— Je n'arrive pas à le croire.

— *Moi* je n'y crois pas, protesta Yvonne, en agitant la main.

— Merci, cria Jenny d'une petite voix aiguë.

— Il faut que j'y aille. Désolée.

Yvonne tourna les talons et s'enfuit.

Jenny s'adossa au mur, en proie à des vertiges et désorientée. *Heath.* Tout son corps tremblait d'horreur et de colère. Heath avait-il ruiné sa carrière au pensionnat avant même qu'elle n'ait commencé?

Brandon apparut sur le pas de la porte en voûte. Il la regarda en fronçant les sourcils, inquiet.

— Tu vas bien?

— Je dois…

Jenny virevolta sur elle-même et, sans même finir sa phrase, s'enfuit de la salle à manger. Elle traversa les pelouses vertes humides à toute allure, regrettant de ne pas pouvoir s'envoler comme l'un de ces vieux grands ducs bien gras. Les bâtiments anciens de Waverly se dressaient, imposants, de toutes parts, leurs fenêtres étincelantes. La bouchée de saumon lui donna des haut-le-cœur et elle ralentit. Elle avait voulu entrer au pensionnat pour recommencer de zéro, pour devenir la fille qu'elle avait toujours désiré être, pour être une nouvelle version d'elle-même, meilleure et fabuleuse. Cela s'avérait bien plus difficile qu'elle ne l'avait cru.

HibouNet	Messages instantanés Boîte de réception

EliasWalsh : Je suis dehors. Tu peux vérifier si la voie est libre ?

CallieVernon : Attends.

CallieVernon : OK. Je viens de coller mon oreille à la porte d'Angelica et j'ai entendu sa TV à fond. Bon signe.

EliasWalsh : Cool. Jsui là ds 1 seconde.

11

UN BON MOYEN POUR APPRENDRE
À CONNAÎTRE UN HIBOU DE WAVERLY :
VOIR LA COULEUR DE SON BOXER-SHORT J. CREW.

— Tu pues.

Jenny se réveilla en sursaut. Où se trouvait-elle ?

Ah oui, à Waverly. Dans sa chambre.

— C'est vrai, sérieux. Tu pues vraiment. Tu es bourré ? murmura quelqu'un.

Était-ce Callie qui parlait dans son sommeil ? Jenny l'avait entendue entrer ; heureusement, c'était après qu'elle a cessé de sangloter dans son oreiller. Elle s'était déshabillée dans le noir, puis avait dit « bonne nuit » avant de se pelotonner sous ses couvertures.

— Je ne suis pas bourré, articula mal une autre voix. Une voix de mec.

— Pourtant tu empestes la vodka. Beurk !

— J'adore quand tu dis que je sens mauvais, reprit le type.

— Chut ! Pardee va nous entendre !

Jenny s'emmitoufla davantage sous ses couvertures. Cette

94

voix lui paraissait vaguement familière. Et qui que ce fût, il puait en effet – Jenny discernait une vague odeur d'alcool, bien que les fenêtres fussent grandes ouvertes et que la fraîche brise nocturne flottât dans la chambre.

— Ce serait bien, Elias, si tu *n'empestais pas*, comme ça je n'aurais pas à supporter cette puanteur dans ta bouche.

Elias ?

L'estomac de Jenny entama une chute libre. Combien de Elias fréquentaient-ils cet établissement ?

— Tu es sûre qu'il n'y a personne dans la chambre ? demanda-t-il.

— Vois-tu quelqu'un ? siffla Callie.

Jenny resta recroquevillée en boule. Callie l'avait vue. Elle lui avait même souhaité bonne nuit ! Jenny voulait les laisser tranquilles, mais se lever et faire du bruit à cet instant ne serait pas très cool. Et si Elias la voyait ? Elle était sûre que tout son être laisserait transparaître son béguin pour lui, comme si son visage était un maillot de hockey en maille. Dire qu'elle avait craqué d'emblée pour le petit copain de sa camarade de chambre ! Ancienne Jenny, de retour en piste, déjà !

Ses yeux s'accoutumèrent à l'obscurité et elle jeta un coup d'œil discret de sous les couvertures. Le lit de Callie ne se trouvait qu'à un mètre. Une peau nue étincela au clair de lune. « Capote », Jenny entendit-elle murmurer Callie.

Une pause. Puis la voix d'Elias :

— Sérieux ? Où ?

— Tiroir du haut.

Jenny entendit des tâtonnements dans le noir. Puis une bagarre avec les couvertures et un bruit lourd et sourd. Elias était à mi-chemin de la porte. Il tenta de retrouver son équilibre, mais se retint à la table de nuit qu'il finit par entraîner avec lui. Cela produisit un horrible bruit. Une boîte de préservatifs Lifestyles extralubrifiés se renversa avec un gros flacon de lotion pour peaux sèches Lubriderm et un paquet de stylos Bic bleus à pointe fine.

Jenny se releva d'un coup dans son lit et fixa le corps nu de Elias, les quatre fers en l'air.

— Yo! fit le garçon d'une voix traînante en la gratifiant d'un grand sourire. Je te connais.

— Hiiip!

Jenny se glissa furtivement sous les couvertures.

— Callie, tu m'as dit qu'il n'y avait personne, murmura Elias à voix haute.

Callie donna un coup de pied furieux au matelas.

— C'est ridicule, soupira-t-elle en sortant du lit.

Jenny regarda de nouveau de sous les couvertures et distingua la silhouette du corps souple de Callie. Elle portait un soutien-gorge rose, avec un crocodile Lacoste aux dents pointues cousu sur la bretelle. Où était Beth, au fait? Callie jeta un coup d'œil à la bosse que formait Jenny sous les couvertures.

— Désolée, Jenny.

Elle haussa les épaules, s'approcha d'Elias d'un pas lourd et marcha sur sa main en se dirigeant vers la porte.

— Aïe! cria-t-il de douleur. Où vas-tu?

— Salle de bains.

Callie ouvrit la porte à la volée et la lumière fluorescente du couloir illumina la chambre. Mortifiée, Jenny s'enfouit encore plus sous les couvertures. *Elle nous laisse* seuls? se demanda-t-elle, horrifiée.

Elle entendit Elias s'asseoir, faire craquer son cou puis renifler.

— Alors Jenny, c'est le diminutif de Jennifer?

— Eh bien oui, croassa Jenny, toujours blottie sous les couvertures.

— J'voulais pas te mettre mal à l'aise, Jenny, poursuivit-il.

— Pas de problème, marmonna-t-elle dans son oreiller.

Il était poussiéreux et chaud, comme son appartement de l'Upper West Side. Elle était contente de l'avoir apporté, mais il la rendit brusquement tellement nostalgique de son chez-elle qu'elle faillit fondre en larmes.

— Tu peux arrêter de te cacher. Je suis présentable.

Jenny jeta un œil par-dessus la couverture. Elias avait remis ses sous-vêtements, mais c'était tout. Son ventre était plat et musclé. Et son boxer-short arborait un motif de planche à voile, comme elle se souvenait en avoir vu dans le catalogue J. Crew. Elle détourna les yeux, non sans mal.

Il faisait une chaleur étouffante sous les couvertures. Elle s'assit un peu dans l'espoir que Callie revienne d'une minute à l'autre et emmène Elias ailleurs, pour qu'il n'ait pas le temps de voir ses yeux gonflés et sa tête de déterrée. Elle n'osait pas imaginer de quoi elle avait l'air en ce moment, surtout comparée à Callie.

Mais apparemment, Elias s'en moquait. Il se releva et s'assit sur le bord de son lit. Si elle n'avait pas été totalement abasourdie, elle lui aurait peut-être fait de la place. Mais elle ne bougea pas. Il se colla tout contre elle.

— Je me demandais quand je pourrais faire ta connaissance en bonne et due forme, marmonna-t-il, si bas que Jenny l'entendit à peine.

— Quoi ? fit-elle, bien qu'elle l'eût parfaitement compris.

— Rien. (Il leva les yeux.) Oh, les Pléiades.

— Quoi ?

— La constellation. (Le jeune homme lui désigna les vieilles étoiles crados qui brillaient dans l'obscurité que quelqu'un avait collées au plafond voilà des années.) Bien qu'à l'œil nu, seules six étoiles soient facilement visibles.

— Hum.

Jenny ne savait comment réagir – pas seulement à ce que Elias venait de dire, mais à la situation dans son ensemble, *point*. L'homme de ses rêves était assis sur son lit. Si ancienne Jenny était totalement horrifiée, nouvelle Jenny en frissonnait presque. Mélangées, les deux Jenny restaient immobiles et muettes.

Elle regarda le contour des longs pieds athlétiques du garçon.

Son deuxième orteil était plus long que le premier. Qu'est-ce que cela voulait dire, déjà ? Attends, *ouh ouh* ! N'était-ce pas sa main dans son dos ?

OK, ça ne se faisait pas. Où était Callie, d'ailleurs ? Ça ne se faisait absolument pas. Jenny savait qu'elle devrait lui donner une petite tape pour le chasser. Mais elle… n'y arrivait pas, voilà tout.

— Euh… tu t'y connais bien en constellations ? lui demanda-t-elle à la place.

Elias bougea légèrement la main, et caressa du pouce le bas de sa colonne vertébrale. *Pas bien, pas bien, pas bien !*

— Il n'y a pas grand-chose d'autre à faire à Lexington la nuit, soupira-t-il. Sauf si tu veux escalader le château d'eau ou jeter des merdes sur les voies ferrées.

— Je viens de New York, murmura-t-elle en mordant une mèche de ses cheveux pour que ses dents ne claquent pas de nervosité. Mais tu dois probablement déjà le savoir.

— Hein ?

— Tu sais…

Elle s'agita et ses joues s'échauffèrent. C'était terrifiant de songer qu'il avait déjà entendu des choses – des choses salaces – à son sujet.

— Non, je ne sais pas. Tu es célèbre ?

— Je… (Elle s'éclaircit la gorge. Comment Yvonne pouvait-elle être au courant des potins qui couraient sur elle, et pas ce mec sublime ?) Non, je ne crois pas.

— Eh bien dommage, sourit Elias. Et dire que je pensais me trouver en présence d'une célébrité !

Jenny sentit de nouveau sa main dans le creux de ses reins. Elle était chaude à travers la couverture.

— Bon sang de bonsoir !

Jenny et Elias se retournèrent d'un coup. *M. Pardee.* Le mari de la surveillante du dortoir, qui, en l'occurrence, était également le prof de français le plus con de Waverly, avait ouvert la porte en grand. Jenny vit un petit mot griffonné sur leur tableau blanc. « *Je révise dans la chambre de Benny. – Beth.* » M. Pardee portait un sweat-shirt à capuche de l'équipe de football de Waverly et un pantalon de pyjama rouge écossais. Ses cheveux châtains ébouriffés étaient dressés sur sa tête à grand renfort de gel, et sa minuscule boucle d'oreille en argent étincelait à la lumière crue du couloir.

Elias descendit d'un bond du lit de Jenny, enfila son jean et attrapa son T-shirt.

— Mon vieux, fit-il en se dirigeant tout droit vers M. Pardee, je ne suis jamais venu ici.

— Tu n'es… quoi? fit M. Pardee en cillant furieusement.

— Vous ne me voyez pas.

— Elias, *je te vois*, répondit Pardee comme s'il essayait de se convaincre. Tu m'as déjà sorti ce baratin.

— Non, répondit Elias. Je ne suis jamais venu ici.

Il fila dans le couloir.

— Attends, où vas-tu? cria M. Pardee.

Mais trop tard. Il secoua la tête et se tourna vers Jenny. Ne sachant pas quoi faire au juste, elle n'avait pas bougé. M. Pardee avait beau être l'époux de la surveillante de dortoir, Jenny avait entendu dire que c'était un gros drogué. Il notait soi-disant les devoirs de français uniquement après avoir fumé un pétard ou deux.

Peut-être était-il trop défoncé en ce moment pour se rendre compte de la situation?

— Ce n'était pas cool. (M. Pardee rota légèrement.) Pas de garçons dans la chambre excepté aux heures de visite.

— Je sais, mais… bafouilla Jenny.

— La vache! (M. Pardee regardait les préservatifs par terre d'un air mauvais. Personne n'avait encore pris la peine de les ramasser.) Ça ne présage rien de bon.

— Que se passe-t-il?

Callie se tenait sur le pas de la porte, juste derrière lui.

— Je vais devoir le signaler, annonça le professeur dans un bâillement de défoncé. Angelica devra…

— Non, attendez ! l'implora Jenny.

Elle ne pouvait raisonnablement pas avoir des problèmes le premier jour de classe.

— Ouh ouh ? insista Callie. Que se passe-t-il ?

Jenny remarqua que M. Pardee matait la parcelle de peau entre le short taille basse American Apparel de Callie et son caraco en maille Only Hearts. Le crocodile sur son soutien-gorge les regardait à travers les tout petits trous.

— Elias était là, déclara-t-il d'un ton neutre.

— Elias ? répondit Callie, choquée, comme si le professeur avait dit : « *J'ai vu des singes boire de la bière !* »

— Où étais-tu ? lui demanda-t-il.

Callie se renfrogna et roula des yeux.

— À la bibliothèque. Je viens juste de rentrer.

Jenny la fixa, incrédule. Pardee semblait gober son histoire, alors que c'était le milieu de la nuit et qu'elle était à moitié nue, n'avait ni chaussures ni sac à dos ni livres avec elle.

— Alors que faisait Elias ici ? demanda Callie en dardant un regard noir sur Jenny, d'un air de dire : « *Ne fais pas tout merder.* »

M. Pardee arqua un sourcil :

— Alors ?

Une expression blessée et suspicieuse assombrit le visage de Callie. C'était un numéro de comédienne digne d'un oscar.

— Se… passait-il *quelque chose* ?

M. Pardee traîna des pieds.

— Ils étaient au lit ensemble.

— Mais nous ne faisions *rien* ! se défendit Jenny.

— Alors pourquoi dirait-on qu'une boîte XXL de préservatifs a explosé ici ? demanda M. Pardee.

Callie roula des yeux.

— Je n'arrive pas à le croire. Espèce de petite salope ! cria-t-elle à Jenny, en relevant brusquement son caraco de frustration pour exposer son abdomen. M. Pardee fixa avidement son ventre tonifié par le hockey. Callie agita les sourcils à l'attention de Jenny. *Joue le jeu*, articula-t-elle silencieusement.

Les yeux de Jenny s'ouvrirent en grand. Elle n'allait pas laisser Callie lui faire porter le chapeau!

— M. Pardee, c'est un gros malentendu, l'implora Jenny, sans se soucier que sa voix devenait grinçante. Je ne faisais rien du tout!

Mais M. Pardee haussa les épaules.

— Nous le saurons au CD.

— Quoi? fit Jenny.

— Au conseil de discipline, *grosse pute*! cracha Callie.

— Callie, ça suffit! ordonna M. Pardee. Jenny, savez-vous qui est votre conseiller?

— C'est, hum, M. Dalton?

C'était en tout cas ce que prétendait la lettre de bienvenue à Waverly adressée à M. Jennifer Humphrey.

— Bien. Il est nouveau. OK. Vous vous rendrez à Stansfield Hall dans le bureau de M. Dalton à neuf heures et demie demain. Je ne sais pas dans quelle salle il se trouve, mais regardez le plan au premier étage. Il examinera votre situation avant qu'elle ne soit soumise au CD. (Il tripota sa boucle d'oreille.) Compris? Bien, maintenant je dois trouver Elias..

Une fois sûre qu'il était parti, Callie ferma la porte et poussa un énorme soupir.

— Oh mon Dieu! Si près!

— *Grosse pute*? fit Jenny, la voix tremblante.

— Désolée, soupira Callie en s'asseyant sur son lit et en fixant la jeune fille avec ses immenses yeux noisette. Il fallait que je fasse tout pour que M. Pardee croie que j'étais énervée…

— Eh bien, il l'a cru, c'est clair.

Callie haussa les épaules.

— On ne va pas en faire un plat.

Jenny fit une grimace de dégoût.

— Pas en faire un plat? Je vais devoir passer devant un... conseil! Comment ça se passe, au fait?

Callie se pencha pour ramasser un préservatif emballé.

— Tu es nouvelle, tu es une fille et j'ai entendu dire que tu étais intelligente. Ils vont être cool avec toi. (Elle caressa l'emballage carré entre ses doigts.) Tu devrais peut-être faire marcher tes relations avec les Raves.

— De quoi parles-tu?

Callie était-elle sarcastique? Jenny ne lui avait jamais parlé des Raves. Et que lui ferait faire le conseil de discipline? Chercher des ordures dans l'Hudson avec un masque et un tuba? Et si cela était consigné sur son dossier permanent?

— Écoute, commença Callie, Beth est membre du conseil. Elle fera tout pour que tu t'en sortes. Si l'on m'avait chopée avec Elias, je me serais fait virer. On m'a déjà surprise en train de faire des trucs ici.

— Oh? fit Jenny, curieuse.

— Ouais, j'ai déjà chopé deux avertissements. Au troisième, on te fout à la porte.

— Oh.

Jenny était en quelque sorte soulagée. C'était donc son premier avertissement. Ce n'était pas si grave.

— Ça craindrait vraiment si je me faisais virer, reprit Callie en déchirant le préservatif avec son ongle. Mes parents m'inscriraient dans une école publique à Atlanta. Les élèves font passer en douce des revolvers et des cannettes de bière Miller Lite par les détecteurs à métaux. Et tout le monde est branché Nascar[1]. Même les filles. (Elle fixa Jenny.) Tu m'imagines à une course de la Nascar?

Callie était beaucoup trop belle pour fréquenter une école

---

1. *National Association of Stock Car Auto Racing* (Association nationale de courses de stock-cars.) *(N.d.T.)*

publique. Puis Jenny se calma et se rappela qu'elle n'était plus supposée se pâmer d'admiration devant une fille plus âgée, comme l'ancienne Jenny devant Serena van der Woodsen à Constance. Elle ferma les yeux et s'intima d'arrêter. *Nouvelle Jenny, nouvelle Jenny, nouvelle Jenny.*

Callie sortit le préservatif jaunâtre et passa son index dans sa partie ouverte.

— Je vais devoir tenir toute l'année sans me faire choper.

Jenny soupira, résignée. Tout lui plaisait à Waverly – les bois, les bâtiments en brique style Nouvelle-Angleterre, le fait que les professeurs portent des blazers pour aller en cours, et soient pour la plupart titulaires d'un doctorat, et même le succulent saumon au wasabi que tout le monde fuyait. Elle voulait traverser la rivière à la rame pour se rendre au Spring Fling[1], rencontrer des garçons d'autres écoles privées et rentrer triomphante à Manhattan, parce qu'elle était désormais une fille du pensionnat. Elle ne voulait pas tout faire foirer comme ça d'entrée de jeu, et pourtant la revoilà, la fille dont on parlait le plus sur le campus, déjà dans le pétrin avant même le début des cours.

Callie fit tourner la capote autour de son doigt.

— Tout ira bien, assura-t-elle à Jenny. Sérieux. Ils vont te mettre en étude restreinte. Ou t'interdire les visites. Mais Beth fait partie du conseil.

Elle lui adressa un sourire doux, d'un air de dire : « *Je serai ta meilleure amie pour toujours et à jamais, à condition que tu me donnes un coup de main.* »

— Je ne sais pas. (Jenny tordit ses mains sur ses genoux. Autant souhaitait-elle être amie avec Callie, autant ne désirait-elle pas avoir de problèmes. Pas du tout.) Je vais y réfléchir.

— Je comprends parfaitement ! Prends ton temps ! Réfléchis-y ! Mais tu n'auras pas de problèmes. Il n'y a *vraiment, vraiment* pas de quoi en faire un plat.

---

1. Plus grand carnaval organisé par des étudiants aux États-Unis. *(N.d.T.)*

— Oui, mais… (Jenny se mordit la lèvre.) Je ne sais pas…

Callie descendit du lit d'un bond, se rua vers son placard et ouvrit la porte.

— Tiens, pour ton rendez-vous avec ton conseiller demain, tu as intérêt à avoir l'air le plus pro possible. Tu veux m'emprunter quelque chose ? Sérieux. Tout ce que tu veux.

Elle passa la main le long de la rangée de vêtements de créateurs sublimes et parfaitement repassés.

— Vraiment ?

Jenny se leva pour aller jeter un œil au placard de Callie. Elle comprit alors pleinement le poids de la situation. Callie lui aurait-elle offert quoi que ce soit dans son placard si M. Pardee n'avait pas surpris Elias dans la chambre ? Sûrement pas. Jenny sentit un accès de pouvoir, étrange et grisant, si intense qu'il la fit presque flipper.

— Sérieux. Tout ce que tu veux. Je ferai tout pour que cette année soit la meilleure de ta vie, ajouta Callie, enthousiaste.

Jenny attrapa une robe noire DKNY classe sur son cintre en satin blanc et la tint devant elle. La meilleure année de sa vie ? Pourquoi pas ? Elle ne dirait pas non.

| HibouNet | Messages instantanés |
| Boîte de réception |

HeathFerro :	Alors, ils couchent vraiment ensemble ? Tu les as entendus à travers les murs ?
EmilyJenkins :	Ils faisaient tellement de BRUIT que j'ai dû régler ma *sound machine* sur la circulation en ville pour ne pas les entendre !
HeathFerro :	Ils se cognaient contre le mur ?
EmilyJenkins :	À fond. Je n'ai pas fermé l'œil.
HeathFerro :	Très bien.

| HibouNet | Messages instantanés |
| Boîte de réception |

| **SybilleFrancis :** | Tu savais que des filles de troisième dessinaient des poneys sur leurs tableaux blancs ? Elles ne connaissent même pas H. Elles croient juste que c'est cool de faire ça ! |
| **AlisonQuentin :** | H n'a plus beaucoup de choix... il va sûrement passer aux troisièmes la prochaine fois... |

12

UN BON HIBOU DE WAVERLY REGARDE SES SUPÉRIEURS
DANS LES YEUX.

Le lendemain matin, Jenny, près des placards, passait en revue la chambre calme et inondée de soleil. Ce n'était que jeudi, le premier jour de classe, mais déjà la pièce était vivante : livres et papiers partout, vêtements en tas par terre, maquillage, shampooing et flacons de vernis à ongles en bazar sur des bureaux à côté d'ordinateurs à écran plat, des piles de cahiers et de carnets, des paquets de surligneurs non ouverts, et un gros aloès en équilibre instable sur le rebord de fenêtre étroit. Jenny était arrivée voilà près de deux jours, mais elle n'avait toujours pas le sentiment d'être dans *sa* chambre, étant donné qu'elle n'avait quasiment pas eu un moment à elle seule dedans. Le lit de Beth était vide – elle était rentrée discrètement après tout le bazar de la nuit dernière et avait dû se lever tôt. Il restait une trace sur le matelas où s'était trouvé son corps. Callie, recroquevillée en position fœtale, dormait toujours à poings fermés.

Jenny passa la main sur une pile de cardigans en cachemire duveteux de Callie. Tous les vêtements de la jeune fille étaient magnifiques mais, ce matin, Jenny était gênée de lui

106

en emprunter. Elle enfila donc son long jupon kaki brillant Banana-Republic-mais-qui-faisait-Theory, sa seule chemise Thomas Pink boutonnée et des ballerines Cynthia Rowley rose clair. Elle passa son blazer de Waverly et évalua son look. Non coupable, sans l'ombre d'un doute.

Elle gagna le couloir sur la pointe des pieds et referma la porte derrière elle. À côté du petit mot de Beth annonçant qu'elle étudiait dans la chambre de Benny, quelqu'un avait écrit SAUVEZ TINSLEY ! en grosses lettres magenta sur le tableau blanc accroché à la porte. Il y avait également un dessin de ce qui ressemblait à un petit poney dans le coin inférieur. En descendant le couloir, elle constata que d'autres petits poneys étaient dessinés sur les tableaux d'autres filles. Le pensionnat commençait à ressembler à une peinture de Chagall : plein de farces, de manœuvres psychologiques et de mystères.

Jenny se fraya un chemin le long des vieux sentiers aux pavés ronds qui serpentaient sur le campus de Waverly en direction de Stansfield Hall, une massive structure de briques qui abritait les bureaux administratifs et quelques salles de classe. Peu d'étudiants étaient déjà réveillés, mais l'équipe de maintenance entretenait le terrain de football américain et les aménagements paysagers. L'air sentait l'herbe fraîchement coupée.

À l'intérieur de Stansfield Hall, il y avait des moulures de plâtre compliquées de vignes qui grimpaient et de fleurs sur les murs, des vitraux dans les cages d'escalier, et des gravures sur les rampes en bois. Jenny gravit les marches jusqu'au troisième étage et alla jusqu'au bout d'un couloir au majestueux sol en acajou. Une plaque de cuivre sur la porte fermée du bureau annonçait ERIC DALTON. Comme des gloussements provenaient de l'intérieur, Jenny recula d'un pas.

— On me l'a déjà faite, celle-là, disait une voix de fille. Tous mes professeurs d'anglais depuis la sixième m'ont dit que j'avais le même nom que la femme dans *Le Soleil se lève aussi* de Hemingway.

— Lady Beth Ashley, fit une voix d'homme. C'était une fauteuse de troubles.

« Alors ça doit être le nom qui veut ça », Jenny entendit-elle Beth répondre d'une voix extrêmement aguicheuse.

— Euh, écoute, nous devons parler à cette élève sinon nous ne pourrons pas nous occuper des trucs administratifs dont je voulais parler. Es-tu libre ce midi pour déjeuner ? Nous pourrions en discuter à ce moment-là ?

— Je crois que oui, répondit Beth. Je te retrouve ici ?

Jenny frappa à la porte. Elle entendit un bruit de papiers brassés et de verres entrechoqués.

— Entrez ! cria M. Dalton.

Jenny entra d'un bon pas dans le bureau, exigu et en bazar. Beth était assise au bord d'un canapé en cuir marron, les mains croisées sur les genoux, l'air bien trop coincé et innocent.

M. Dalton s'installa à son bureau et remua des papiers.

— Jenny, c'est bien ça ? Je vous en prie, asseyez-vous. (Il lui montra le canapé. Jenny s'installa le plus loin possible de Beth.) Voici Beth, poursuivit-il. Elle fait partie du conseil de discipline et m'aide à effectuer des tâches administratives.

— Oui, c'est ma…

Beth se tourna vers M. Dalton.

— Jenny et moi nous connaissons déjà. Nous habitons ensemble à Dumbarton.

Ouais, dans la même chambre. Jenny se demanda pourquoi elle ne précisait pas qu'elles partageaient la même chambre.

Dalton sourit.

— Ah, très bien. Beth me donne un coup de main sur certaines affaires du CD, et en tant que membre du CD, elle m'aide à diriger celle-ci. (Il s'éclaircit la gorge.) Donc, Jenny, je suis votre conseiller et comme je réunis également des faits généraux au sujet de l'affaire du CD, nous faisons d'une pierre deux coups.

Il feuilleta d'autres papiers comme s'il pouvait absorber ce qui y était écrit rien qu'en les touchant.

Jenny constata que Beth ne portait pas sa veste de Waverly, mais un haut en charmeuse aubergine et une jupe classe en laine noire lui arrivant au genou ; et aux pieds, des sandales Marc Jacobs lacées. Ses longues jambes minces étaient croisées de façon sexy, dirigées vers M. Dalton.

Celui-ci se percha sur le bord de son bureau, un bloc-notes à la main.

— OK. Que s'est-il passé cette nuit ? On nous signale que vous étiez dans votre chambre avec un dénommé Elias Walsh. M. Pardee prétend que vous étiez tous les deux allongés dans votre lit ?

— Eh bien, c'est ça le problème, répondit Jenny, piteuse. (Elle avait veillé toute la nuit à soupeser la meilleure option : confirmer le soupçon de tout le corps d'étudiants de Waverly, comme quoi elle était une méga poufiasse, ou devenir l'ennemie de sa camarade de chambre.) Je ne… je ne crois pas être prête à vous expliquer ce qui s'est passé.

M. Dalton arqua un sourcil.

— Ah bon ?

— Dois-je faire une déclaration tout de suite ? Ou cela peut-il attendre, vous savez, la véritable audience ? Parce que je ne suis pas du tout prête à en parler.

— Eh bien, techniquement, vous n'êtes pas obligée de me dire quoi que ce soit, admit M. Dalton, un stylo en équilibre sur son bloc-notes. Bien que, en tant que votre conseiller, j'aimerais que vous *sachiez* que vous pouvez me le dire.

— Je ne suis pas prête. Je…

— Comment ça, tu n'es pas prête ? l'interrompit Beth en décroisant les jambes et en la fusillant du regard.

Ses cheveux paraissaient encore plus roux quand elle était en colère.

Jenny ferma bien la bouche et haussa les épaules. Elle avait peur de parler.

Beth l'examina d'un œil critique. Sa chemise rayée de rose et blanc était trop serrée sur sa poitrine et elle avait les joues toutes roses, comme si elle avait traversé un champ en courant.

Beth était rentrée tard hier soir après l'engueulade avec M. Pardee, mais Eric l'avait informée ce matin quand elle était arrivée dans son bureau – toutefois Beth ne croyait pas du tout la version de M. Pardee. C'était totalement idiot de la part de Jenny de ne rien dire pour les sortir, Elias et elle, du pétrin. Pauvre Jenny. Elle servait de faire-valoir parfait à Callie. Callie était une belle salope.

Jenny constata que Beth l'inspectait comme si elle était un spécimen biologique sur un porte-objets en verre. Elle sentit ses joues s'échauffer. *Je suis la nouvelle Jenny, je suis la nouvelle Jenny. Je suis la nouvelle Jenny*, se répéta-t-elle en silence, en s'armant de courage.

— Bien, fit M. Dalton en frottant ses mains l'une contre l'autre. J'imagine que si vous ne voulez rien nous dire, vous n'êtes assurément pas obligée de le faire. Mais peut-être vous sentiriez-vous plus à l'aise avec quelqu'un d'autre du corps enseignant?

Jenny haussa de nouveau les épaules, impuissante. Aujourd'hui était le premier jour de classe. Elle n'avait même pas encore rencontré ses professeurs.

— Alors, poursuivit M. Dalton, merci d'être venue, Jenny. J'imagine que nous assisterons à un véritable procès la semaine prochaine. Que diriez-vous de lundi?

— Oui, très bien, répondit-elle d'une voix caverneuse. Hum, merci.

Elle jeta un coup d'œil furtif à Beth en sortant du bureau de M. Dalton, espérant un sourire encourageant, mais celle-ci examinait ses pointes rouge camion de pompier, l'air de s'emmerder ferme.

Jenny referma la lourde porte en chêne derrière elle, et se demanda si elle n'avait pas été totalement stupide de leur annoncer qu'elle n'était pas prête à révéler quoi que ce soit. Qu'était-ce : *Ordre public : le pensionnat* ?

D'un seul coup, elle se retrouva nez à nez avec Elias Walsh, debout devant la porte du bureau de M. Dalton, attendant son tour. Dès que leurs regards se croisèrent, son cœur se mit à battre la chamade.

La probabilité de s'attirer des ennuis et d'être considérée comme la plus grosse salope de tous les temps de Waverly l'avait tellement rongée qu'elle avait laissé leur petite séance de frotti-frotta dans un coin de sa tête. À présent elle se souvenait de la sensation agréable et chaude du corps d'Elias à côté du sien.

— Hé! dit-elle en déglutissant rapidement.

— Hein? (Elias la fixa d'un air absent, ses yeux bleus tout tombants et l'air fatigué. Il portait un T-shirt jaune souci qui arborait l'inscription LEXINGTON ALL STARS.) Oh! (Il écarquilla les yeux.)

— Comment tu te sens? insista Jenny d'un ton timide.

— Je... (Il tituba vers la gauche, les yeux toujours grands ouverts. Une forte odeur de vodka suintait de tous ses pores.) Je... tu en sors?

— Oui.

Jenny se sentait toute grisée rien qu'à l'idée de respirer le même air que lui.

Il allait ajouter autre chose, mais la porte s'ouvrit et M. Dalton passa sa tête blonde par l'entrebâillement.

— Monsieur Walsh, c'est votre tour.

Sans lui dire au revoir, Elias entra dans le bureau en titubant. Jenny se retourna et descendit l'escalier à pas feutrés pour rejoindre le soleil brillant. Sur une branche d'arbre basse juste au-dessus du sentier se trouvait l'un de ces grands ducs bien gras. Elle s'immobilisa sur place. Était-ce le même que celui qui avait essayé de la tuer voilà deux jours? Elle plissa les yeux.

Le hibou finit par la regarder en cillant comme s'il était défoncé, puis détourna les yeux.

Jenny passa devant lui à toute allure, en direction de son premier cours. C'était le premier, et probablement le seul, moment de triomphe de sa journée. Elle avait gagné un concours de regards avec un hibou.

13

EN TEMPS DE DÉTRESSE AFFECTIVE, UN HIBOU
DE WAVERLY DOIT ÉCOUTER SON HIBOU INTÉRIEUR.

— Ravi de voir que vous avez pu venir, lança Dalton à Elias.

À cause de sa cuite à la vodka Ketel One de la nuit dernière, Elias avait l'impression d'être l'infâme magma qu'il ramassait aux pieds de Credo avant d'aller faire une promenade. Il s'affala dans un fauteuil de bureau Eames en cuir noir et, d'un air absent, il fixa Beth, la colocataire de Callie assise en face de lui en blouse pourpre complètement transparente. Son nouveau conseiller semblait avoir dix-huit ans, ce qui constituait un changement bienvenu par rapport à l'ancien, M. Kelley, si vieux qu'il avait du mal à se souvenir de son propre nom et avait fini par prendre sa retraite à l'âge de cent ans environ.

— Bonjour, Elias, le salua Beth d'un ton exagérément autoritaire, en prenant des notes dans un bloc de sténo jaune. Tu as passé un bon été?

— Hum-hum, grommela Elias en fixant le plafond.

Si Beth se prenait pour Melle-J'ai-le-Pouvoir-sur-Toi parceque-je-suis-présidente-de-classe, Elias, en revanche, ne marcherait pas. Beth et lui étaient proches auparavant. Ils suivaient le cours de français ensemble en troisième et pour l'exposé oral final de conversation, au lieu de se mettre debout devant la classe et d'avoir une conversation débile, Beth avait eu l'idée de réaliser un court-métrage morbide à la Godard en français avec une vieille caméra Super-8. Elias était son binôme dans ce cours et, de ce fait, la star existentielle de son film. Il devait dire des trucs bizarres en français, du style : « *Mon omelette du jambon est mort* » et « *Les yeux ont mal*[1] ». M. Grimm avait adoré et leur avait donné un A à tous les deux.

— E. Francis Walsh, lui lança Dalton en regardant soigneusement son dossier. Que voulez-vous me dire à propos de la nuit dernière ?

— Avec elle ici ? fit-il en désignant Beth du pouce. Je pensais que ces choses étaient confidentielles.

— Je suis son assistante, s'empressa d'ajouter Beth en s'asseyant plus droite.

— Elle me donne un coup de main pour les procédures du conseil de discipline, expliqua Dalton. Je pense que cela lui confère les qualités pour rester ici.

Elias laissa aller son regard de l'un à l'autre. Waouh. Dalton se faisait dominer – par Beth Messerschmidt !

— D'après le dossier, le règlement vous a posé quelques problèmes, ces derniers temps, Elias. (Dalton s'éclaircit la gorge.) Liberté surveillée disciplinaire trois fois. Exclusion temporaire, deux fois. Vous avez failli vous faire expulser une fois l'an dernier pour ne pas vous être présenté en cours après les vacances de printemps. Innombrables disputes avec les professeurs. Mauvais comportement. (Il marqua une pause et passa à une nouvelle page du dossier.) Perturbateur en classe. Notes en dessous de la moyenne. Presque aucune activité extrascolaire. Pris quatre fois avec de l'alcool. Séché l'entraînement de sport. Pas d'esprit d'équipe…

1. En français dans le texte. (*N.d.T.*)

114

Il tourna une autre page. Beth sourit d'un air supérieur.

— Mais…

M. Dalton posa son index sur le dossier et arqua les sourcils. Il montra le papier à Beth qui pencha la tête d'un air sceptique. Elias roula des yeux. Pas de doute, il s'agissait encore de ces putains de PSAT[1]. Il avait frôlé la perfection dans les trois grosses matières – et alors ? C'était le genre de trucs qui faisaient saliver ses parents, alors qu'Elias, lui, n'en avait rien à foutre. Sortir en douce du dortoir la nuit pour observer les étoiles filantes au milieu des terrains d'entraînement à deux heures du matin ou marcher pieds nus sur la crique derrière le bâtiment d'art à l'aube – voilà le genre de choses qui comptaient pour lui, des choses dont il se souviendrait quand il serait vieux et tremblant. Pas une note à un examen débile. Malheureusement, toutes les règles à la con se mettaient en travers de son chemin alors que tout ce qu'il désirait, c'étaient d'autres moments parfaits à Waverly tels que ceux-ci.

— Vous êtes un légataire, poursuivit Dalton en jetant un œil à ses boutons de manchette striés. Mais cela ne devrait rien vouloir dire. Moi aussi je suis un légataire de Waverly.

— Vraiment ? s'écria Beth d'une voix perçante. Moi aussi !

— Mon père a fréquenté cet établissement, mon grand-père aussi. Et son frère également. (Dalton se tourna vers Beth.) En gros, les hommes Dalton furent les premiers diplômés de Waverly Academy.

— Comme si j'avais besoin de le savoir, marmonna Elias, sarcastique.

Pourquoi donc ce prof essayait-il d'impressionner Beth ?

Dalton plissa les yeux.

— Écoutez, je n'ai jamais espéré être traité différemment des autres. En fait, je crois que les professeurs ont été plus durs avec

1. *Preliminary Scholastic Aptitude Test* : test déterminant l'aptitude d'un candidat à présenter l'examen d'entrée à l'université. *(N.d.T.)*

moi parce que j'étais un légataire – ils s'attendaient à ce que je serve d'exemple pour les autres élèves.

— Bien.

Quel tas de conneries. Elias serra les dents. Il était un légataire, ce qui était censé être son truc en plus, mais il savait comment cela marchait en réalité : si votre famille possédait assez d'argent pour envoyer successivement des gamins – ou des générations – à Waverly, l'administration vous lécherait le cul jusqu'à la fin de votre vie. Il n'était pas question de sens moral, mais seulement d'argent. Heath Ferro était un foutu légataire, après tout, et regardez comme il foutait la merde !

Dalton se pencha en avant.

— Moquez-vous-en si vous voulez mais vous n'auriez pas dû vous trouver à Dumbarton la nuit dernière, et encore moins avec euh… cette nouvelle élève, Jennifer Humphrey.

— Tu étais avec Jenny ? demanda Beth en se penchant, l'air extrêmement intéressée.

— Que vous a dit Jenny à ce sujet ? s'enquit Elias.

— Elle n'a rien dit, répondit Beth en fronçant les sourcils. Elle a prétendu qu'elle n'était pas prête à faire de déclaration.

— Oh.

Elias se gratta le nez. Il ne savait que faire de Jenny et de ce qui s'était passé la nuit dernière. Après lui avoir parlé à la cafétéria, il s'était convaincu qu'elle n'était qu'un mirage. Elle n'avait pas l'air du style à porter beaucoup de maquillage, si tant est qu'elle en porte tout court, et elle était minuscule alors que Callie était grande. Elle avait des mains et des pieds miniatures, et elle portait un sac qui n'était pas recouvert de grands *G* de Gucci partout. Et elle l'avait questionné sur l'art. Jamais au grand jamais Callie ne le questionnerait sur l'art. Et hier soir – eh bien, ça avait également été un mirage, un mirage alcoolisé. Il était sur le point de coucher avec Callie et s'était retrouvé à filer du lit de Jenny à moitié nu, Pardee à ses basques.

Et voilà que Jenny, la jolie petite Jenny, avait des problèmes à cause de lui. Mais il avait besoin d'être tout près d'elle. Elle était si fraîche, comme un tableau de Botticelli qu'il avait vu à Rome, l'an dernier, *La Naissance de Vénus*, avec cette meuf sexy qui sortait de la coquille de palourde. Il ne voulait pas qu'elle ait des problèmes. Mais il ne tenait pas non plus à ce que Callie apprenne qu'il avait touché Jenny. Elias serra sa tête entre ses mains pour éviter que sa cervelle encore imbibée d'alcool ne se déverse par ses oreilles.

— Écoutez, je ne sais pas ce qui se passe ici, mais en tant que conseiller, je dois vous mettre en garde : ce genre de délit, en plus de vos innombrables autres infractions, devrait conduire à l'expulsion.

Beth inspira un bon coup et secoua la tête, feignant de compatir.

Elias cilla à peine.

— OK.

— Avez-vous entendu ce que je viens de dire ? demanda Dalton. Vous risquez de vous faire expulser.

— Ouais. Je vous ai entendu.

— À votre place, je passerais plus de temps à m'interroger sur les raisons pour lesquelles je suis ici, suggéra Dalton d'un ton sévère, et moins à me fourrer dans le pétrin.

C'était le genre de truc débile que l'un de ses frères aurait pu lui sortir. Elias était le cadet, et ses trois frangins étaient tous également allés à Waverly. Chaque fois qu'Elias s'en plaignait à eux, ces derniers lui répondaient qu'il ne comprendrait l'importance de Waverly qu'une fois sorti. Ce qui était l'une de ces conneries que disaient les gens quand ils vieillissaient et qu'on leur lavait le cerveau. Ses frères étaient déjà diplômés de l'université et de la faculté de droit, deux étaient mariés et l'autre, fiancé. C'étaient des adultes gonflants, dominés par leur femme, et qui n'y connaissaient rien à la vraie vie.

— Bien, répondit Elias entre ses dents. Vous m'avez conseillé, non ?

Sans attendre de réponse, il se leva avec force, ouvrit la porte d'un coup et sortit à grandes enjambées.

Devant Stansfield Hall, il eut brusquement la tête qui tournait. *Vous risquez de vous faire expulser.* Était-il sérieux? Si Elias se faisait virer de Waverly, il pourrait faire une croix sur son année à Paris. Il serait obligé d'habiter chez lui, seul avec ses parents bourrus, où un professeur particulier viendrait lui donner des cours à domicile, et son unique contact avec le monde extérieur serait la factrice blond platine qui l'aimait *un tout petit peu* trop. Il avait besoin de s'asseoir. Peut-être était-ce la vodka de la nuit dernière, mais il ressentit une vague de nausée.

Hou hou hou.

Elias leva les yeux sur les arbres. L'un des grands ducs l'observait, de ses yeux ronds et jaunes. Elias lui adressa un roucoulement, comme celui qu'il faisait quand il avait besoin que Credo se calme, et sortit une bouteille de Sprite toute cabossée de son sac de classe. Il but une gorgée au goulot de la vodka qui restait de la nuit dernière. Tout le monde se rendait aux premiers cours de l'année, mais Elias avait besoin de réfléchir.

Il flâna le long du chemin de pierre usé en direction des écuries, regrettant que Callie ne soit pas là pour s'étendre avec lui dans le corral humide et lui fasse complètement oublier la menace de Dalton. Ils s'allongeraient sur une vieille couverture de cheval où ils resteraient toute la journée, se moquant bien de louper le premier jour de classe. Mais imaginer Callie nue dans l'écurie abandonnée ne l'excitait pas du tout – il ne pouvait s'empêcher de voir Callie se plaindre du foin dans ses cheveux et de bestioles imaginaires sur la couverture.

Elias s'enferma dans le corral chaud et légèrement humide et ferma les yeux bien fort. Mais quand il revisita son fantasme, ce n'était pas Callie étendue sur la couverture qui levait les yeux sur lui.

C'était Jenny.

A : Étudiants de Waverly
De : DeanMarymount@waverly.edu
Date : mardi 5 septembre, 9 h 01
Objet : dégradation de biens

Chers élèves,

On m'a signalé que des dessins de poney apparaissaient un peu partout sur le campus – sur les trottoirs, sur les tableaux blancs, et sur les murs des douches dans les vestiaires des filles.

Veuillez savoir que la dégradation de biens appartenant à Waverly est un délit majeur qui ne sera pas toléré. Quelques élèves ont reporté anonymement que cela les perturbait affectivement. Sachez que le centre médico-social est ouvert vingt-quatre heures sur vingt-quatre et que quiconque surpris en train de dégrader les biens de l'école devra affronter des conséquences disciplinaires.

Bonne première journée de cours,

Dean Marymount

14

AUCUN HIBOU DE WAVERLY N'ÉCHAPPE À UN INTERROGATOIRE – MÊME SI ELLE EST FILLE DE GOUVERNEUR.

Callie était dans le coaltar en première heure de latin, lorsque Mme Tullington, l'administratrice de l'école, interrompit le cours.

— Mademoiselle Vernon, lui lança M. Gaston, son professeur, votre conseillère veut vous voir.

Le bureau de sa conseillère ne se trouvait qu'un étage en dessous de la salle de latin. Callie frotta nerveusement les mains. Mme Emory et elle n'étaient pas vraiment copain-copain. Mme Emory était une pétasse lesbienne du Connecticut aux cheveux courts et d'âge moyen, qui était allée à Vassar avec la mère de Callie. Les deux femmes avaient été rivales, toujours en concurrence pour obtenir la moyenne la plus élevée et être admise dans le phi beta kappa[1]. Elles s'étaient aussi battues pour la même place à Harvard Law et la mère de Callie avait gagné.

1. Club estudiantin le plus vieux et le plus prestigieux des États-Unis réservé aux étudiants les plus brillants et dont les membres sont élus au cours de la troisième et quatrième année universitaire. *(N.d.T.)*

120

Amère, Mme Emory avait décidé de renoncer à la fac de droit et avait décroché une maîtrise d'enseignement à NYU. Elle avait clairement fait comprendre à Callie que louper Harvard avait affecté tout le cours de sa vie, et Callie la soupçonnait de mettre tout cela sur le dos de sa mère. Encore une autre brillante alliance élève/conseiller de la part de l'administration de Waverly.

Le bureau de Mme Emory était bizarre. Elle n'avait absolument aucun livre ou affaire personnelle sur ses étagères, et la seule chose punaisée à son tableau d'affichage était la feuille d'appel de Waverly, qui répertoriait tous les numéros et extensions des bureaux des membres du corps enseignant. Un Sony Vaio solitaire à écran plat se trouvait sur son bureau en bois foncé, et un sac de courses arborant l'inscription RHINECLIFF YARN BARN sur le devant trônait sur une table vide derrière elle. Des aiguilles à tricoter en bois et du fil brun clair en dépassaient. Mme Emory, une tricoteuse ? Pas possible !

Callie s'assit rapidement sur la chaise Aeron noire en face du bureau de la conseillère. À côté du col roulé noir à l'air spartiate et du pantalon noir pratique de la jeune femme, la jupe rose vif à volants Diane von Furstenberg de Callie et sa montre Chopard incrustée de diamants roses semblaient ridicules.

— Vous vouliez me voir ?

Mme Emory leva les yeux de son clavier d'ordinateur. Elle plissa un œil et tordit sa bouche gigantesque en moue méprisante. On aurait dit une Popeye au féminin barjo. Pourquoi Callie n'avait-elle pas pu avoir de conseillère sympa, comme Mme Swans, qui amenait ses élèves au Metropolitan Opera trois fois par an, ou M. Bungey qui organisait pour ses élèves des soirées de Noël au scotch et écoutait tous leurs problèmes de cœur ? Oh non, il avait fallu qu'elle se retrouve avec cette tarée de Popeye-woman, qui devait sûrement se servir de ses aiguilles à tricoter pour donner des coups dans le cul de ses conseillés lorsqu'ils se conduisaient mal.

— M. Pardee m'a dit que je devrais vous parler, annonça

121

sèchement Mme Emory. Il prétend que l'on a surpris votre petit ami dans votre chambre hier soir. Après le couvre-feu.

Callie respira un bon coup pour se préparer. Elle bénéficiait d'années de pratique de déformation de la vérité auprès de sa mère, mais cela la rendait toujours nerveuse.

— Eh bien, c'est le problème, justement, commença-t-elle. Mon petit ami était là, oui. Mais il ne me rendait pas visite; il rendait visite à Jenny, ma camarade de chambre.

— Et comment le savez-vous?

Callie fronça les sourcils.

— Parce que… parce que… je n'étais pas là.

Mme Emory la regarda d'un air incrédule. « *Hummmm.* » Elle se mit à taper quelque chose sur son clavier. Callie constata qu'elle avait des ongles très courts, rongés jusqu'au sang.

Merde. Le « *Hummm* » de Mme Emory signifiait-il que Jenny l'avait balancée? Callie ne le pensait pas : elle avait vu la lueur dans ses yeux – Jenny était affamée. Sinon pourquoi se serait-elle pointée à la soirée du dortoir de Richards sans avoir, en gros, été invitée? Si elle ne se souciait pas de l'ordre social de Waverly, elle serait devenue copine avec cette naze d'Yvonne. Non, Jenny en voulait plus, Callie en était certaine.

— Écoutez, fit-elle en haussant les épaules. J'ignore ce qui s'est passé. Je révisais. C'était juste avant le couvre-feu et quand je suis revenue, il n'y avait que Jenny. Elias était parti. M. Pardee lui parlait.

— Mmmm. Bref. Elias et vous, vous n'êtes plus en couple?

Callie grimaça. Avec cet horrible « *Je t'aime* » toujours en suspens et resté sans réponse, chaque seconde qui passait sans qu'il ne lui dise la même chose la rendait ridiculement vulnérable. S'ils ne couchaient pas bientôt ensemble, et commençaient à parler de leur amour l'un pour l'autre, Callie n'aurait plus qu'à s'inscrire au centre médico-social avec toutes les filles traumatisées par les poneys dessinés sur leurs tableaux.

— Non, mentit Callie. Nous ne sortons pas ensemble.

— Vraiment. (Mme Emory la fixa par-dessus ses lunettes carrées noires.) Parce que quelqu'un vous a aperçus aux écuries, vous et M. Walsh, pas plus tard qu'hier.

— Nous… nous rompions, parvint à bégayer Callie d'une voix sèche. Je… je n'ai pas vraiment envie d'en parler, si cela ne vous dérange pas.

Ras-le-bol de Ben ! Ras-le-bol du corps enseignant et du personnel qui vivent sur le campus avec les élèves et sont au courant de tous les foutus détails intimes de leur vie !

— Mmm, répondit la conseillère, comme si elle ne la croyait pas du tout. Eh bien, soyez sage. Nous n'avons pas oublié ce qui s'est passé l'an dernier.

— D'accord, répondit Callie d'une voix perçante.

Puis Mme Emory se mit à taper furieusement. En général, c'était le signal pour que Callie s'en aille. Elle mourait d'envie de tendre le cou pour lire ce qu'elle tapait – sûrement un plan en trois points pour détruire sa vie.

Elle repartit en cours à toute allure, pressée de se retrouver dans le monde apaisant des déclinaisons latines. Assise à son bureau, elle frotta ses mains l'une contre l'autre. Si Mme Emory apprenait qu'elle avait menti et que Elias était venu la voir, elle serait expulsée pour de bon, surtout après l'épisode d'ecsta de l'an dernier. Puis sa mère la déshériterait et elle devrait vivre avec sa tante Brenda qui sentait le poisson dans la banlieue la plus gonflante d'Atlanta. Elle serait obligée d'aller à l'école catholique avec des gamins pâles et boutonneux, pour lesquels faire la fête se résumait à picoler de la Smirnoff Ice sur le parking du Dairy Queen en échangeant des cartes de la Nascar. Callie en avait l'estomac tout retourné.

Deux défis l'attendaient : un, s'assurer que Jenny ne parlait pas, et deux, convaincre Mme Emory que Elias et elle n'étaient plus en couple. Sa vie à Waverly en dépendait.

A : Jenny Humphrey@waverly.edu
De : KissKiss! Online
Date : jeudi 5 septembre, 12 h 50
Objet : surprise!

Chère Jenny Humphrey,

C'est votre jour de chance! Votre amie Callie Vernon a sélectionné pour vous un panier beauté cadeau, rempli de maquillage d'une valeur de cinquante dollars. Le panier est livré avec un fourre-tout, Le SportSac! Veuillez vous rendre sur notre site Web pour choisir la couleur que vous désirez.

Kiss kiss,

L'équipe de Kisskiss!

CallieVernon : Viens avec moi à Pimpernels. Midi.

EliasWash : Faire les magasins ? Non.

CallieVernon : C'est important. Il faut que l'on parle.

EliasWash : On ne peut pas parler sur le campus ?

CallieVernon : Tu peux entrer avec moi dans la cabine d'essayage...

EliasWash : Nous ne sommes déjà pas assez dans la merde comme ça ?

15

UN HIBOU DE WAVERLY DOIT TOUJOURS SE COMPORTER
MORALEMENT DE FAÇON IRRÉPROCHABLE.

Elias vit Callie adossée à la devanture : elle tripotait nerveusement les poignées en bambou de son sac Gucci et tenait une cigarette éteinte. C'était un après-midi assez chaud, et elle portait une chemise colorée légère et une jupe assortie. Les autochtones de Rhinecliff – principalement des artistes hippy aux cheveux en bataille – grouillaient dans la rue aux pavés ronds, mangeaient des cônes de crème glacée à la fraise provenant de la crémerie, et s'arrêtaient pour discuter avec Hank, le type qui vendait des T-shirts *tie-dyed* et de l'encens sur le trottoir. Elias doutait que les hippys papotaient avec Hank à propos de l'encens, toutefois. Hank vendait du haschich à une tripotée d'élèves de Waverly, y compris lui. Il lui avait déjà fait bonjour de la main.

— Tiens, regarde qui est là ! lança Callie, sarcastique.

Elias ne répondit pas. Ils se trouvaient devant Pimpernel's, une boutique de froufrous où Callie daignait faire ses courses. C'était le seul magasin de Rhinecliff qui ne vendait habituellement pas de T-shirts *tie-dyed*, et lorsqu'il le faisait, ils étaient

126

en soie, pailletés et coûtaient trois cents dollars. La dernière fois qu'il s'y était rendu, Elias avait passé tout son temps à examiner une espèce de chaussette minuscule en tricot rose qui coûtait trois cent soixante dollars, tâchant de trouver ce que cela pouvait raisonnablement être. Un cache-nez ? Un sac à shit ? Un préservatif douillet ? Callie avait fini par lui expliquer qu'il s'agissait d'une bottine pour chien en cachemire.

Il fallait absolument qu'il parle à Callie, en revanche, voilà pourquoi il était là.

— Nous avons des problèmes, annonça-t-il sans ambages.

Callie examina ses ongles tout juste manucurés.

— *Nous* ? Comment ça ?

Elias se renfrogna.

— Bien sûr *nous*. Et pourquoi ai-je vu Jenny Humphrey sortir du bureau de M. Dalton ? Était-ce à cause d'hier soir ? Elle n'a rien à voir dans l'histoire.

— Eh bien, Mme Emory m'a convoquée, moi aussi, et si tu veux le savoir, oui, Jenny était là à cause d'hier soir. Je ne peux pas trinquer. Tu te souviens de l'histoire de l'ecstasy ? Mes parents me renieraient et m'enverraient dans une école Nascar !

— Qu'est-ce que tu racontes ? demanda Elias en caressant les côtés non rasés de son visage.

Callie dégagea sa cascade de cheveux blonds de sa nuque d'un coup de tête.

— Écoute, je ne veux pas me faire virer. J'ai donc raconté que tu étais avec Jenny et que nous avions cassé.

— *Quoi* ? demanda le garçon, abasourdi.

Callie haussa les épaules et poussa la porte du magasin. Des carillons tintèrent pour annoncer leur arrivée.

— Ma chérie ! Bienvenue ! cria une femme très grande et très mince aux cheveux blonds lissés en arrière dès qu'ils passèrent la porte.

— Salut Tracey ! roucoula Callie.

Elles s'embrassèrent sur les joues selon une routine bien répétée. Elias resta en retrait; il voulait sortir. Immédiatement. Des filles qui faisaient du shopping en hurlant, des bottines pour chien en cachemire – pas son truc. Que faisait-il là? Il devrait être en train de profiter de ses derniers jours à Waverly.

— Je t'ai gardé quelques articles tout l'été, annonça Tracey en faisait un signe à Callie et en entraînant Callie et Elias dans une petite alcôve au fond.

Elle sortit un portant à vêtements de robes brillantes, de jupes et de blouses. Elle s'empara d'une robe Donna Karan ivoire.

— Jolie, non?

Elias tourna la tête sur le côté pour lire le prix : 2 250 dollars.

— Oh oui, souffla Callie.

Avoir mis sa nouvelle camarade de chambre dans le pétrin ou avoir menti à l'administration ne semblait pas du tout l'inquiéter. Loin de là. Tout ce qui la préoccupait, c'était de savoir si cette robe existait dans une taille assez petite.

— Tu pourrais presque la porter à ton mariage!

Tracey colla la robe sur le corps de Callie.

— Si tu étais une traînée, ajouta Elias, grossier.

Il s'affala sur le canapé lavande et tira un coussin à fanfreluches et à dentelle rose sous ses fesses.

Callie roula des yeux.

— Les garçons, soupira-t-elle en regardant Tracey. Ils n'y connaissent rien! (Puis elle s'approcha d'Elias et lui caressa le bras.) Alors Dalton a été vache avec toi?

— Il a dit que je risquais de me faire virer.

— Oh mais non, tu es un légataire. Ils ne virent jamais les légataires.

Elias vit une lueur d'inquiétude traverser son visage lorsqu'elle rassembla les robes que Tracey lui avait données à essayer.

— Je ne sais pas, répondit-il alors qu'elle refermait la porte rose de la cabine d'essayage. Et s'ils décidaient d'établir un nouveau précédent?

— Ils ne le feront pas, insista Callie, déterminée, en jetant son soutien-gorge chair La Perla par-dessus la porte de la cabine. (Il était tout léger et un peu triste.) Tu ne cours aucun risque, c'est clair.

— Alors tu vas laisser Jenny porter le chapeau à ta place ?

— Pourquoi pas ? M. Pardee l'a chopée elle, après tout. Et elle est prête. Nous en avons discuté.

Elias soupira.

— Tu sais, Dalton m'a dit qu'elle n'avait pas raconté du tout ce qui s'était passé. Et si elle décidait de le faire ?

— Elle ne le fera pas, cria Callie, la voix cassée par une détermination forcée.

Elias s'assit bien droit. Tracey, la gérante du magasin, fixa ses Converse montantes qu'il avait posées sur l'ottomane en velours lavande de la boutique. Quoi, il n'était pas censé mettre ses pieds là ? Dur.

D'un seul coup, Callie passa la tête par la porte de la cabine.

— Mon chou ? J'ai besoin que tu me rendes un tout petit service.

— Quoi ?

S'il s'agissait de l'aider à démêler son string ou à remonter une fermeture Éclair, il n'était pas vraiment d'humeur.

Callie croisa son regard.

— Eh bien… (Elle entortilla une mèche blonde autour de son majeur.) Si Jenny porte le chapeau – et je suis sûre qu'elle le fera – il faut que les choses aient l'air… crédibles.

— Crédibles ?

— Tu sais, comme s'il se passait *vraiment* quelque chose entre vous.

Elias fit rouler sa mâchoire, incrédule, sans la quitter des yeux.

— Donc, poursuivit Callie dans un souffle, ça peut paraître bizarre, mais je me demandais si tu ne pourrais pas flirter un peu avec elle. Tu sais, que vous deux fassiez comme si vous vous aimiez bien. Juste un peu.

— Tu me demandes de flirter avec une autre fille ? fit Elias en riant et en ôtant ses pieds de l'ottomane en velours. As-tu oublié que tu es la fille la plus jalouse de l'univers ?

Callie referma la porte et jeta la robe qu'elle venait de porter par-dessus.

— Je ne suis pas jalouse, rétorqua-t-elle.

— Que veux-tu que je fasse ?

— Je ne sais pas. Flirte, sois gentil avec elle, en toute amitié.

La porte de la cabine fermée, Callie ne pouvait pas voir Elias. Mais si elle l'avait vu, elle aurait sûrement été déconcertée par le sourire apparemment immense et bébête sur son visage, et la couleur qui s'étendait de plus en plus de son cou à ses joues.

Lorsqu'elle passa de nouveau la tête par la porte, il avait réussi à se reprendre.

— Tu trouves ça vraiment dur ? Tu ne te feras pas virer de l'école. C'est idiot. Mais M. Pardee t'a déjà vu dans le dortoir, donc tu as *déjà* des problèmes. Cela ne ferait pas de mal de rendre tout cela un tout petit peu crédible, non ?

— Eh bien, ils ont raison ! dit Elias en levant les bras d'impuissance.

Elle fit des petits bonds de frustration, et Elias regarda sa poitrine une seconde.

— Mon chou, dis-moi ? Ce serait horrible si je me faisais virer, non ?

— Et si *moi* je me faisais virer ?

Callie grimaça.

— Tu ne te feras pas virer, déclara-t-elle d'un ton ferme. Je te l'ai déjà dit.

Elias hésita. Callie avait-elle pu le voir assis sur le lit de Jenny hier soir, lui toucher le dos, et tout cela pouvait-il être un test ? Mieux valait faire comme s'il ne savait pas trop que penser de cette idée – bien qu'intérieurement, naturellement, il eût l'impression que tout son corps eût été frappé par la foudre. Était-ce vraiment possible que sa petite amie lui demande d'apprendre à connaître la fille qui le faisait craquer ?

— Ça ne me paraît pas très moral, répondit-il, stoïque, dissimulant l'immense sourire énigmatique sur son visage.

— Moral ? (Elle claqua de nouveau la porte.) Oublierais-tu que tu m'as piquée à Brandon Buchanan l'an dernier ? Juste sous son nez ?

— Et ?

— Et ce n'était pas franchement moral, non ?

Elias haussa les épaules.

— Enfin bref, poursuivit-elle. Je vais aussi en parler à Jenny. Ce n'est pas comme si je te demandais de coucher avec elle, rien de tout ça. *S'il te plaît*, pourrais-tu faire ça pour moi ?

— Je… croassa Elias.

Elle ne le testait pas. Elle était sérieuse. Il était le putain de mec le plus veinard du monde.

Callie ouvrit la porte, vêtue de la robe Donna Karan blanche. Elle avait tout de la Barbie-pétasse-du-pensionnat le jour de son mariage.

— Alors tu le feras ? insista-t-elle. (Il hocha lentement la tête et elle se fendit d'un sourire.) Merci, mon chou. Tu vas énormément m'aider.

Non non, songea Elias. *Merci à toi.*

A : RufusHumphrey@poetsonline.com
De : JennyHumphrey@waverly.edu
Date : mardi 5 septembre, 12 h 15
Objet : tu me manques

Salut papa,

Je sors de mon premier cours d'anglais. Mon professeur nous a lu une partie de « Howl » à voix haute et cela m'a fait penser à la fois où nous avions fait entrer en douce tes cookies aux flocons d'avoine qui avaient l'air dégueulasses mais qui étaient trop bons dans ce cinéma bizarre et avons regardé ce documentaire sur Allen Ginsberg. J'ai adoré cette journée.

Les épreuves de sélection pour le hockey sur gazon ont eu lieu hier et tu ne vas pas le croire, mais on dirait que j'en ai fait toute ma vie. As-tu entraîné en secret une équipe de poètes beatnik au hockey ? Parce que j'ignore de qui je tiens...

Je continue à m'adapter à tout ici – tout est différent de la ville et de Constance à bien des égards. Ça sent bien meilleur et il n'y a pas de cafards, mais il y a des tas de RÈGLES – je continue à les apprendre... Espérons que je les apprendrai aussi vite que j'ai appris le hockey ! As-tu des nouvelles de Dan ? J'avoue que même lui me manque parfois.

Plein de câlins et de bisous !

Je t'aime,
Jenny

P.S. : peux-tu m'envoyer mon téléphone portable ? Je croyais qu'ils étaient interdits, mais il s'avère que tout le monde a le sien ici. Il est sur mon bureau dans ma chambre. Et si par hasard il se transforme comme par magie en Treo 650, eh bien je ne te le renverrai pas... Merci papa. Je t'aime, tu sais.

16

UN HIBOU DE WAVERLY INTELLIGENT
PEUT TOUT GÉRER.

— Alors, parle-moi de ce prof canon, roucoula la sœur de
Beth. (Beth s'était planquée derrière Stansfield Hall pour passer
un coup de fil rapide à la rédaction de *Elle* avant de rejoindre
Eric pour le déjeuner.) Tu vas *déjeuner* avec lui ?

— C'est un déjeuner de *travail*, précisa Beth. Nous avons
manqué de temps ce matin. Ça ne veut *rien* dire.

— Bien sûr que si ! Comment il s'appelle, au fait ?

— Eric Dalton.

— Quoi ? On a été coupées une seconde.

— Eric Dalton, répéta Beth plus fort cette fois, puis elle éloigna le téléphone de son oreille pour regarder l'écran, sur lequel
clignotait APPEL PERDU. Elle rangea son Nokia dans son sac.

Elle ne pouvait pas s'empêcher d'être nerveuse. Elle n'avait
cessé de penser à Eric depuis leur rencontre, la veille. Il était un
peu gauche et distant, ce qui constituait un défi. Elle avait par
ailleurs le sentiment qu'il l'aimait bien, mais il savait qu'il ne
devrait pas – un autre défi. Beth aimait les défis.

Ce matin, en maths, tandis que M. Farnsworth expliquait le

concept de l'infini, elle avait imaginé qu'ils filaient en douce à New York City tous les deux, squattaient la suite présidentielle du Sherry-Netherland, commandaient du champagne Veuve Clicquot et des œufs à la bénédictine au room service. Ensuite ils passaient des heures et heures à faire l'amour comme des fous, les rideaux grands ouverts afin de pouvoir regarder les voitures de maître tirées par des chevaux dans le parc.

La seule fois où Jeremiah et elle étaient allés à New York, Beth avait voulu boire un martini au Harry Cipriani, qui se trouvait pile dans l'hôtel Sherry-Netherland. Mais Jeremiah avait exigé qu'ils se rendent chez Smith & Wollensky parce qu'il savait qu'ils passeraient à fond le match des Yankees contre les Sox sur leurs écrans plasma. Son estomac entama une chute libre lorsqu'elle songea que Jeremiah lui rendrait visite cet après-midi. Elle ne se trouvait pas dans l'état d'esprit approprié pour le voir.

Elle serra les dents en gravissant l'escalier qui menait au bureau d'Eric. Tout ce qu'elle désirait, c'était s'asseoir sur le lit de Callie, boire à même le mixeur son milk-shake banane-daiquiri protéiné – sa spécialité – et lui parler de la moindre tache de rousseur sur le visage parfait d'Eric. Mais depuis qu'elles s'étaient installées, Callie et elle s'étaient à peine adressé la parole. Elle avait essayé de l'interroger au sujet de l'histoire Jenny/Elias quand elle était passée au dortoir ce matin après les réunions, mais Callie avait filé sous la douche sans répondre. Alors quoi, elles n'étaient plus amies? Ou Callie craignait-elle que si elle baissait la garde, elle lui avouerait ce qu'elle avait fait à Tinsley? Probablement.

Beth frappa à la porte du bureau d'Eric et sentit le thé à la camomille qui infusait à l'intérieur. Il ouvrit la porte à la volée et se fendit d'un grand sourire adorable.

— Hé, dit-il en reculant d'un pas pour la laisser passer.

Beth lui rendit son sourire, tout en se retenant de ne pas sauter à son cou bronzé et sexy. Il était magnifique... de sa cravate soigneusement nouée... à ses chaussettes à losanges. Pas de chaussures, juste des chaussettes à losanges verts qui avaient l'air toutes douces. Elle frissonna. Parce que, après tout, juste sous cette couche de ce qu'elle soupçonnait être du cachemire Brooks Brothers se trouvaient ses pieds. En gros, il était à un doigt d'être tout nu.

— Merci, répondit-elle, recouvrant son sang-froid.

Puis elle remarqua un gigantesque plateau de fromages, caviar, olives, saumon fumé, crackers et petits gâteaux, en équilibre instable sur le bord du buffet. C'était tout à fait le genre d'étalage opulent de friandises gourmet que les clientes de son père envoyaient chez ses parents dans un panier pour le remercier de ses liposuccions.

— Tu aimes le fromage? Manchego? Coach Triple Cream?

Comme si elle pouvait avaler quoi que ce soit.

— Bien sûr. Tous.

— Les olives aussi? (Il les montra du doigt.) J'aime organiser de petits pique-niques.

D'un air sage, Beth prit une toute petite cuillerée de fromage qu'elle fourra entre ses lèvres charnues. Le sel recouvrit sa bouche et elle déglutit bruyamment.

— J'ai hérité de ces habitudes alimentaires de ma famille, expliqua-t-il en grattant le bord de son cou mince et bien rasé. Ma famille, bon sang, elle est folle de fromage!

— Ouais, acquiesça Beth, fascinée par son accent classique de Nouvelle-Angleterre.

Elle ignorait d'où il était originaire, mais ce devait être quelque part sur la Côte est. Boston peut-être, mais il ne parlait absolument pas avec un accent banlieusard.

— Que font tes parents? réussit-elle enfin à dire.

Il marqua une pause.

— Euh, bien, mon père travaille dans l'édition de magazines. Ma mère... elle a ses petits projets à elle, j'imagine. Les tiens?

Ça, pour être vague...

— Mon père est médecin, lança Beth en haussant les épaules.

(Elle n'allait pas lui préciser quelle sorte de médecin.) Et ma mère... ouais, elle a ses petits projets, elle aussi.

L'un d'entre eux étant d'acheter des pulls de créateurs pour les sept chihuahuas de la famille.

— Alors mes sources me disent que tu es allée en Italie, reprit Eric en étalant du brie sur une gaufrette bretonne et en se rasseyant dans sa chaise.

Beth leva les yeux sur lui.

— Ouais. Comment le sais-tu?

Il baissa vivement la tête d'un air timide.

— Eh bien, je l'ai lu dans ton dossier.

Elle sentit ses joues se colorer. Beuh. Évidemment, il avait consulté son dossier. C'était comme ça qu'il l'avait reconnue le premier jour. Cela signifiait-il qu'il était au courant pour ses parents?

— Je suis désolé, s'empressa-t-il d'ajouter. Je n'avais pas l'intention de...

— Non! Mon Dieu, je m'en moque. Je suis allée en Europe avec l'école. J'ai passé un peu de temps en Amérique du Sud, aussi, avec ma famille.

Elle n'ajouta pas que celle-ci avait acheté la maison la plus grosse et la plus tape-à-l'œil de Buzios, au Brésil, et avait fait venir tous les chihuahuas en avion en première classe pour qu'ils passent l'été avec eux.

Il la regarda d'un air sérieux.

— Tu es modeste. Tu es allée en France avec les élèves du cours de français avancé – principalement des terminales – quand tu étais en seconde, et tu es allée en Crète dans le cadre du cours réservé aux meilleurs étudiants quand tu étais en troisième.

Elle haussa les épaules. C'était bizarre que quelqu'un vous parle de vos exploits. Mais plutôt cool, aussi. Jeremiah ne devait même pas savoir où se trouvait la Crète.

— Tu es intelligente. (Il sourit.) J'ai besoin d'une femme intelligente pour m'aider à passer cette première année.

— Eh bien c'est moi, déclara-t-elle d'un air penaud.

Elle trouvait drôle qu'il l'ait qualifiée de femme et non de jeune fille. Elle l'observa déposer gracieusement un noyau d'olive sur le bord du cendrier en céramique bleu style italien. Jeremiah l'aurait craché dans sa main, lui.

— Bien, commençons. (Il ouvrit son dossier en papier kraft d'une pichenette et révéla un gros tas de papiers.) Je veux te montrer cela – ce sont certains de nos dossiers. Ils font neuf mille pages, genre. Et sérieusement, pas un mot de tout cela à personne. Souviens-toi : tu n'es techniquement pas censée effectuer ce genre de travail étant donné que tu ne faisais pas partie du CD l'an dernier. Tout ce qui se trouve dans ces dossiers est confidentiel. Tu crois que tu sauras le gérer ?

— Absolument, l'assura Beth. (Elle rit légèrement.) Je sais très bien garder des secrets.

— Oui ?

Il leva les yeux et se fendit d'un sourire lent. Beth se sentit fondre intérieurement. Il lui tendit une pile de papiers en effleurant le dos de sa main des doigts. Beth faillit s'étrangler sur son Manchego. Il ne se retira pas rapidement, non plus. Le temps ralentit. Beth compta. *Un Mississippi ; deux Mississippi...*

Trois secondes. Leurs mains se touchaient encore. Des frissons lui remontèrent le long du dos et sa main chauffa, comme si elle effleurait une clôture électrique.

— C'était ce que j'espérais, murmura-t-il, brisant enfin le silence.

Beth baissa les yeux, adjurant ses lèvres de ne pas s'ouvrir en un immense sourire.

17

LES HIBOUX DE WAVERLY NE DOIVENT PAS CONFIER LEURS SECRETS À N'IMPORTE QUI.

Brandon remarqua Jenny au loin se diriger vers la colline verte et humide de rosée depuis Hunter Hall, le bâtiment d'anglais. Elle avait soigneusement coiffé ses longs cheveux frisés en deux nattes guillerettes et portait une chemise rose et blanche boutonnée, sa veste de Waverly et une mignonne petite jupe kaki. Il n'avait aucun mal à l'imaginer en fille de ferme, qui va traire une vache ou chanter au sommet d'une colline.

Deux filles blondes en queue-de-cheval serrèrent leurs livres contre leur poitrine et sourirent en passant devant lui.

— Salut Brandon, roucoula Sybille Francis, une blonde glaciale en jupe plissée gris perle ultracourte et en sandales argentées. (Brandon lui adressa un sourire distrait.) Je t'ai vu dîner hier soir avec cette Jenny. A-t-elle vraiment couché avec le mec des White Stripes?

— Quoi? fit Brandon en grattant un sourcil ingénieusement épilé.

— Il paraît qu'elle a couché avec Jack White, le chanteur des Raves, et avec Elias Walsh – tout ça en une semaine!

— Et n'oublie pas, elle s'est fait poneyiser! hurla l'amie de Sybille, une fille qui s'appelait Helena et qui était bien connue pour jouer dans les pièces de l'école et coucher avec l'élève réalisateur lors des fêtes de casting. Brandon en avait un peu marre du terme « poney ». Toutes les filles l'employaient à tout crin et cela devenait complètement ridicule. Pire, Heath *adorait* le fait qu'elles aient inventé un terme sexuel rien que pour lui. Hier soir, avant d'aller dîner, Heath avait donné un coup de coude dans les puissants abdos de Brandon tonifiés par le yoga et avait frimé : « On parie que je peux poneyiser une fille entre la première et la deuxième heure de cours ? »

— Elle n'a pas dit qu'il s'était passé quoi que ce soit entre Elias et elle, répondit Brandon d'une voix égale en s'efforçant d'avoir l'air calme.

— Elle est pire que Tinsley! gloussèrent Sybille et Helena avant de s'en aller main dans la main.

— Non, elle… commença Brandon.

Mais elles étaient déjà parties. Personnellement, toutes ces rumeurs au sujet de Jenny lui donnaient la nausée. Il avait entendu dire qu'on l'avait surprise la nuit dernière en train de baiser bruyamment sur le toit de son dortoir avec Elias Walsh, uniquement vêtue d'un push-up en dentelle – les rumeurs avaient envahi Waverly. Non pas qu'il crût que Jenny l'eût fait – elle était beaucoup trop mignonne pour se livrer à ce genre de choses. Surtout avec un sale type comme Elias Walsh.

Jenny avançait toujours vers lui, l'air plus innocent et les yeux encore plus écarquillés que la première fois où il l'avait rencontrée. Il tendit la main et lui attrapa le bras lorsqu'elle passa devant lui. « Hé ! »

Jenny s'arrêta, complètement hébétée. « Oh ! » s'exclama-t-elle. Maintenant qu'elle le regardait, il remarqua les cernes pourpre foncé sous ses yeux. Il aurait bien voulu appliquer délicatement son soin contour des yeux l'Occitane sur sa peau délicate.

— Hé!

— Tu vas bien?

— Oui, bien sûr.

— Je t'ai pris ça. (Il chercha quelque chose dans sa sacoche John Varvatos en daim brun clair et trouva un sandwich à la dinde et au brie enveloppé dans une serviette de cantine.) Comme je ne t'ai pas vue au déjeuner, je me suis dit que tu aurais peut-être faim.

— Ouais, j'envoyais un e-mail à mon père. (Elle serra les lèvres sans le regarder dans les yeux.) C'est juste… je suis à deux doigts de craquer sous la pression, admit-elle, les lèvres tremblantes. Je ne sais pas quoi faire.

— Que s'est-il passé?

— C'est pas grave. (Elle secoua la tête, le menton tremblant.) Je vais bien. Il faut juste que je réfléchisse à certaines choses un moment, tu sais?

Brandon se demanda ce qu'elle insinuait. Cela signifiait-il qu'elle était sortie avec Elias, en fait? Ou simplement que quelqu'un répandait de méchantes rumeurs non fondées sur elle? Elias, probablement. Dieu qu'il le détestait!

— Ne le laisse pas te foutre le moral à zéro, déclara Brandon en tâchant de regarder Jenny dans ses grands yeux noisette.

— Qui?

— Tu sais, Elias.

— Elias? Ce n'est pas vraiment de sa faute, répondit-elle en donnant des coups de pied dans la pelouse impeccable.

— Non? Alors, c'est cette histoire de poney? Parce que tu sais, presque toutes les filles de Waverly ont commis l'erreur de coucher avec Heath. (Il sourit quelque peu.) Sérieux. Ils ne tarderont pas à trouver quelqu'un d'autre sur qui parler.

Jenny secoua la tête et leva les yeux sur lui derrière ses épais cils noirs.

— Je ne savais même pas qu'on le surnommait Poney, avoua-t-elle d'un ton abattu. Mais au moins je comprends le sens de ces dessins, maintenant. Enfin bref, non, ce n'est pas seulement Heath, ce n'était que le déclencheur.

— Alors qu'est-ce?

— J'ai l'impression… (Elle déglutit. Elle était plus ou moins gênée d'avouer cela à quelqu'un qu'elle connaissait à peine et pourtant, elle savait qu'elle pouvait faire confiance à Brandon.) J'ai l'impression que Elias et moi pourrions vivre une véritable histoire. C'est curieux. Je n'arrive pas à l'expliquer.

Brandon sentit sa gorge se refermer. *Qu'est-ce que c'est que ce bordel?*

— Alors… parvint-il enfin à dire. Tu… l'aimes bien?

— Eh bien, je…

Elle se tut.

Brandon secoua vigoureusement la tête.

— Tu ne peux pas aimer Elias.

Jenny haussa les épaules.

— Oui, je sais, c'est le petit copain de ma coloc.

Ça oui, il était bien placé pour le savoir! *Mais non, tu ne devrais pas l'aimer parce qu'il craint un max, bordel!* Après tout, Elias lui avait piqué Callie l'an dernier et, depuis, rien n'avait été pareil. Une minute, elle se trouvait à son côté à la fête à la bibliothèque et demandait un Grey Goose-tonic. L'instant d'après, elle montait l'escalier de la bibliothèque, la langue d'Elias quasiment fourrée dans sa gorge devant tout le monde.

Et Jenny pensait pouvoir vivre quelque chose avec lui? Allez-euh!

— Ce n'est pas grave de toute façon. (Elle fixa ses chaussures et ferma les yeux bien fort.) J'aurais dû me taire.

— Non… lui répondit piteusement Brandon. Je suis content que tu m'aies parlé.

— Il faut que j'y aille, reprit-elle en regardant toujours le sol en faisant la moue. J'espère que tu passeras une bonne journée.

Sa voix trembla de nouveau comme si elle allait se mettre à pleurer.

Pour peut-être la deuxième fois dans sa vie, Brandon voulait faire un trou dans quelque chose. Pourquoi Elias volait-il toutes les filles cool ? Et cela signifiait-il qu'il s'était *bel et bien* passé quelque chose entre eux ?

Biologie cellulaire et moléculaire était le cours suivant de Brandon, et il avait deux minutes de retard. Il se glissa sur sa chaise et darda un regard noir et méchant sur la fille aux longs cheveux blonds assise devant lui. Elle portait une bague d'améthyste étincelante à la main droite et sentait vaguement les cigarettes et le parfum Jean Patou. Elle se retourna et releva les commissures de sa jolie bouche boudeuse glossée de Chanel en un demi-sourire.

— Hé, Brandon, pépia Callie. On a rencontré de jolies filles, cet été ?

Le jeune homme haussa les épaules et détourna les yeux pour observer par la fenêtre panoramique de la salle de classe une volée d'oies s'envoler en direction du sud en cacardant à tue-tête. Il n'avait pas fait la connaissance de jolies filles de tout l'été, mais il en avait rencontré une son premier jour de classe. Comment pourrait-il empêcher Waverly de détruire Jenny comme il avait détruit Callie ?

HibouNet

BennyCunningham : Alors comme ça elles ne s'adressent même plus la parole.

CelineCosta : Tu as vu le SAUVEZ TINSLEY ! sur leur tableau ?

BennyCunningham : Je crois qu'elles voulaient toutes les deux qu'elle s'en aille – tu sais que Elias craquait pour Tinsley.

CelineCosta : Et maintenant C est sympa avec cette pétasse de Jenny alors qu'elle a pratiquement couché avec son mec. C'est juste pour emmerder B.

BennyCunningham : Ces poufiasses sont vraiment cinglées !

HibouNet

SybilleFrancis : Alors comme ça le tableau d'Angelica Pardee a été poneyisé ! Qu'en penses-tu ?

BennyCunningham : Elle est mariée. Et vieille.

SybilleFrancis : Peut-être qu'elle est secrètement folle de Heath...

BennyCunningham : Me défies-tu de le lui demander lors de son contrôle des chambres ce soir ?

SybilleFrancis : Ouh là là ! Oui, vas-y !

18

UN HIBOU DE WAVERLY NE DOIT PAS S'ACCROCHER AU PASSÉ – SURTOUT S'IL EST REMPLI D'EX-PETITES COPINES.

Callie, assise en cours de biologie, sentait des yeux posés sur elle qui n'étaient assurément pas bienvenus. Pas les regards vides des chats morts et émaciés qui gisaient sur les plateaux de dissection en métal à leurs places de labo. Brandon Buchanan ne cessait de la regarder.

Voilà presque un an qu'ils avaient cassé. Elle s'était rendue à la bibliothèque à une fête pour *Absinthe*, le magazine littéraire de Waverly, sans avoir aucunement l'intention de rompre. Mais la soirée était d'un romantisme classique – ils avaient éteint les lumières de la bibliothèque et recouvert les murs d'un tulle épais et vaporeux. Les enceintes diffusaient une vieille musique douce des années vingt et tout le monde avait reçu l'ordre d'être bien habillé et inventif. Elias était là. Elle le connaissait, naturellement – le cercle éclectique de l'élite de Waverly était petit – mais pas bien. Elle l'avait toujours trouvé sexy et mystérieux, dans un style artiste sensible, et elle l'avait surpris en train de la mater à maintes reprises dans la chapelle. Lorsque Brandon était parti leur chercher à boire, elle avait soutenu son regard, pensant qu'elle flirterait innocemment avec lui depuis l'autre bout de la salle. Mais il l'avait rejointe. Et cela s'était passé comme dans ces émissions animalières sur PBS, lorsqu'un lion saute sur une gazelle. Cela s'était produit si vite qu'elle n'avait même pas compris ce qui lui arrivait.

Elle aurait pu plaider que Elias avait versé quelque chose dans son verre, mais elle n'en avait pas encore. Seulement, quelques secondes plus tard, ils s'étaient glissés furtivement dans la salle des livres anciens de Waverly, comme s'ils devaient désespérément trouver les tomes poussiéreux des sonnets perdus de John Donne. Sombrant dans l'un des fauteuils club en cuir usé, ils s'étaient embrassés pendant des heures, communiquant télépathiquement tandis que leurs langues s'entortillaient. Le lendemain, Brandon savait – tout le monde savait – et, à l'heure du déjeuner, Callie et Brandon avaient rompu.

— D'ici la fin du trimestre, vous aurez examiné les différents systèmes physiques du chat et reconnu chaque organe. (M. Shea, leur professeur qui embellissait avec l'âge, arpentait la salle.) En décembre, vous aurez un examen oral final durant lequel vous devrez identifier correctement tous les organes.

Du fond de la salle, Heath Ferro hennit en entendant le mot *examen oral*. M. Shea alluma le projecteur au-dessus de leurs têtes et se mit à montrer du doigt le diagramme en pointillés d'un chat. Callie jeta de nouveau un coup d'œil furtif à Brandon. Ses yeux restaient rivés sur elle, et elle détourna rapidement la tête. Elle griffonna distraitement : *Arrête de me mater, pervers*, en cursive élaborée sur une nouvelle feuille de son cahier. Dès qu'elle eut terminé, elle gribouilla les lettres à grands coups de crayon noir.

Brusquement, son portable vibra dans sa poche arrière. Elle le sortit tout doucement, puis le glissa discrètement sur ses genoux de sorte à ce que le dessus de la table le cache. C'était un texto de Benny, assise trois rangs derrière elle.

Tu penses D ja o numéro?

Non, répondit Callie.

Chaque année, à l'occasion du Black Saturday, les terminales de la meilleure équipe féminine de hockey exécutaient un numéro. Au début, toute l'équipe en faisait un vraiment standard et gonflant. Ensuite, cela devint une tradition que les filles plus âgées choisissent une nouvelle plus jeune, sélectionnée dans la meilleure équipe, pour exécuter un autre numéro, plus fou et plus ou moins gênant, après lui avoir fait croire que toutes ses coéquipières l'accompagnaient, qu'elle n'était pas seule. Forcément, la fille était complètement mortifiée lorsqu'elle se retrouvait à effectuer le numéro en solo. Parfois, elle ne parlait pas aux autres pendant des semaines. Mais à mesure que la saison avançait, elle en riait invariablement, ravie de s'être liée d'amitié avec ses aînées, si cool. C'était un rituel de bizutage qui avait commencé dans les années cinquante et, en tant que co-capitaine cette année, Callie en avait la responsabilité.

Son téléphone vibra de nouveau.

Jpense ke ns devrion le fér fér à ta new coloc, écrivit Benny.

Callie s'immobilisa, le cœur bondissant dans sa gorge. Pas question. Bizuter Jenny pourrait la mettre en colère, et Callie devait veiller à ce que la jeune fille reste de bonne humeur. *Je crois pas*, écrivit-elle en retour. *Elle est qualifiée pr la meilleur ékipe?*

Benny lui répondit sur-le-champ :

Ouaip, la liste a é T publiée aujourd'hui. Tu l'as pa encore vue jouer? L est un peu désorganisée ms vraiment bonne.

Pas elle, répondit rapidement Callie.

Elle observa Benny taper furieusement sa réponse sur son minuscule Nokia. *Mais on lui en vE a mort à cause d'IZI, non? On pourrait lui foutre une super honte!*

Callie s'assit bien droite. Toute l'école parlait de Jenny et Elias, et les élèves faisaient des messes basses sur Callie quand elle les croisait sur les chemins de pierre du campus. Elle n'avait avoué à personne la vérité sur Elias et Jenny – trop risqué. Mettre la honte à Jenny était la dernière chose dont Callie avait besoin. *Je ne sais pas*, répondit-elle.

Sybille, celine et moi pensons ttes qu'L devrait le faire. Qu'en pense Beth?

Comme si Beth et elle en avaient discuté. De ça ou d'autre chose, d'ailleurs. Elle soupira et jeta son téléphone dans sa sacoche Coach jaune clair, indiquant que la conversation était terminée.

La cloche sonna enfin. Callie se leva d'un bond et attrapa son cahier, espérant que ses cheveux n'empestaient pas le formaldéhyde. Elle sentit une main sur son épaule et se retourna. C'était Brandon, vêtu de son pantalon Zegna vert olive bien repassé et de ses mocassins Prada sans chaussettes. Ses cheveux étaient parsemés d'or et elle se demanda s'il n'utilisait pas un kit pour faire des mèches chez soi, un truc du genre.

— Hé, le salua-t-elle.

— Alors, ce qui vient de la flûte s'en va par le tambour, hein? lança Brandon dont les yeux noisette étaient froids.

— Pardon? fit-elle prudemment.

— Quel effet ça fait de se faire piquer sous son nez celui que l'on aime?

Callie le dévisagea un moment puis, intérieurement, sourit d'un air narquois. *Bien joué, Elias!* Il avait déjà dû commencer à flirter en public avec Jenny. Avant même qu'elle ne trouve l'occasion d'en parler à Jenny.

— Alors? l'amadoua Brandon.

— Ouais, ça craint, acquiesça Callie en déglutissant, tentant d'avoir l'air complètement désespérée.

— Tu ne vas pas me croire, poursuivit le garçon en haussant les épaules, mais je sais quelque chose que tu ne sais pas, entonna-t-il.

— On est quoi, des CE1 ? railla-t-elle, détestant brusquement les sourcils parfaitement épilés de son ex. Il faut que j'y aille.

Bousculant un troupeau de filles de troisième qui avaient l'air extrêmement jeunes, Callie s'arrêta sur le palier du deuxième étage.

Des élèves passèrent devant elle à vive allure alors qu'elle se collait contre le mur de la cage d'escalier en brique. Brandon espérait-il *encore* se réconcilier avec elle ? Aucune chance. C'était à peu près aussi probable que le risque que Elias tombe bel et bien amoureux de la petite Jenny Humphrey. Comme si cela allait se passer un jour.

HibouNet	Messages instantanés Boîte de réception

RyanReynolds : Alors, tu as des infos sur la soirée du Black Saturday ? Il paraît que Tinsley l'organise...

CelineCosta : Vraiment ? Il paraît qu'elle fait une escapade d'amour secrète à Lake Como avec ce type du groupe Entourage.

RyanReynolds : Oh non, j'espère pas ! Je ferai n'importe quoi pour cette meuf ! Elle est trop sexy !

CelineCosta : Toi et tous les autres mecs de l'école.

RyanReynolds : La planète, oui !

19

LORSQU'ON LE COURTISE AVEC DES PÉTALES DE ROSE,
UN HIBOU DE WAVERLY DOIT AU MOINS DIRE MERCI.

— Hé! hurla Jeremiah.

Il gravit d'un bond la longue colline depuis les terrains d'entraînement de Waverly jusqu'à la pelouse principale.

Beth plissa les yeux. Il portait un T-shirt noir délavé, un pantalon de velours beige crade et des Puma vert-crotte-de-nez. Il souriait tellement que Beth aperçut la rangée toute de travers de ses dents inférieures. Si les autres filles du campus trouvaient Jeremiah délicieux, Beth le trouvait immature et débraillé.

— Hé! cria-t-elle en constatant le tremblement indéniable dans sa voix.

Le jeune homme se mit à courir, ses cheveux roux voletant au vent derrière lui. Il lui rentra dedans et enveloppa ses bras musclés autour de sa taille.

— Bébé, murmura-t-il d'un ton agressif, j'ai l'impression que ça fait un million d'années que je ne t'ai pas vue. J'ai l'impression que nous sommes si loin l'un de l'autre!

Pouah!

— Eh bien, c'est ridicule, rétorqua Beth en rougissant et en lui prenant la main. Je t'ai parlé pas plus tard qu'hier.

— Tu vas bien ? s'enquit Jeremiah en la serrant affectueusement. Tu as l'air vraiment… je ne sais pas. Nerveuse.

— Oh non. (Elle tenta un sourire.) J'ai juste un peu le tournis, voilà tout.

Oui, elle avait le tournis. Pas à cause de Jeremiah, mais de son déjeuner époustouflant et absolument magique avec M. Dalton. Avant qu'elle ne sorte de son bureau, il lui avait touché l'épaule et l'avait invitée à dîner un de ces jours. Ses lèvres tremblantes et nerveuses quand il le lui avait proposé, ses yeux brillants quand elle avait répondu par l'affirmative. Dîner, dîner, dîner, dîner avec Eric ! Et c'était *ce soir* !

— Nous allons au belvédère, d'accord ?

Elle revint brusquement sur terre.

— Ouais, couina-t-elle.

Le vieux belvédère blanc était niché au milieu de saules pleureurs, sur la rive de l'Hudson. C'était un baisodrome bien connu à Waverly – en fait, il était si populaire qu'au printemps dernier les élèves avaient fait passer une feuille de présence afin que personne ne vienne interrompre les affaires d'un autre couple au belvédère. Il comportait une balancelle pour deux, usée mais confortable. Il y avait un trou découpé au-dessus du belvédère, de sorte que, le soir, l'on pouvait contempler les étoiles.

— Mais nous ne pourrons pas rester trop longtemps : je dois me préparer pour aller dîner dans peu de temps.

— C'est cool.

Ils longèrent le chemin de pierre, main dans la main ; des hectares de pelouse verte et de vieux bâtiments en brique rouge aux moulures blanc vif bordaient le sentier des deux côtés. Le ciel devenait nuageux, et Beth ignorait si c'était l'humidité ou ses nerfs, mais elle transpirait quelque peu, c'était clair. Jeremiah s'arrêta brusquement et l'attrapa par les deux mains. Des élèves se baladaient dans le campus, se dirigeaient vers les dortoirs pour les heures de visite avant le dîner, matant tous Beth et son petit copain canon, cheveux au vent.

— Tu m'as vraiment manqué. (Il l'embrassa sur le front.) J'aimerais que nos écoles soient plus proches, tu comprends ?

— Elles ne se trouvent qu'à une quinzaine de kilomètres l'une de l'autre, bredouilla Beth en balayant frénétiquement les environs des yeux. (Ils étaient plantés au beau milieu de la pelouse, exposés aux regards depuis Stansfield Hall. Si Eric passait la tête par la fenêtre de son bureau, il les verrait.) Ce n'est vraiment pas si loin !

— Eh bien, pour moi si.

— Allons au belvédère. (Elle lui attrapa rapidement le bras.) Nous pourrons parler là-bas.

— OK. (Jeremiah passa son gros bras musclé et protecteur sur ses épaules.) Alors comment ça se passe ? Tu as de nouveaux profs zarbi ?

— Hum…

— Il paraît que vous en avez un nouveau ? Ce type plein aux as ?

— Je ne sais pas…

Beth s'imaginait plus ou moins que tous les professeurs étaient soit très riches et n'avaient pas besoin de boulots bien payés, soit très pauvres et désespérés.

— Eric Dalton ? Tu l'as déjà rencontré ?

Son cœur se paralysa. Elle jeta un coup furtif à son visage. *Était-il au courant ?*

— Euh…

— Tu le reconnaîtrais si tu le rencontrais. C'est un Dalton.

— Comment ça, *un Dalton* ?

Jeremiah la regarda comme si des vers sortaient de son nez.

— Est-ce juste un truc du Massachusetts ? Tu sais, un Dalton. Son grand-père était Reginald Dalton. Il y a… un complexe géant qui porte son nom à Boston ? Celui où il y a toujours le grand sapin de Noël ?

Chez les Messerschmidt, à Rumson, il y avait une photo de Beth quand elle avait quatre ans, en robe de velours rouge, tenant un chihuahua empaillé, debout sous le sapin de Noël Dalton. Ça alors! *Mon grand-père était dans les chemins de fer. Ma famille a une maison à Newport.* Les paroles d'Eric lui revinrent à l'esprit. Elle n'avait jamais envisagé qu'il était un *Dalton* Dalton.

Beth avait regardé des tas d'émissions spéciales sur eux à la TV, allant de bios historiques sur PBS à de scandaleuses émissions people sur la chaîne de divertissement E! prétendant qu'ils étaient pires que les Kennedy. Elle avait appris que le grand-père, Reginald Dalton, était héritier d'une fortune des chemins de fer. Sa famille possédait Lindisfarne, le *plus gros* hôtel particulier de Newport, et ce depuis une centaine d'années. Le père, Morris Dalton, détenait une maison d'édition internationale qui générait des milliards de millions de dollars et ne publiait que les livres et magazines les plus classe. Eh oui, elle savait qu'il y avait un fils, mais il était timide, n'aimait pas les questions des journalistes ni se retrouver sous le feu des projecteurs. Beth en avait donc déduit qu'il était soit laid, soit inadapté social, voire les deux, et que le secrétaire particulier de la famille chargé des relations publiques préférait ne pas le montrer. Comme elle s'était trompée!

— Je crois qu'ils l'ont présenté à la chapelle, marmonna-t-elle enfin à Jeremiah.

— Oh, bien, au moins Black Saturday approche. (Jeremiah changea de sujet et avança devant elle d'un air dégagé.) Ça va être sympa, non? Nous n'avons jamais fait la fête ensemble, durant l'année scolaire.

— Ouais.

Beth ôta sa main de la sienne, feignant d'avoir besoin de se gratter le bras.

— Hé, ferme les yeux! (Ils approchaient du belvédère. La

main du garçon, calleuse à cause du lacrosse, recouvrit la moitié supérieure de son visage.) J'ai une surprise.

Il la conduisit quelques mètres sur la pelouse, soufflant, tout excité. À chaque pas, Beth ressentait une terreur de plus en plus intense. Tout ce dont elle avait besoin en réalité, c'était que Jeremiah s'en aille afin qu'elle puisse s'asseoir et réfléchir. Eric était-il Eric *Dalton* ? Pour de vrai ?

— OK, tu peux les ouvrir maintenant.

Jeremiah dégagea rapidement sa main de son visage. Beth haleta. Au milieu du belvédère blanc trônait un énorme bouquet de tulipes noires entouré de tas de pétales de roses bordeaux. C'était la première fois qu'elle voyait autant de fleurs au même endroit. Il devait y en avoir une centaine.

— J'aime bien les noires, observa-t-elle d'une voix perçante.

Elle les *aimait bien* ? Elles l'obsédaient, oui !

— C'est ce que tu avais dit une fois, quand nous étions passés devant ce fleuriste à Manhattan.

Il rayonnait et faisait des petits bonds, surexcité, comme un petit garçon qui venait d'apporter le petit déjeuner au lit à ses parents.

— Je... commença Beth.

Callie avait toujours prié en silence pour que Elias fasse ce genre de choses, en vain.

— Et tiens.

Jeremiah lui donna une enveloppe blanche à l'effigie de la United Airlines. Beth l'ouvrit et constata qu'il s'agissait d'un aller et retour en première classe pour San Francisco. Elle le regarda d'un air interrogateur.

— Mon père ouvre un restaurant sur Newbury Street à Boston, et il va faire une tournée de dégustation de vin à la Sonoma. Il m'a dit que je pouvais t'amener. Mais il nous laissera complètement tranquilles. C'est après Thanksgiving.

Beth ouvrit la bouche, mais rien n'en sortit. Faire le tour des régions viticoles de Californie en voiture lui semblait une idée géniale, mais Jeremiah buvait de la bière. Elle ferma les yeux et tâcha de les imaginer tous les deux dans un établissement vinicole. On était censés recracher le vin après l'avoir goûté, mais Jeremiah était plutôt du genre à l'avaler et à se bourrer la gueule. Il faisait vraiment de son mieux. Et en faisait même trop. De plus, Thanksgiving lui semblait si loin. Et si… si elle passait Thanksgiving avec Eric ?

Ouh ouh ? Ils ne s'étaient même pas embrassés ! Mais elle pouvait toujours rêver…

— C'est super.

Elle se força à sourire et regarda béatement les fleurs de nouveau.

Jeremiah la prit dans ses bras par-derrière et l'embrassa délicatement dans le cou.

— C'était ma façon de te dire que tu m'as manqué, bébé.

— Eh bien, c'est vraiment… *quelque chose.* Je ne sais pas quoi dire.

— Pourquoi pas merci ?

La voix de Jeremiah lui parut alors quelque peu énervée, comme celle d'une mère qui gronde son enfant.

Beth partit d'un rire nerveux.

— D'accord, merci, répondit-elle en plissant les lèvres pour déposer un baiser abrupt sur la joue.

Il tourna la tête et l'embrassa sur la bouche.

— Avec grand grand plaisir.

SybilleFrancis : Je viens de voir Beth et son beau gosse de petit copain se diriger vers le belvédère, mais elle avait l'air miteuse. Benny m'a dit qu'elle croyait que Beth aimait quelqu'un d'autre. Tu C ki ?

CallieVernon : Hum...

SybilleFrancis : Il paraît qu'elle fait des câlins avec un type entre les cours.

CallieVernon : Un type de cette école ? Qui ?

SybilleFrancis : Sais pas, mais il est plus âgé. Genre un terminale. C'est ce que croit Benny.

CallieVernon : Euh ?

SybilleFrancis : Tu ne savais pas ? Vous vous faites carrément la gueule vous deux ou quoi ?

CallieVernon : Plus ou moins, j'imagine.

A : Tous les nouveaux élèves
De : DeanMarymount@waverly.edu
Date : jeudi 5 septembre, 17 h 01
Objet : bienvenue !

Chers nouveaux élèves,

Bienvenue à Waverly ! J'espère que votre première journée de cours s'est bien passée.

Vous êtes conviés à une soirée – glace réservée à tous les troisièmes et les étudiants venant d'une autre école après dîner. La préparation de sundae commencera à 20 h. C'est une grande opportunité de se faire de nouveaux amis !

Souvenez-vous, ceci est une manifestation obligatoire.

Ne vous inquiétez pas, j'apporterai les vermicelles de décoration sucrés !

Dean Marymount

20

UN HIBOU DE WAVERLY DOIT RÉSISTER
À LA TENTATION – SURTOUT SI LA TENTATION EST
LE PETIT COPAIN DE SA CAMARADE DE CHAMBRE.

Plus tard ce soir-là, avant le dîner, il se mit à pleuvoir. Jenny se pelotonna sous le plaid en mohair bleu clair que sa grand-mère avait tricoté pour son père quand il fréquentait l'université à Berkeley et lut des passages de *Madame Bovary* pour le cours d'anglais. « *Resté dans l'angle, derrière la porte, si bien qu'on l'apercevait à peine, le nouveau était un gars de la campagne, d'une quinzaine d'années environ...* » Des larmes de grande tristesse emplirent ses yeux. Elle avait lu ce livre l'an dernier à Constance Billard et savait qu'il ne portait même pas sur ce garçon – mais sur Emma Bovary, qui ne souhaitait que faire la fête et coucher avec des types qui n'étaient pas son mari –, toutefois, elle ressentait de la compassion pour ce nouvel élève, bouseux et torturé par les gosses de cette école privée. Elle se demanda si le bouseux n'avait pas été accusé à tort et contraint de choisir entre être populaire ou se retrouver avec un grand *X* noir disciplinaire à côté de son nom.

Une clé cliqueta dans la serrure et Callie entra en trombe, portant un tas de sacs de courses. Jenny s'essuya rapidement les yeux sur la laine rugueuse du couvre-lit, les rendant encore plus rouges qu'ils l'étaient.

— Surprise! chanta Callie en sortant un sac à maquillage Louis Vuitton en cuir vertical de l'un des sacs. J'ai du nouveau vernis à ongles et une flopée de nouveaux cosmétiques. Tu es là pour un moment encore?

— Euh oui.

Jenny, confuse, marqua une pause. Callie lui adressait-elle la parole parce que Beth n'était pas là? Ou cela faisait-il partie de son petit festival de léchage de cul? Jenny avait reçu un autre certificat d'*e-cadeau* de la part de Callie cet après-midi – cinquante dollars en iTunes. Cela commençait à ressembler à un Noël empoisonné.

— Cool. (Callie éteignit le lecteur CD – Jenny écoutait une chanson triste de Yo La Tengo – et mit Modest Mouse à la place.) Alors, comment s'est passé ton premier jour de classe?

— Hum, bien, répondit-elle mécaniquement en s'adossant au mur derrière son lit.

— Écoute, je voulais juste te remercier de m'avoir sauvé le cul du lycée de la Nascar.

Callie gloussa et donna à Jenny une pinte de Phish Food[1] de Ben et Jerry's, sa préférée. Comment le savait-elle?

— Eh bien… (La voix de Jenny ne fut plus qu'un murmure.) Je n'ai rien dit, dans un sens comme dans l'autre.

— Je sais, répondit gaiement Callie. Et c'est super. Tu n'étais pas obligée de raconter quoi que ce soit à M. Dalton. Quand aura lieu l'audience du conseil de discipline, au fait?

---

1. Crème glacée au chocolat avec des marshmallows fondus et une sauce au caramel. (*N.d.T.*)

— Lundi.

Callie ouvrit sa propre pinte de Phish Food qu'elle attaqua à l'aide d'une cuillère en plastique. Elle pencha la tête et examina soigneusement Jenny.

— Tu sais, tes cheveux sont très mignons comme ça, dit-elle enfin.

— Tu es folle ?

Jenny se toucha la tête. Il pleuvait, et ses cheveux avaient explosé en boule frisottée. Elle les avait domptés en queue-de-cheval, mais des frisettes surgissaient de partout pour danser en vrac autour de son visage.

— Non, je trouve ça super. C'est genre… déconstruit. Alors le rendez-vous avec Dalton s'est bien passé ?

— J'imagine, grommela Jenny.

Callie essaya de prendre une cuillerée de crème glacée dans le pot, mais la glace était trop froide et la cuillère en plastique n'arrêtait pas de se plier.

— Alors, tu crois pouvoir me couvrir au conseil ?

— Peut-être. Je ne…

— Bien sûr que tu le feras, l'interrompit Callie. Et j'ai besoin que tu me rendes un autre service. Enfin, ce n'est pas vraiment un service. Ce sera sympa.

Jenny la regarda fixement. Un *autre* service ? Callie n'était-elle pas censée *lui* cirer les pompes ? D'accord, elle ne lui avait pas exactement rendu le panier beauté ou le certificat de cadeaux iTunes, mais bon…

Callie enfonça sa cuillère dans son pot et réussit enfin à produire une entaille.

— Ça va te paraître un peu étrange, mais je me demandais si tu ne pourrais pas flirter un peu avec mon petit copain.

Jenny marqua une pause et retint son souffle.

— Tu veux dire… Elias ?

— Ouais. C'est juste que, pour que ça marche, il faut que

ça ait l'air crédible que vous vous aimez tous les deux, tu comprends?

— Tu veux... que je flirte? répéta Jenny.

— Ouais. Je ne sais pas, du style traîner ensemble pendant le dîner. Peut-être entre les cours. Rien de trop énorme. Il faut juste que les professeurs vous voient.

Jenny la fixa. Elle devrait être énervée – flirter avec Elias ne ferait que l'incriminer davantage, n'est-ce pas? Mais non, son cœur battait fébrilement.

— Tu ne veux pas le faire, n'est-ce pas? demanda Callie, dont les épaules s'affaissèrent. Il avait un peu trop bu l'autre jour, mais il est vraiment sympa quand tu apprends à le connaître.

— Je...

Un coup fut brusquement porté à la porte.

— Ouh ouuuuuuh? cria Benny Cunningham en entrant en trombe dans la chambre. Je vous dérange?

— Nous mangions, hum, de la glace, c'est tout, expliqua Callie d'un ton calme. Je t'en offrirais bien, mais elle est encore trop froide.

— Voici la fille que je voulais voir! s'exclama Benny en désignant Jenny du doigt.

— Moi? fit Jenny en se désignant du doigt.

— Ouaip. (Benny remonta les manches de son pull en cachemire vert-Kermit ultrafin.) Tu joues bien dans la meilleure équipe de hockey, non?

— Ouais, je l'ai intégrée aujourd'hui.

Jenny n'arrivait toujours pas à croire qu'elle allait jouer au hockey pour Waverly. C'était tellement surréaliste.

— Super! s'écria Benny d'une voix perçante. Nous nous demandions si tu ne voulais pas participer à notre petit spectacle pour le Black Saturday. D'habitude, c'est réservé aux premières ou aux terminales, mais nous choisissons aussi des filles plus jeunes. Tu es en seconde, pas vrai?

— Oui. (Jenny regarda Callie.) Petit spectacle?

Callie tressaillit. Lorsque Jenny lui tourna le dos, elle articula silencieusement à l'attention de Benny : *J'ai dit que je ne voulais pas d'elle.*

Benny l'ignora.

— Oui, c'est vraiment sympa. Nous en inventons un nouveau tous les ans et tourmentons St. Lucius avec. Mais uniquement un certain groupe de filles, tu sais ?

— Flûte alors ! s'écria Jenny. Ça m'a l'air vraiment sympa.

— « Flûte alors » ? s'étonna Benny. Tu n'as pas dit *Flûte alors,* quand même ?

Elle rit, mais Jenny sentit qu'en fait elle se moquait d'elle.

— Hum, je voulais dire « cool », se corrigea-t-elle, gênée.

Flûte alors ! Ne pouvait-elle pas faire plus ancienne Jenny ?

— Ouais ? (Benny regarda Callie en arquant les sourcils. Callie lui rendit un air renfrogné.) Génial !

— Participes-tu aussi au numéro ? demanda Jenny à Callie.

— En fait, comme elle est capitaine, Callie l'écrit, expliqua Benny.

— Vraiment ? s'enquit Jenny, curieuse.

Il lui vint alors à l'esprit que faire partie de l'équipe de hockey sur gazon reviendrait à participer à une association d'étudiantes. Elle avait une toute nouvelle famille de sœurs. C'était plutôt cool.

Callie déglutit.

— Je travaille dessus.

— Essaie de le finir avant samedi, ajouta Benny. Bon, il faut que j'aille à la réunion du mag' littéraire. Je voulais juste m'assurer que Jenny était partante. Bye-yiii !

Elle claqua violemment la porte.

Jenny se retourna vers Callie.

— Vous faites vraiment des trucs sympas ici, les filles.

— Ouais, répondit Callie d'un ton calme. Mais je ne le prendrai pas trop au sérieux quand même, tu sais ? C'est juste un numéro débile.

Jenny haussa les épaules et lécha un tout petit peu de crème glacée trop froide sur sa cuillère en plastique. Rumeurs de pétasses mises à part, les filles cool de l'équipe de hockey voulaient qu'elle participe au petit spectacle avec elles. C'était top, non?

La porte s'ouvrit de nouveau et Beth entra à grandes enjambées, son chapeau cloche Eugenia Kim en tweed bleu trempé et ses cheveux roux au carré emmêlés autour de sa tête. Dès qu'elle les vit, une expression irritée gagna son visage parfaitement ciselé.

— Je pensais que vous révisiez dehors toutes les deux, ce soir, les filles.

— Non, répondit Callie. On organise une soirée maquillage-crème glacée.

— Oh.

Beth fit tomber son chapeau cloche par terre.

— Pourquoi es-tu toute mouillée? demanda Callie, plus garce que nécessaire.

Beth ôta son imperméable Burberry kaki lui arrivant aux cuisses et le jeta par terre.

— Jeremiah est passé. On s'est retrouvés coincés sous la pluie.

— Jeremiah? (Callie se raidit en repensant au MI que Sybille lui avait envoyé un peu plus tôt.) Alors vous avez mis les points sur les i?

Beth la regarda d'un air absent.

— Les points sur les i? Nous… enfin bref. Nous avons traîné ensemble.

Callie la fixa à son tour, un demi-sourire sur le visage. *Allez!* Elles étaient les meilleures amies au monde. Si Beth aimait un autre type, elle lui en parlerait sûrement. Il y avait des tas de terminales canon dans cette école – Parker DuBois, par exemple. Parker, à moitié français, avait de grands yeux bleus perçants et était un ingénu de la photo; il avait passé tout l'été à prendre des clichés d'artistes en herbe speed pour le supplément Mode du dimanche du *New York Times*. Callie imaginait très bien

Beth tomber amoureuse de Parker. Elle attendit, planta ses yeux noisette dans les yeux verts de Beth jusqu'à ce que cette dernière baisse les siens en silence.

— Qui est Jeremiah? demanda Jenny en brisant le silence.

— J'imagine que c'est le petit copain de Beth. (Callie tâcha de croiser de nouveau le regard de Beth, en vain. Elle soupira.) Il est sublime, athlétique, trop gentil et organise les meilleures soirées de St. Lucius.

— Flûte alors! Jenny ne put-elle s'empêcher de s'exclamer de nouveau, tentant de dissimuler sa surprise.

Vu comme Beth semblait aduler M. Dalton à la réunion de ce matin dans son bureau, Jenny avait simplement supposé qu'elle était célibataire.

— Pourquoi ne l'as-tu pas amené dans la chambre? demanda Callie. Ou vous l'avez fait sous la pluie en plein milieu des terrains d'entraînement?

Jenny observa Callie parler à Beth. Elle faisait ce truc que font certains lorsqu'ils jouent les gentils, les guillerets et les intéressés alors que, sous la surface, ils pensent des choses vraiment vaches, et vous ne pouvez jamais rien leur dire parce qu'ils vous accusent simplement d'être parano.

Beth roula des yeux.

— Non, nous ne l'avons fait nulle part. Qui voudrait le faire sur un terrain de sport? Dégueu. Elias et toi, vous l'avez déjà fait sur un terrain? Brandon et toi, vous l'avez déjà fait sur un terrain?

Beth se précipita vers son placard où elle suspendit son manteau.

— Waouh. J'en connais une qui a ses ragnagnas, railla Callie en examinant ses ongles.

Jenny pensait encore à la façon dont Beth avait flirté avec M. Dalton lorsqu'elle entendit le nom de Brandon.

— A-t-elle parlé de Brandon? demanda-t-elle à Callie. Comme Brandon Buchanan?

— Ouais. Je suis sortie avec lui pendant presque un an. Il ne te l'a pas dit?

— Non.

— Hum. Je pensais qu'il l'avait raconté à tout le monde. Une fois, l'hiver dernier, nous sommes allés en bande faire du snowboard à Park City et Brandon a rencontré un groupe de touristes suisses à qui il a raconté notre relation torturée dans le moindre détail, alors que nous avions déjà cassé à cette époque. Ensuite il m'a suppliée toute la nuit de l'accompagner au sauna.

Jenny fronça le nez. Cela ne ressemblait pas du tout à Brandon.

Callie secoua la tête.

— Je sais. Les saunas sont bourrés de microbes. Personne n'y va, à part les vieux homos.

— Les saunas sont très bien, Callie, la contredit Beth depuis son placard. Elias y est allé lors de ce voyage.

Callie rougit et se mordit la lèvre inférieure.

— Enfin bref, murmura-t-elle à Jenny, où en étions-nous? Ah oui, Elias. Alors, qu'en penses-tu?

— Eh bien, je suppose… commença Jenny.

Elle voulait plus ou moins lui demander : *Si je flirte avec lui, ça ne va pas le faire flipper?* Mais peut-être était-ce une question trop « ancienne Jenny ». Et il avait touché le dos de nouvelle Jenny…

— De quoi parlez-vous? demanda Beth en sortant de son placard.

— De rien! répondirent Callie et Jenny à l'unisson.

— Génial, poursuivit Callie en se retournant vers Jenny. Ce sera sympa. Elias est mignon. Et ce sera très vite fini.

Jenny se mordit la lèvre. Pas trop vite, espérait-elle.

21

UN HIBOU DE WAVERLY DOIT RESTER FIDÈLE
À SES RACINES.

Quelques minutes plus tard, après que la pluie se fut calmée et que le ciel de fin d'été se fut transformé en orange délavé, les élèves se rendirent en clique de leurs dortoirs à la salle à manger. Et Beth descendit d'un bon pas le chemin de pierre qui menait à l'administration de Waverly. Un vent vif souleva brusquement les bords de son foulard Hermès en pure soie gris perle, ce qui lui évoqua l'hiver. La plupart des élèves détestaient les hivers à Waverly, parce que vous restiez coincés à l'intérieur sans avoir rien à faire, à part regarder de vieux films à la bibliothèque et aller en cours. Mais Beth adorait l'hiver. La surveillante du dortoir allumait des feux dans les salles communes, et les professeurs annulaient les cours le premier jour de neige. À seize heures, il faisait déjà nuit, et Callie et elle boiraient du chocolat chaud arrosé de schnaps à la menthe, tout en commérant sur les derniers mecs pour lesquels elles avaient craqué. Beth était quasiment sûre qu'elle ne boirait plus de chocolat chaud avec Callie cet hiver – elles ne s'adressaient presque plus la parole – mais peut-être aurait-elle quelqu'un d'autre avec qui en boire. Nus.

Alors qu'elle évitait un couple de gros écureuils bruns qui se battaient pour un Cheeto, son téléphone se mit à biper. Elle avait un texto. *Désolée on a été coupées*, disait-il. *Je t'M. Sœurette.*

Beth s'empressa de rappeler Bree et tomba sur sa messagerie. « Je vais sortir dîner avec un *Dalton*, murmura-t-elle avec ravissement au téléphone. Sois jalouse. Sois très très jalouse. » Puis elle appuya sur la touche « End ».

Beth pénétra dans le bâtiment de l'administration, une sensation de vertige et d'aigreur suppurant en elle. L'entrée était vide et *The New Yorker*, *The Economist*, et *National Geographic* étaient bien rangés sur l'immense table basse en teck. Une symphonie de Vivaldi passait sur la chaîne hi-fi. Les vieux sols en merisier craquèrent sous ses bottes noires Jimmy Choo aux talons de sept centimètres alors qu'elle s'approchait de Mme Tullington, l'administratrice, âgée d'une cinquantaine d'années.

— J'ai besoin d'un passe pour ce soir, annonça Beth d'un ton nonchalant. (Puis, comme il vous fallait toujours une raison appropriée :) J'accompagne mon oncle à une vente aux enchères silencieuse d'anciens artefacts russes et d'œufs Fabergé à Hudson.

Beth savait qu'un mensonge était plus convaincant lorsque l'on ajoutait un tas de détails ridicules.

Mme Tullington dévisagea la jeune fille par-dessus ses lunettes en écailles de tortue. Les rides autour de sa bouche se plissèrent de désapprobation. Beth portait une jupe Armani noire à rayures, fendue sur le côté. Ses lèvres Vincent Longo-isées étaient rouge vif, ses bras pâles, nus, et le V de son petit haut en soie noir moulant, si décolleté que l'on pouvait presque voir son soutien-gorge Eres en dentelle noire.

Enfin Mme T lui rédigea son passe.

— Profitez bien des œufs, déclara-t-elle d'un ton guindé. Et de votre oncle. C'est une bonne chose que vous, les filles, restiez si proches de votre famille.

Le fait était que si Mme T avait pris la peine de regarder par la bay-window, elle aurait vu Beth monter dans une Jaguar 57 vert chasseur – une voiture qui, à l'évidence, n'appartenait pas à son oncle, un acteur-au-chômage-également-coach-personnel-d'une-quarantaine-d'années qui aidait les jeunes mamans flasques à se remuscler au gymnase Body Electric de Paramus. Eric portait un jean True Religion bleu foncé bien repassé, et une chemise blanche impeccable rentrée dans son pantalon. Beth recouvrit ses genoux avec sa jupe ; elle se sentait un peu trop chic.

— Tu es jolie, observa Eric dans un grand sourire.

— Oh merci.

Une chanson de Sigur Rós passait sur le lecteur CD Bose. Les vitres étaient baissées, et une brise fraîche de fin d'été pénétrait dans la voiture. Alors qu'ils descendaient majestueusement la colline de Waverly et passaient devant les terrains d'entraînement, Beth ressentit un frisson brusque et désorientant. Peut-être quittaient-ils l'école pour de bon – et ne reviendraient-ils jamais. *Blaireaux.* Elle pensa à tous les élèves qui s'asseyaient en ce moment même pour dîner dans la salle à manger. Le jeudi, c'était pâtes à la sauce tomate trop liquide et mauvais poulet frit.

Elle jeta un coup d'œil furtif au profil d'Eric – son nez légèrement retroussé et sa mâchoire parfaite et mal-rasée-juste-comme-il-fallait – puis elle regarda le bracelet en acier gravé de platine qu'il portait au poignet droit. On aurait dit un cadeau qu'une fille aurait pu lui faire.

— C'est celui de mon arrière-arrière-grand-père, expliqua-t-il en remarquant son regard. (Il agita le bracelet autour de son poignet.) Il te plaît ?

— Oui, répondit-elle en retenant son souffle. (Le bracelet était pratiquement un trésor américain.) Il est magnifique.

Ils sortirent du territoire de Waverly et entrèrent en ville, où il y avait, pour ainsi dire, une seule rue principale avec de petits lampadaires en fer forgé, un magasin d'art, un fleuriste, un salon de coiffure pour hommes avec l'enseigne qui tourbillonne devant et quelques maisons en brique de style fédéral. Beth se figurait qu'il les emmenait au Petit Coq. C'était le restaurant où votre famille vous traînait systématiquement lors du Week-end des Parents, car il était snob et français, et c'était le seul établissement à des kilomètres à la ronde qui servait du foie gras. Mais la Jag passa devant en coup de vent sans ralentir. Elle accéléra devant le centre commercial à la sortie de la ville, passa devant le McDonalds et le multiplex.

— Je crois que j'aurais dû te demander, dit Eric en se tournant vers Beth. À quelle heure dois-tu rentrer?

— Minuit.

Il était dix-huit heures.

Eric sourit.

— Cela nous laisse six heures.

Il entra dans un vaste parking, traversa une allée puis contourna un grand bâtiment trapu en béton. C'était l'aéroport de Waverly, où elle était arrivée dans le petit avion de ses parents voilà quelques jours. Sur la piste se trouvait un petit Piper Club tout guilleret. Un homme en bomber vert et casquette des Boston Red Sox mâchouillait un cigare éteint sur la piste à côté de l'avion. Il agita la main et Eric lui rendit son geste.

— Où allons-nous? demanda Beth.

Son cœur battait la chamade. Elle ne savait pas à quoi s'attendre, mais elle en savait suffisamment pour être tout excitée. Si la sortie impliquait un avion – elle ne pouvait pas imaginer où ils iraient. Putain de bordel de merde!

Eric coupa le moteur de la voiture.

— Je me suis dit que nous pourrions peut-être manger quelque chose de meilleur que le menu spécial dîne-tôt du Petit Coq.

— On va à Lindisfarne? hurla le type en bomber.

— Exact, cria Eric en retour.

Évidemment. Ils se rendaient dans la propriété de sa famille à Newport. Beth avait du mal à contenir son enthousiasme. C'était exactement comme ce film ringard, *Princesse malgré elle.*

Sauf qu'elle était beaucoup plus cool que cette Anne Hathaway timide, et qu'il était un Dalton !

Beth avait uniquement vu Lindisfarne dans l'émission spéciale *True Hollywood* sur E! De fait, lorsque le Piper Club toucha la piste de la propriété, un sentiment irréel et magique l'envahit. Le manoir en front de mer était un château de pierre recouvert de lierre, agrémenté de tourelles, de douves et tout et tout. Elle se souvenait même avoir vu dans l'émission d'E! que de rares cygnes trompette nageaient dans les douves qui entouraient le château à la place d'alligators, bien que Beth n'en vît aucun pour l'instant. Peut-être dormaient-ils. Lorsqu'elle descendit de l'avion sur la pelouse spongieuse parfaitement entretenue, même l'air salé de l'océan était un régal. Il fallut à Beth et Eric près de dix minutes pour se rendre de la piste d'atterrissage au manoir. Ils furent accueillis par Mouse, le labrador crème rondelet et amical du gardien, avant que son propriétaire ne le rappelle de loin et fasse signe à Eric.

Eric lui fit d'abord faire le tour de la propriété, puis le fit entrer dans la maison par l'une des lourdes portes en chêne foncé et dans le vestibule qui était rond, avec une rotonde haute et des festons blancs. Beth avait du mal à respirer. Tout ce qui dans sa vie surviendrait après ce moment – par exemple, être admise dans n'importe quelle fac de l'Ivy League, aménager dans un loft à Tribeca ou rencontrer le président de la République française – serait pâle par rapport au fait de se tenir dans le majestueux vestibule bleu, à admirer les immenses Monet flous aux murs.

Beth était tellement submergée qu'elle avait du mal à réaliser qu'il l'emmenait d'une pièce à une autre. Puis il l'entraîna dehors dans la maison d'invités, une petite demeure verte érodée par le temps, agrémentée d'un immense pont noir et de marches de bois menant vers l'océan. La plupart des maisons d'invités comportaient une chambre et un petit séjour. Celle de Lindsfarne faisait presque la taille de la maison des parents de Beth pas-si-petite-que-ça. À l'intérieur, Beth s'assit dans un canapé en chintz trop grand et fixa les murs blancs recouverts d'œuvres de Warhol, tandis qu'Eric s'affairait à la cuisine. Si les Dalton avaient du personnel — et elle ne doutait pas qu'ils en eussent beaucoup –, ils savaient clairement à quel moment laisser les membres de la famille seuls.

Eric versa comme un expert un bordeaux l'Évangile 1980 dans deux verres Riedel trop grands. Il ne semblait pas se soucier que Beth fût manifestement mineure.

— C'est ici que je vis, principalement, quand je viens, expliqua-t-il en faisant tourner le vin dans son verre quand ils sortirent sur le pont de bois panoramique.

À quelques mètres seulement, les vagues s'écrasaient sur les rochers. Beth avala une bonne gorgée de vin. Quelle vie !

— Alors, commença Eric, Beth Messerschmidt. Qui êtes-vous donc ?

Il la regarda non pas comme le font les adultes lorsqu'ils pensent que vous êtes une adolescente idiote qui devrait grandir et devenir quelqu'un de sérieux. Il la regarda plutôt intensément, comme si elle *comptait* vraiment. Beth but une gorgée de vin, essayant désespérément de trouver une réponse succincte mais brillante. Qui était Beth Messerschmidt ?

— Eh bien, j'aime Dorothy Parker, répondit-elle, puis elle eut envie de se claquer pour avoir l'air d'une *élève* aussi immature, nulle et bêcheuse.

— Vraiment ? s'enquit-il en se mordant la lèvre comme pour dire : « *Ce n'était pas vraiment ce que je voulais savoir.* » Quoi d'autre ? Parle-moi de ta famille.

— Ma famille ? fit-elle, une boule dans la gorge. (C'était probablement la pire question qu'il puisse lui poser. Elle sentit ses joues rougir.) Je n'aime pas vraiment en parler.

— Pourquoi ? (Il sirota une gorgée de vin.) Puis-je deviner pourquoi ?

Elle haussa les épaules.

— Vas-y.

Elle espérait qu'elle n'avait pas l'air froissé, bien qu'intérieurement elle flippât comme une folle.

— Tes parents te traitent comme une princesse. Tu es pourrie gâtée?

Beth but une autre grosse gorgée de vin.

— J'imagine, dit-elle avec méfiance. Pas toi?

Eric sourit.

— J'imagine.

— Mais oui, pour répondre à ta question, oui, j'étais gâtée, commença-t-elle.

Sa fausse histoire familiale, selon laquelle elle vivait dans une ferme biologique de East Hampton et organisait des soirées de bénéfice au profit des oiseaux en voie de disparition, titillait le bout de sa langue, prête à sortir, mais elle se tut. Quelque chose dans la façon dont Eric la regardait lui dit qu'elle devrait peut-être lui avouer la vérité, aussi embarrassante fût-elle. Elle était extrêmement calme.

— La maison de mes parents... ma mère l'a aménagée en prenant exemple sur Versailles, reprit-elle doucement. Sauf qu'elle se trouve à... eh bien... à Rumson, dans le New Jersey.

— Je connais Rumson, l'interrompit Eric. J'y ai fait du bateau, plusieurs fois. Ça a l'air sympa comme ville pour grandir.

Beth le mesura soigneusement du regard. Apparemment il ne se moquait pas d'elle. Elle but une autre gorgée de vin puis respira un bon coup.

— Alors tu as sûrement vu la maison de mes parents, poursuivit-elle. C'est la plus grosse sur la côte. Mes parents sont un peu comme *Les Sopranos*. Tu sais, ils sont bourrés de fric, mais ils le dépensent bêtement. C'est eux tout craché. Sauf qu'ils restent dans la légalité. Et ont moins de goût, si tant est que ce soit possible.

— Donc le motif préféré de ta mère, c'est l'imprimé léopard? la poussa-t-il.

— Oh, bien pire. Le zèbre. Sur tout. Pantalon en stretch, chaussettes, tabourets de bar. C'est vulgaire. Ma sœur – elle est rédactrice de mode – l'a menacée plusieurs fois de se séparer de la famille.

Eric gloussa.

— Ma mère aime les motifs cachemire. On dirait de petits spermatozoïdes.

— Beurk! s'écria Beth d'une voix perçante.

Elle avait la tête qui tournait, bien qu'elle eût bu moins d'un verre de vin. Parler de ses parents avec Eric ne lui semblait pas bizarre du tout. Elle se demanda pourquoi elle avait cru, toutes ces années, que les choses seraient mieux si elle avait une maison de taille normale aux bardeaux gris au cap Cod, et deux Toyota au lieu de deux Hummer or assortis aux intérieurs cuir imprimés zèbre coordonnés, et aux grosses lettres *M* (pour Messerschmidt) en or brodées sur les repose-tête. S'épancher ainsi était contagieux. Elle voulait continuer.

— Ma mère porte des diamants roses et ne mange que des truffes Lindt et Zoloft. Et elle possède sept chihuahuas teacup rikiki aux colliers en zèbre assortis. Elle les trimballe partout. Et mon père est chirurgien esthétique.

Tout jaillissait de Beth à toute allure. Elle n'arrivait pas à croire qu'elle racontait tout cela à Eric.

— Vraiment, dit-il en posant son menton sur son hypothénar. Continue.

— OK, se hâta-t-elle de poursuivre. Parfois pour dîner papa invite des clientes célèbres à la maison et ils parlent de trucs vraiment dégoûtants. Du style, à quoi ressemblaient leurs nichons avant l'opération. Et ce qui est arrivé à toute la graisse qui a été aspirée.

Elle se sentait libérée. C'était comme se baigner à poil.

Eric se pencha vers elle.

— Alors *qu'en font-ils*?

— Ils utilisent les cellules de graisse, murmura-t-elle. Tu sais, pour la recherche.

— De *graisse*? murmura-t-il en retour, l'air quelque peu consterné.

Elle opina en signe d'assentiment.

— Eh bien, euh, oui mais parfois ils les jettent tout bêtement.

Il se laissa aller en arrière et la regarda soigneusement, un sourire médusé sur le visage.

— Dieu que c'est rafraîchissant!

— Rafraîchissant?

Il bougea dans son siège et contempla l'eau au-dehors. Un petit voilier blanc gracieux dansait sur l'eau devant la maison d'invités, à quelque cent cinquante mètres du rivage.

— Tout le monde essaie toujours de se vanter, même les gosses de Waverly, pourtant bien plus privilégiés que la majorité. C'est vrai quoi, personne ne se contente d'être honnête sur leur identité et celle de leur famille. Qu'est-ce que ça peut faire si ton père a remporté le prix Nobel ou s'il aspire la graisse sur le cul d'une femme du New Jersey? Quel est le rapport avec toi?

Elle le regarda fixement.

— Ouais, acquiesça-t-elle. C'est tellement vrai.

Il lui rendit son regard.

— Tu es différente, en conclut-il.

Beth croisa son regard, et elle eut l'impression que tout en elle allait exploser.

— Veux-tu m'excuser? (Elle s'éclaircit la gorge.) Je dois passer un coup de fil.

— Bien sûr.

Eric fit basculer sa chaise en arrière et, en se levant, il effleura sa hanche gauche. Elle s'arrêta une seconde alors que ses cheveux lui tombaient dans les yeux. Sa main s'attarda sur sa hanche. Puis une horloge de grand-père dans une pièce lointaine sonna et il s'éloigna.

Elle sortit sur la pelouse humide, alluma une cigarette et gravit d'un pas incertain les marches d'un belvédère en bois entouré de lilas. Elle respira la douce fragrance et s'adjura de ne pas perdre son sang-froid. Elle composa le numéro et, au bout d'une seule sonnerie, la messagerie vocale de Jeremiah se mit en route : « Yo, je ne suis pas la-ah. Laisse un message, pauv' naze ! » *Bip.*

« C'est Beth, bafouilla-t-elle d'une voix rauque, en s'apaisant en entendant son message de brute. Je crois que nous devrions arrêter de nous voir. Donc, euh, ne reste pas après le match pour la fête du Black Saturday. Je ne peux pas t'expliquer pourquoi maintenant, mais c'est ce que je veux. Je, euh, suis vraiment désolée. Bye. »

Elle regagna la pelouse. Eric était sorti de la maison et faisait distraitement tourner du cognac dans un petit verre à digestif, son jean foncé remonté aux genoux. Le ciel immense était pourpre et foncé, et de minuscules lumières clignotaient sur l'eau. Elle entendait des vagues clapoter sur le rivage et le doux gémissement d'une corne de brume au loin.

— Tout va bien ? demanda-t-il en s'emparant de sa cigarette pour tirer une taffe.

Elle opina du chef. Puis, sans rien dire, il désigna la lumière verte qui scintillait au milieu du détroit.

— C'est mon bateau. Je n'ai pas cours le vendredi et je pensais justement remonter avec jusqu'à Waverly.

— J'aime bien la petite lumière verte, lança Beth d'un air songeur. Ça me rappelle *Gatsby le magnifique*. Tu sais, quand Gatsby regarde vers le dock de Daisy pour voir si la lumière est allumée ?

— Bien sûr. Je devrais peut-être laisser la lumière parfois quand je serai à quai à l'école.

Beth tâcha de ne pas sourire.

— Et, à ton avis, qui la cherchera ? demanda-t-elle.

Mais, à l'expression sur son visage, elle le soupçonna d'avoir dit ça pour une fille très particulière de Rumson, New Jersey.

22

LE COURS DE DESSIN EST L'ENDROIT IDÉAL POUR QUE
LES HIBOUX DE WAVERLY SE CONFIENT DES SECRETS.

Le cours de portrait n'avait lieu que deux fois par semaine, le
mardi et le vendredi, et Jenny attendait avec impatience le premier de l'année. Waverly proposait un brillant programme d'art,
et une galerie au bord de l'eau aux murs de verre présentait des
expositions publiques organisées par les élèves. Les œuvres des
étudiants se vendaient souvent pour des sommes étonnantes. En
temps normal, il fallait soumettre un travail pour suivre le cours
de portrait, mais comme Jenny avait été admise à Waverly grâce
à son book de dessin, elle avait été acceptée en cours le premier
semestre. Le dessin était sa matière préférée; elle avait hâte de
sentir la peinture et de se perdre dans le procédé de création de
quelque chose de nouveau.

Eh oui, revoir Elias Walsh serait également hyperexcitant.
Surtout maintenant qu'elle avait l'autorisation de flirter avec
lui!

Le cours avait lieu dans un bâtiment qui s'appelait la Jameson
House, une petite maison de campagne en ruine, au revêtement
extérieur de bardeaux bleus, à la cheminée de pierre et, au-

dehors, une corde à linge de drapeaux américains *tye-died*, provenant de l'un des projets de création de tissus de l'an dernier. À l'intérieur, les sols non terminés craquaient, et toutes sortes de dessins lambda et d'études en couleur à moitié achevée étaient punaisés au mur blanchi à la chaux. Les quatre salles géantes sentaient la térébenthine, le fixatif en aérosol, l'argile mouillée et le four à feu de bois démodé. Jenny resta plantée à l'entrée, sans en perdre une miette.

— Bienvenue, bienvenue ! cria Mme Silver, sa professeur de dessin.

Elle était terreuse et trop mimi avec ses gros bras pâles et ses cheveux gris attachés sur le sommet de sa tête en énorme chignon bordélique. Elle portait tout un tas de bracelets au poignet gauche, une salopette trop grande pour elle à rayures vert et jaune, et un T-shirt *tye-died* extralarge aux couleurs de l'arc-en-ciel qu'elle avait clairement confectionné elle-même.

La salle comportait des plafonds en pente, des pupitres à dessin inclinés et un mur de fenêtres taille cathédrale qui faisaient entrer la lumière à flots. Le bureau de Mme Silver était un fouillis de pinceaux, de vieilles bouteilles de verre plombé, de petites fioles d'aromathérapie, de beaux livres épais de dessin grand format, de fiches de yoga, et une carafe de deux litres de soda Mountain Drew. Mme Silver était plus bordélique que le père de Jenny. Elle pariait que tous les deux s'entendraient comme cul et chemise.

— Oh Elias ! cria Mme Silver. Je suis tellement contente de te voir ! As-tu passé un bel été ?

Jenny se retourna. Elias Walsh s'approchait à grandes enjambées de leur professeur qu'il embrassa tendrement sur la joue. Aujourd'hui, il portait sa veste de Waverly sur le bras, un T-shirt jaune moutarde aux bords effilochés et un Levi's gris qui soulignait parfaitement son cul musclé. Ses cheveux ondulés étaient en vrac, et Jenny remarqua qu'une petite feuille d'érable jaune était fourrée derrière son oreille droite.

Elias passa la salle en revue. Ses yeux bleu clair s'attardèrent sur elle une seconde. Elle réalisa que le seul bureau vide de la classe se trouvait juste à côté du sien.

— Bien, tout le monde, annonça Mme Silver. Allons droit au but parce que je sais que vous en mourez d'envie, les jeunes ! Je vais vous faire passer du papier à dessin et des miroirs. Nous commencerons par de vagues croquis de vos autoportraits.

Un grognement collectif s'éleva. Les autoportraits étaient ce qu'il y avait de pire.

Elias gagna lentement le bureau à côté de celui de Jenny, les yeux rivés sur elle tout le long. Il jeta son sac à dos en cuir brun craquelé sous le bureau et s'assit sur le tabouret en métal bas adjacent. Puis il démêla lentement ses oreillettes Bose de son cou et enveloppa le fil autour de son iPod Slim blanc. Il se pencha et écrivit quelque chose sur le bureau de Jenny avec un morceau de charbon. *Salut*. Son écriture était gamine et pointue.

Bonjour, écrivit Jenny juste en dessous, de son élégante calligraphie.

Mme Silver distribua du charbon, des marqueurs Prismacolor, des miroirs et des rouleaux de papier à dessin à chaque étudiant. Jenny regarda fixement son reflet. Ses yeux véhiculaient une impression erronée de l'océan de nervosité qui grondait en elle. *C'est bon*, se dit-elle. *Callie t'a demandé de flirter avec lui.* Mais Callie lui avait-elle demandé d'avoir des palpitations ?

— Alors, Dalton t'en a fait voir de toutes les couleurs ? chuchota Elias.

— Pas vraiment, murmura Jenny en retour.

Elle se demanda si Callie lui avait raconté qu'elle n'avait pas encore pris sa décision quant à porter le chapeau ou non.

— Et Callie, elle t'en fait voir de toutes les couleurs ?

— Callie ? Euh… non. (Jenny porta le bout émoussé de son marqueur à sa bouche.) Ça va.

— Enfin, j'espère qu'elle n'est pas trop chiante avec toi. Elle peut l'être parfois.

Jenny se demanda ce qu'il voulait dire. Elle retourna à son papier à dessin vierge, bien consciente que le jeune homme lui jetait des coups d'œil furtifs du coin de l'œil. Avant qu'ancienne Jenny ne puisse l'arrêter et lui dire que même si Callie lui avait *demandé* de flirter, elle ne devrait pas le faire, nouvelle Jenny gloussa et donna un coup de marqueur Prismacolor à Elias, laissant une grosse marque rouge sur son avant-bras.

— Qu'est-ce que c'était? murmura-t-il en examinant la marque.

— Je voulais te faire un tatouage.

Elle décida que la marque était un nez et ajouta deux petits yeux et une bouche.

— Il est très beau, déclara-t-il.

Puis il attrapa son Prismacolor bleu, écrivit sur son bras *Salut Jenny* et dessina un personnage de bande dessinée renfrogné aux dents non alignées, avec un brin de cheveux frisés sur le sommet de la tête.

— C'est un portrait de moi? s'enquit Jenny en riant.

— Non… et le tien, c'est un portrait de moi?

— Nooon. Mais autrefois j'ai peint mon petit ami en six styles différents, de Pollock à Chagall.

— Mon père a un Chagall dans son bureau, lui apprit Elias. Il ressemble un peu à *Moi et le village*. Je contemplais tout le temps ce tableau quand j'étais petit.

Jenny cilla, prise au dépourvu.

— Tu… tu avais bon goût pour un gamin.

— Alors, tu es toujours avec ce petit ami? murmura-t-il en se détournant, timide, et en examinant soigneusement son petit miroir portable.

Il traça des traits de charbon audacieux sur la page blanche devant lui. C'était excitant de le regarder dessiner.

— Oh non, répondit rapidement Jenny.

Nate et elle n'étaient restés ensemble que trois petites semaines, puis il l'avait lamentablement plaquée le jour de la Saint-

Sylvestre. Il était plus âgé et s'était probablement servi d'elle simplement pour récupérer sa véritable petite copine.

— Tu as dû l'aimer, tout de même. Tu l'as peint six fois.

Jenny ombra une zone autour du nez de son autoportrait, répétant le petit mensonge dans sa tête avant de le formuler haut et fort.

— Eh bien, il m'aimait plus que moi je l'aimais.

— Ça ne m'étonne pas, répondit Elias d'un ton doux.

Jenny retint son souffle et jeta un autre coup d'œil furtif à son profil adorable. Alors qu'elle changeait de charbon, elle le vit la mater en douce, lui aussi. Même si ce n'était pas bien, elle ne pouvait pas s'en empêcher. De plus, c'était ce que Callie lui avait demandé de faire, non?

— Alors Jenny, tu connais de bons secrets?

Sa main glissa et traça un gros trait noir ondulé sur la joue de son portrait. Beth rentrant à trois heures du matin après que Jenny l'a vue quitter le campus avec M. Dalton un peu plus tôt ce soir-là? C'était un superbon secret, énorme. Il y avait aussi le gigantesque faible que Jenny nourrissait pour Elias – un autre secret croustillant.

— Hum pas vraiment, répondit-elle d'un ton calme.

— Moi si, rétorqua Elias.

Jenny sentit son cœur produire un bruit sourd dans sa gorge.

— Lequel?

Il baissa les yeux puis la regarda de nouveau.

— Je vais te l'écrire, mais tu devras le lire plus tard.

— Pourquoi ne peux-tu pas le dire?

— Parce que c'est un secret.

Il griffonna quelque chose au charbon sur un morceau de brouillon, le plia trois fois et le lui donna.

Jenny prit le petit mot et le fourra dans sa poche. Puis quelque chose lui vint brusquement à l'esprit. Callie l'avait briefée pour qu'elle flirte avec Elias, mais peut-être avait-elle demandé au jeune homme de faire exactement la même chose? *Sois sympa avec Jenny, traîne un peu avec elle, fais en sorte que l'on croie que vous vous aimez bien tous les deux.* Jenny n'avait aucun mal à se le figurer.

Son cœur se serra. S'agissait-il de cela et de rien de plus ?

Dès que la cloche sonna, elle se précipita dans la première cabine des toilettes pour filles de Jameson House où elle ouvrit le petit mot. En pattes de mouche floues au charbon, il disait :

Les hiboux de Waverly parlent. Si ça se trouve, un jour, ils raconteront que nous sortons ensemble.

Jenny plia le mot en tout tout petit et le rangea dans son sac. Ça ne servait à rien de nier qu'elle craquait complètement pour Elias Walsh. Tout en lui, depuis ses cheveux bruns ébouriffés à sa bouche somptueuse et irrégulière, en passant par son amour pour Chagall, jusqu'à ses mains maculées d'encre bleu marine.

Elle sortit enfin de la cabine et se regarda dans le miroir taché au-dessus du lavabo. Elle ne savait pas ce qu'elle recherchait – des preuves peut-être, comme un signe physique, que quelque chose de monumental se produisait.

Parce qu'elle était sûre et certaine que Elias flirtait honnêtement avec elle. Pas parce que Callie le lui avait demandé, non, mais parce qu'il le souhaitait. Elle ignorait comment elle le savait, mais elle le *savait*.

A : BethMesserschmidt@waverly.edu
De : EricDalton@waverly.edu
Date : vendredi 6 septembre, 15 h 33
Objet : Tr : audience du conseil de discipline à venir.

Beth,

Je te fais suivre cet e-mail de Marymount, ci-dessous, vu qu'il concerne la prochaine audience du CD. Me suis dit que tu devrais être au courant.

Et merci d'avoir dîné avec moi hier soir. C'était très… rafraîchissant.

À très vite,
EFD

Message transféré :

A : EricDalton@waverly.edu
De : DeanMarymount@waverly.edu
Date : vendredi 6 septembre, 14 h 20
Objet : audience du conseil de discipline à venir.

Cher Eric,

Comme vous le savez, le premier cas du CD de l'année, impliquant Elias Walsh et Jennifer Humphrey, est prévu pour lundi. J'aimerais m'assurer que nous établirons un précédent de tolérance zéro pour cette affaire.

Toutefois, M. Walsh est un légataire, et ses parents, donateurs, ce qui à l'évidence peut créer des complications. C'est une honte car j'ai personnellement examiné la candidature de Mlle Humphrey et j'estime qu'elle enrichira fantastiquement le programme d'art de Waverly, mais quelqu'un doit porter le chapeau. Si elle est reconnue coupable, j'ai bien peur que nous ne devions l'expulser.

Assurons-nous de commencer l'année du bon pied.

Merci d'avance,
Dean Marymount

23

POUR TOUT CE QUI CONCERNE LE SPORT, UN HIBOU DE WAVERLY DOIT TOUJOURS GARDER L'ESPRIT D'ÉQUIPE.

Vendredi après-midi, Beth, assise dans les vestiaires avant le premier jour d'entraînement de hockey, tirait sur la bague *étoile* Tiffany que Jeremiah lui avait offerte cet été. Le truc était collé à son doigt, mais elle désirait l'enlever. Dès qu'elle avait sombré dans les sièges en cuir somptueux de la limousine familiale d'Eric – il l'avait fait raccompagner en voiture à Waverly car il rentrerait en bateau –, elle s'était retrouvée en manque d'Eric. Ils ne s'étaient même pas embrassés, mais elle avait tout de même l'impression de pouvoir sentir son odeur sur elle. Cette délicieuse Aqua di Parma. Et le café au lait de ce matin avait le même goût que le bordeaux l'Évangile.

— Hé, fit une voix timide.

Beth se retourna et vit Jenny assise à côté d'elle sur le long banc vert forêt enfiler des chaussettes sur ses protège-tibias. Ses cheveux châtains indisciplinés étaient dégagés de son visage en queue-de-cheval haute et elle portait un short de survêt gris Champion et un T-shirt lavande sans manches, orné d'un logo Les Best orange, une marque select réservée aux filles de bourges qui pètent un plomb et située dans le Meatpacking District[1] de Manhattan. Beth s'était sentie mal pour Jenny lorsqu'elle avait reçu l'e-mail d'Eric, mais voilà ce que vous méritiez pour aller au lit avec Callie… et Elias.

— Hé, répondit Beth.

Jenny se tortilla et serra les jambes comme si elle devait aller faire pipi.

— Je pense qu'il y a quelque chose que tu devrais savoir.

Beth la regarda fixement. Allait-elle avouer ce qui s'était passé l'autre soir avec Elias ? Ou peut-être Callie lui avait-elle confié quelque chose au sujet de l'expulsion de Tinsley ? Quoi qu'il en fût, Beth mourait d'envie de le savoir.

— Quoi ?

— Je… je t'ai vue rentrer. Au milieu de la nuit. Et je sais où tu étais.

Beth la dévisagea, sentant ses lèvres se recourber comme chaque fois qu'elle avait peur.

— *Quoi ?*

Sa voix était à peine audible.

— C'est bon, répondit rapidement Jenny.

Le visage de Beth pâlissait de plus en plus, rendant ses yeux immenses et foncés. Jenny s'était longuement demandé si cela valait le coup de lui dire quelque chose. Le fait était qu'elle ne savait pas bien garder des secrets. Elle n'était pas du style à le répéter au monde entier, non, mais il fallait systématiquement qu'elle le confie à une autre personne minimum. Cela le rendait un peu moins lourd à porter. Alors pourquoi ne pas répéter le secret de Beth à Beth, justement ?

— Tu ne sais rien du tout, marmonna celle-ci en se détournant pour regarder le terrain de jeu qui venait d'être ratissé.

— Écoute, *je t'en prie*, ne t'en fais pas, l'implora Jenny d'une voix de plus en plus tremblante. Ton secret est entre de bonnes

1. Ou quartier des boucheries, Mecque du shopping des fashionistas. *(N.d.T.)*

mains avec moi. Franchement. J'aurais peut-être mieux fait de me taire.

Depuis le milieu du terrain, l'entraîneur Smail donna un coup de sifflet. « Les filles ! Approchez-vous ! »

Beth dévisagea Jenny. Était-elle sérieuse ou était-ce une espèce de stratagème ? Pouvait-on lui faire confiance ? L'an dernier, Beth, Callie et Tinsley s'asseyaient dans leur chambre la nuit et se racontaient le moindre détail de leur journée, banale ou spectaculaire. Elles étaient le genre de meilleures amies qui étaient presque comme des sœurs, parce qu'elles s'adoraient tellement que même lorsqu'elles se gonflaient, elles savaient qu'un jour elles seraient tout de même les demoiselles d'honneur de l'autre à son mariage. Mais le fiasco Tinsley/ecsta avait rendu Beth bien plus suspicieuse. Si Callie pouvait trahir Tinsley ainsi – bien que Beth ne sût pas au juste ce qui s'était passé, mais bon… –, qui savait ce qu'elle pourrait faire à Beth ?

— Tu ferais mieux de n'en parler à personne ! l'avertit Beth, ignorant l'expression innocente et agaçante de Jenny.

Elle ne pouvait raisonnablement pas être aussi innocente, surtout si elle venait de New York.

— Écoute, en ce qui me concerne, nous n'avons jamais eu cette conversation, insista loyalement Jenny. Mais… je veux juste m'assurer… Tu vas bien ? Parce que tu as l'air un peu distraite.

Beth s'empara de sa crosse de hockey et se leva. Personne ne lui avait jamais demandé si elle allait bien, pas même ses parents, et elle ne savait trop que répondre.

— Hum, je ne sais pas. Est-ce que je pourrai t'en reparler ?

Jenny lui adressa un sourire enthousiaste.

— Bien sûr. À plus !

Elle attrapa sa crosse et gagna le milieu du terrain au trot, où l'équipe l'attendait.

— Hé ! cria Beth.

Jenny se retourna et Beth remarqua de nouveau cette lueur curieuse et familière chez Jenny – comme si elle personnifiait

Tinsley, comme si le même petit truc en plus suintait de leurs minuscules pores.

Jenny se retourna et vit Beth trotter vers elle.

— Écoute, quoi qui se soit passé entre toi et, hum, Elias, commença Beth d'un ton calme, eh bien je ne devrais pas te le dire, mais Marymount veut vous punir pour l'exemple, pour, genre, établir un précédent pour l'année. Donc… je vais faire mon possible pour que tu ne te fasses pas expulser, mais bon, je ne sais pas ce qui va se passer.

— Oh? (Les épaules de Jenny s'affaissèrent. *Expulsée*?) Hum, merci.

Céline Colista, qui avait une peau olive, des cheveux bruns raides et des lèvres charnues recouvertes du rouge à lèvres Rabid de MAC, les rejoignit en courant, faisant voler de l'herbe derrière elle avec ses clous.

— Jenny, Callie t'a-t-elle donné le texte du numéro?

Jenny secoua la tête en signe de dénégation.

— Numéro? fit Beth.

— Ouais, Jenny va participer à notre petit spectacle, expliqua très lentement Céline.

Beth, mal à l'aise, hocha la tête. Puis Céline se retourna vers Jenny :

— Viens, allons parler à Callie.

Callie, assise sur un long banc de métal le long du terrain, réenveloppait sa crosse de hockey avec du ruban adhésif. Elle leva les yeux juste à temps pour voir Céline et Jenny courir vers elle. *Merde*. Benny et Céline n'allaient pas laisser tomber cette histoire de spectacle!

— Callie, roucoula Céline. As-tu déjà écrit les paroles?

— Je travaille dessus.

— Eh bien, dépêche-toi! pleurnicha Céline. Bon, très bien, nous pourrons les finir à la fête ce soir.

Céline gratifia Callie d'un clin d'œil puis repartit en trottant vers le terrain central.

Jenny se tourna vers Callie :

— Fête ?

— Ouais, répondit Callie en gardant les yeux rivés sur sa crosse de hockey. C'est un truc pré-Black Saturday. Réservé aux filles. Il faut que tu viennes. Nous nous déguisons toutes !

— En quoi ?

— Eh bien, cela reste un secret jusqu'à la dernière minute. Mais c'est ce soir et probablement dans la salle commune à l'étage de Dumbarton.

— Ce soir ? (Jenny eut l'air penaud.) Je dois me rendre à un truc de crème glacée réservé aux nouveaux élèves.

— Tant pis. Tu peux toujours ne pas y aller.

— Non, l'e-mail disait que c'était obligatoire. (Elle haussa les épaules.) Je devrais probablement y aller. Mais je suis vraiment emballée par le Black Saturday. Il y a aussi une fête secrète, non ? Et ce spectacle m'a l'air cool.

— Eh bien, il n'a rien d'exceptionnel. Tu n'es pas obligée de le faire si tu ne veux pas.

— Non, je veux le faire !

Jenny ne put dissimuler les tremblements dans sa voix. Les filles lui parlaient toutes et elle se sentait plus incluse que jamais, mais elle était également sur le point de se faire expulser.

Callie fut tentée de lui avouer que le spectacle était une blague pas-si-drôle-que-ça mais, voilà quelques années, lorsque Tasha Templeton, alors capitaine de l'équipe, avait avoué à la nouvelle, Kelly Bryers, qu'elle allait se faire gravement humilier, toute l'équipe s'était déchaînée sur elle. Elles avaient fait des trous dans ses soutiens-gorge, pile à l'endroit où se trouvaient les mamelons. Et personne ne lui avait adressé la parole des mois durant. Son petit ami avait rompu avec elle, et elle avait perdu toute son influence. Callie n'osait pas.

D'un seul coup, Callie baissa les yeux sur les petits bras maigres de Jenny et remarqua des lettres qui dépassaient de sous sa manche droite. On aurait dit qu'elle avait frotté son bras un moment pour faire disparaître le marqueur, mais Callie parvint tout de même à reconnaître l'écriture de gamin bordélique ainsi que ce visage idiot aux dents non alignées que Elias dessinait toujours. Immédiatement, un nœud se forma dans son estomac, et elle sentit les poils dans sa nuque se hérisser. *Qu'est-ce qui avait pris à Elias d'écrire sur le bras de cette pétasse?* Puis elle s'arrêta. *(Frisson) C'est toi qui lui as demandé de le faire.*

— Alors comment va Elias? demanda-t-elle à la place, en ravalant son inquiétude.

— Oh! couina Jenny.

— Vous vous entendez bien?

— Hum… ouais.

— Tant mieux.

Avec un peu de chance, c'était ce que penseraient aussi les professeurs. Mais pourquoi Elias écrivait-il des trucs sur le bras de Jenny? Ce n'était pas vraiment nécessaire. Surtout ce personnage aux dents non alignées. C'était son personnage à elle! Ils l'avaient inventé la fois où ils étaient partis en cachette à Brooklyn et avaient passé toute la journée à Williamsburg, à acheter des fringues *vintage* et de l'art avant-gardiste. Ils étaient allés au Schiller's Liquor Bar dans le Lower East Side après ça et il avait dessiné ce visage idiot au dos du menu. Puis ils s'étaient esquivés dans les toilettes minuscules où ils s'étaient embrassés, ennuyant tous les touristes français impatients.

Tout ce que Callie avait souhaité, c'était un petit flirtounet et, comme d'habitude, Elias était allé trop loin. Mais *tant pis*. Si, pour cela, Jenny paierait les pots cassés à sa place au conseil de discipline, alors elle pouvait avoir le petit bonhomme aux dents de travers.

— Viens. (Elle serra affectueusement le bras de Jenny, faisant de son mieux pour ne pas montrer sa jalousie.) Smail nous jette le mauvais œil.

A : EliasWalsh@waverly.edu
De : CallieVernon@waverly.edu
Date : vendredi 6 septembre, 16 h 15
Objet : tu me manques !

Salut mon ange,

Tu me manques ! Retrouve-moi sur les marches de la bibliothèque à 17 h pétantes aujourd'hui.

xoxoxoxox,
C

P.S. comment va Jenny ?

A : JenniferHumphrey@waverly.edu
De : CustomerCare@rhinecliffwoods.com
Date : vendredi 6 septembre, 16 h 23
Objet : soin spa

Chère Jenny Humphrey,

Callie Vernon vous a envoyé un certificat-cadeau pour un soin détente spa dans nos instituts. Vous êtes inscrite pour un massage shiatsu et un soin du visage à l'oxygène. Veuillez m'appeler ou m'envoyer un e-mail pour prendre rendez-vous.

Bien à vous,
Bethany Bristol

Manager du spa de Rhinecliff Woods

24

LES HIBOUX DE WAVERLY DOIVENT SE SERVIR DE LA SALLE DES LIVRES RARES UNIQUEMENT POUR ÉTUDIER.

— Je ne vois rien, marmonna Elias alors que Callie le faisait gravir, les yeux bandés, les marches de marbre de la bibliothèque.

— C'est le but. Je veux te faire la surprise.

Elle poussa la lourde porte en chêne dépourvue de nom. Derrière se trouvaient des murs et des murs de livres, des manuscrits sous verre, des fauteuils club en cuir, et un minuscule vitrail aux motifs à la Mondrian. *Tellement* romantique. Elle dégagea les mains de ses yeux.

— La bibliothèque?

Il regarda autour de lui, confus.

— Pas seulement la bibliothèque. (Elle plia le masque oculaire en satin rouge qu'elle avait eu en première classe sur Iberia.) Tu ne te souviens pas? C'est la salle des livres rares! C'est là où, pour la première fois, nous…

Elle se tut, passa une mèche blonde derrière son épaule. Que dire? Où ils avaient consommé leur amour pour la première fois? Ils n'avaient rien consommé du tout. Ils s'étaient fait des bisous, point. Elle avait posé la main sur son pantalon. Elle avait trompé Brandon, son petit copain de l'époque.

— Ouais, je m'en rends bien compte, répondit Elias en arpentant la pièce, passant les mains sur une rangée de livres rares et poussiéreux. Il y avait les premières éditions des romans de Steinbeck, Faulkner et Hemingway dans une vitrine, grâce à un certain J.L. Walsh et à un certain R. Dalton. Quatre grands Rothko étaient accrochés au mur, tous des études de carrés rouges et noirs de différentes tailles.

Callie s'assit sur un fauteuil de cuir. Cela provoqua une sensation de froid derrière ses jambes et elle eut immédiatement la chair de poule.

— On pourrait peut-être recommencer ce soir? suggéra-t-elle d'un ton doux en tirant sur le T-shirt gris clair de son copain. Viens, pourquoi ne te mets-tu pas à l'aise?

Elle se leva puis le poussa doucement dans un fauteuil club en cuir marron. Elle s'assit sur ses genoux et se mit à l'embrasser dans le cou. Elias passa la main sous son T-shirt blanc TSE fin comme du papier et caressa son soutien-gorge de la Renta blanc.

C'était *parfait*. L'odeur de moisi des vieux livres, la lueur sensuelle de la lampe Tiffany en verre coloré dans un coin, le calme qui régnait de toutes parts. Callie avait l'impression d'être une vilaine dans la salle de lecture de son père ou une baronne frustrée du xviiie siècle qui désirait un peu d'action avant le dîner de tout début de soirée. On aurait dit une scène tout droit sortie d'un roman de D.H. Lawrence. *Femmes amoureuses*, peut-être.

Puis elle constata que les yeux de Elias étaient ouverts. Grands ouverts.

— Quoi? fit-elle en reculant.

— Je crois qu'il s'agit d'une première édition de *V*, murmura-t-il en se penchant pour mieux voir. Je ne l'avais encore jamais remarquée ici…

Callie laissa échapper un petit cri perçant de frustration et remonta ses genoux sous son menton en donnant au passage un coup dans la mâchoire du garçon.

— Quoi? rétorqua-t-il du tac au tac.

— C'est rien, dit-elle calmement, réalisant que le chagrin dans sa voix transparaissait bien plus qu'elle ne l'aurait souhaité.

Elle fit en sorte que le sentiment de gâchis de ce moment parfait avec Elias ne s'installât pas trop dans sa conscience. Trop tard. Elle tâcha de calmer sa voix afin qu'elle ne tremble pas trop.

— Alors j'ai remarqué que tu flirtais avec Jenny…

Elias s'éloigna légèrement d'elle.

— Remarqué? Comment ça?

— Eh bien, tu as écrit sur son bras.

Il se lécha les lèvres.

— Oh.

— Alors? Ça se passe bien?

— J'imagine.

— Des professeurs vous ont-ils vus, tu sais, flirter?

— Hum… juste Mme Silver, je suppose…

Elias se leva et se gratta la mâchoire.

Pas suffisant. Peu importait que Mme Silver les ait vus. Elle n'était pas amie avec Mme Emory.

— Et si vous flirtiez près des salles de répétition de l'orchestre?

Mme Emory dirigeait le Fermatas, l'orchestre de Waverly, le dimanche, le mardi et le jeudi.

Un long silence s'ensuivit. Callie entendit les branches des arbres frôler les fenêtres.

Enfin, Elias prit la parole :

— Tout ce qui t'importe, c'est de savoir si tu auras des problèmes ou non, pas vrai?

— Non! couina-t-elle. Bien sûr que non! Je…

Il leva la main.

— Ce n'est pas juste. Ce n'était pas la faute de Jenny. Je crois que nous ne devrions pas la mêler à tout ça et je crois qu'elle ne devrait pas porter le chapeau à ta place.

— Qu'est-ce que tu racontes? Ça t'est égal que je me fasse virer?

Elle sentit des larmes lui picoter les yeux et fourra rapidement un doigt dans sa bouche. Elle le mordit bien fort et faillit le faire saigner.

— Non, bien sûr que non, mais…

Callie secoua la tête. Elle sentit son pouls dans sa nuque.

— Non, à l'évidence, tu t'en fiches. Sinon tu ferais tout pour que je reste ici.

— Pourquoi voudrais-je que tu restes ici si tout ce que tu fais, c'est me manipuler? rétorqua bruyamment Elias, sa voix résonnant dans la bibliothèque silencieuse.

La bouche de Callie s'ouvrit en grand.

— Pardon?

— Tu as bien entendu ce que j'ai dit, murmura-t-il d'un ton féroce.

— Retire-le.

Il soupira.

— Callie…

Il se tut, et la regarda comme s'il ne savait que faire d'elle.

Elle ignora ce qui la poussa à dire ce qu'elle allait ajouter, mais elle le fit :

— Tu sais, Brandon ferait cela pour moi.

— Brandon? Brandon… Buchanan? railla Elias.

— Ouais, Brandon! Au moins Brandon… répliqua-t-elle d'un ton sec.

— Au moins, il quoi?

Ferait attention à moi, songea Callie. *Au moins, je saurais où j'en suis.* Elle déglutit péniblement et se tourna vers la fenêtre. Dehors, deux hiboux étaient blottis l'un contre l'autre sur une branche d'arbre. On aurait dit qu'ils s'embrassaient.

Elias fit les cent pas dans la pièce.

— Alors tu veux casser avec moi pour ressortir avec Brandon?

Callie haleta.

— Je n'ai pas dit ça! Tu veux casser?

Son cœur se mit à battre comme un fou. Est-ce que ça y était? D'un seul coup, elle se sentit patraque et nauséeuse, comme si elle allait tomber d'une falaise interminable et se démenait pour se raccrocher à son flanc rocheux.

— Alors arrête de me manipuler, lâcha Elias d'un ton sévère. Si tu penses que Brandon, qui, soit dit en passant, est pédé comme un phoque, ferait cela pour toi, alors tu devrais peut-être sortir avec lui après tout.

— Au moins, il m'aimait! l'implora-t-elle. Au moins, il voulait baiser!

Ses paroles planèrent un instant dans l'air. Les lèvres d'Elias se séparèrent, comme s'il était sur le point de dire quelque chose. Mais un coup fut soudain porté à la lourde porte en chêne. Tous deux s'immobilisèrent.

— Ouh ouh? cria une voix basse. (C'était M. Haim, le bibliothécaire en chef bourru et nasillard.) Un problème par ici?

Callie fusilla Elias du regard et montra les dents avant de répondre d'un ton doux :

— Nous étudions, c'est tout!

— Vous devez faire moins de bruit, murmura M. Haim. (Il ouvrit la porte et passa sa tête pleine de brillantine par l'entrebâillement.) Nous ne tolérons aucun bruit dans cette salle.

— Tant pis, bâilla Elias en brandissant le majeur et en défroissant son T-shirt. Je me casse!

Il passa devant M. Haim sans même regarder Callie pour lui dire au revoir.

— Ceci est un lieu de recherches paisible, récita M. Haim en resserrant sa cravate de Waverly presque au point d'asphyxie. Nous ne tolérons pas les hurlements.

— J'ai dit que j'étais désolée ! hurla Callie.

— Vous criez encore !

Elle roula des yeux. Que venait-il donc de se passer ? Elle descendit d'un pas lourd les marches de marbre qui menaient à l'entrée principale de la bibliothèque. Par une grande fenêtre étroite, elle vit les mêmes hiboux qui se faisaient des câlins, cette fois sur une branche plus basse. Elle s'arrêta et frappa à la vitre : les hiboux hérissèrent leurs plumes et voletèrent vers des arbres séparés.

— Prenez une chambre ! leur hurla-t-elle.

A : Undisclosed List
De : CelineColista @waverly.edu
Date : vendredi 6 septembre, 21 h 02
Objet : TOP SECRET

Soirée pré-Black Saturday de Dumbarton :

Bienvenue à Agrabah, cité du mystère et de l'ensorcellement.

RÉSERVÉ AUX FILLES !

DANS DIX MINUTES !

BOUGEZ VOS FESSES !

25

UN HIBOU DE WAVERLY NE DOIT JAMAIS RÉPONDRE SUR LE PORTABLE DE SA CAMARADE DE CHAMBRE LORSQU'ELLE EST SOÛLE.

Callie portait la nouvelle robe Prada à franges vert pomme qu'elle avait achetée chez Pimpernel's, un foulard Pucci multicolore et des Manolo argent aux talons de dix centimètres. Ses longs cheveux blond vénitien étaient relevés en chignon sexy style asiatique et elle avait dessiné un épais trait d'eyeliner autour de ses yeux. Elle savait que les autres filles seraient jalouses, mais c'était le but, justement. Parfois c'était plus sympa de se déguiser lorsqu'il n'y avait *pas* de garçons.

La soirée pré-Black Saturday était une tradition incroyablement cool pour les filles de Dumbarton car la liste d'invités était très select et le thème, toujours délirant. Benny Cunningham et Céline Colista s'étaient esquivées plus tôt de l'entraînement de hockey pour transformer la salle commune top de top en pays des merveilles des Mille et Une Nuits. Elles avaient tiré les rideaux de la bay-window géante pour que toute la pièce devienne mystérieuse et enténébrée. Puis elles avaient ajouté des lumières scintillantes, des bougies, des coussins, de l'encens, de la vodka Grey Goose, des mini-joints, des photos d'éléphants et de dieux multiarmés aux murs, ainsi que des *Kama Sutra* soigneusement disposés qui, comme tout le monde le savait, étaient d'anciens manuels sexuels d'Inde. Elles avaient programmé une musique bhangra[1] bizarre et sexy que Benny avait commandée par la Fedex sur amazon.com la veille au soir. La pièce était parfaite pour une orgie sauvage, sauf qu'il n'y avait pas de garçons.

Callie était arrivée tôt et buvait rapidement et régulièrement, tentant de chasser de son esprit le cauchemar Elias-dans-la-salle-des-livres-rares. Elle remplit de nouveau son verre, se dirigea vers la petite banquette sous la fenêtre dans un coin et percuta brusquement Beth qui venait d'arriver.

— Oh!

Elles se jaugèrent intensément du regard. Beth portait toujours ce qu'elle avait en cours, un pantalon bordeaux Katayone Adeli gonflant et une chemise Calvin Klein blanche à boutons. *EUH*? Mettre ce genre de tenue à la soirée pré-Black Saturday allait à fond contre le règlement!

— Alors comment va Jeremiah? lui demanda Callie.

— Jeremiah? fit Beth en la regardant d'un air ébahi.

— Ton petit ami?

— Ah ouais.

— Quoi, il n'est plus ton petit ami?

— Non, il…

Beth était vraiment mal à l'aise. Callie se demanda si Sybille avait tort – peut-être qu'en fait Beth n'était pas amoureuse d'un terminale, mais qu'entre Jeremiah et elle, ça se passait supermal au lit. Ou peut-être que ça se passait *trop bien*. Allô Beth, allô

1. Musique de danse de la communauté indo-pakistanaise du Royaume-Uni, mélangeant rythmes pop et traditionnels. *(N.d.T.)*

Beth ? Ne pas papoter de sexe sous quelque forme que ce soit avec ta prétendue meilleure copine n'est vraiment pas sympa !

Puis Beth regarda Callie en plissant vivement les yeux.

— Et toi, comment va Elias ?

— Bien.

Mal à l'aise, elles s'assirent sur la banquette sous la fenêtre, ne se regardèrent pas et sirotèrent leurs mugs de Waverly remplis de liqueur. L'an dernier, Callie, Beth et Tinsley s'étaient assises dans la même salle commune pour la même soirée pré-Black Saturday, avaient papoté de leurs petits copains respectifs et s'étaient rempli leurs tasses tour à tour. Une année, quelle différence cela faisait !

Callie flanqua ses cheveux derrière son épaule, jaugeant son amie. Était-il possible que Beth attende simplement qu'elle aborde le sujet Tinsley afin qu'elle puisse s'excuser d'avoir fait virer Tinsley ? S'il existait un domaine dans lequel Beth n'avait jamais excellé, c'était se rendre vulnérable.

— Je parie que Tinsley aurait été à fond dans cette soirée.

Beth tressaillit puis murmura :

— Ouais, c'est clair.

— Quel dommage qu'elle ne soit pas là, reprit Callie d'un ton calme.

Bien, là, au moins nous allons quelque part.

Beth se raidit.

— Ouais, c'est vraiment dommage qu'elle ne soit pas là, hein ?

Attendez, euh ? Ce n'était pas ce que Callie espérait que Beth allait dire. Où était le : « *Je suis désolée, laisse-moi t'expliquer ce qui s'est vraiment passé* » ? Ou au moins un : « *Oublions que cela s'est passé et allons nous bourrer la gueule dans notre chambre et rattraper le temps perdu* » ? Mais non, les filles se dévisageaient comme deux chiens qui se reniflent, essayant de savoir s'il fallait aboyer ou non. D'un seul coup, un morceau de techno hindoue démente beugla des enceintes. Les autres invitées étaient arrivées et la salle était bondée de filles bizarrement habillées qui empestaient Poison de Dior.

— Allez, toutes en file de conga! cria Benny d'une voix perçante.

Elle portait une serviette lavande en guise de turban autour de la tête et une écharpe Pucci kaléidoscopique autour de la taille. Sybille l'attrapa par les hanches et gloussa, un immense drapeau aux armoiries de Waverly enveloppé autour de son corps, style sari. Elles passèrent devant Callie et Beth et rirent bêtement.

— Allez, mesdames! couina Céline. Arrêtez de faire la tronche!

Beth qui, en temps normal, aurait dansé sur *Le Lac des Cygnes* vêtue d'un manchon en fourrure de lapin s'il fallait le faire pour jouer le boute-en-train de service, se leva, épousseta son genou puis haussa les épaules.

— Sans moi, lança-t-elle.

Elle tourna les talons et sortit de la salle à grandes enjambées.

Callie enroula un épais morceau de frange vert pomme autour de son majeur et l'observa partir. Quelque chose vibra à côté d'elle. C'était le minuscule Nokia de Beth. L'identité de l'appelant indiquait « Brianna Messerschmidt ». Elle leva les yeux, commença à appeler Beth, puis s'arrêta. L'an dernier, elle répondait tout le temps au téléphone de Beth lorsqu'elle le laissait quelque part. Les choses étaient-elles si différentes cette année qu'elle ne pourrait pas prendre l'appel? Elle ouvrit le téléphone d'un coup.

— Salut, c'est Callie!

— *Où es-tu*? s'écria Bree d'une voix rauque et sexy de fumeuse. Marché aux épices? Ça a l'air fabuleux!

Callie s'effondra de nouveau dans la banquette.

— Pas du tout. Juste à une fête de dortoir.

— Il faut absolument que je vienne faire une séance photo à votre école un jour.

— Ce serait génial. (Callie aurait bien voulu que Bree transmette un peu de son enthousiasme à sa méchante petite sœur.) Tu veux que j'aille chercher Beth ?

— Nan. Dis-lui de m'appeler. Je rentre chez les parents dans le Jersey ce week-end.

Jersey ? Comme New Jersey ? Elle avait toujours cru que Beth venait de East Hampton…

— Mais écoute, Callie ? Ce prof avec qui ma sœur traîne ? Genre sort dîner et tout et tout ?

— Euh…

Callie faillit s'étrangler en avalant une énorme gorgée de punch. *Quoi ?*

— Eric Dalton ? Elle t'en a parlé, hein ?

— Hum, bien sûr.

Tout le corps de Callie se mit à transpirer. Elle n'avait avalé que quelques cuillerées de yaourt à la vanille Stonyfields ce matin. Un mug de punch-vodka, et elle était saoule. La tête lui tournait : Beth lui cachait plus que deux ou trois secrets, apparemment.

Bree inspira un bon coup au bout du fil.

— Écoute. Quand j'étais en terminale à Columbia, une amie à moi sortait plus ou moins avec Eric Dalton. Et elle m'a raconté qu'il s'éclatait pas mal. Si tu vois ce que je veux dire ?

— Bien sûr, répondit automatiquement Callie.

Peut-être que Beth n'était pas dans les nuages parce qu'elle avait couché avec Jeremiah. Peut-être était-elle dans le brouillard parce qu'elle avait couché avec Eric Dalton. Callie chercha des cigarettes dans son sac. Comment Beth avait-elle osé lui taire cette nouvelle capitale ? *Ouh ouh*, étaient-elles devenues de *parfaites* étrangères ?

— Mais c'est marrant, poursuivit Bree en s'étranglant de rire. Peut-être qu'ils vont se marier à St. Patrick's ! Ma sœur va devenir une Dalton !

Oubliant qu'elle était au bout du fil, Callie but une autre énorme gorgée de son cocktail.

— Tu ne la trouves pas un peu trop jeune pour lui?

— Si, bien sûr. Je préférerais qu'il reste tout le temps à quinze mètres d'elle, mais Beth a la tête sur les épaules. Enfin, bref, n'oublie pas de lui transmettre le message, OK? Et dis-lui de me rappeler. Ciao.

— Hum, d'accord. Ciao.

Callie fixa un long moment la minuscule fenêtre DEL du téléphone en se mordillant les lèvres. Enfin elle leva les yeux. La file indienne de conga serpentait toujours à travers la pièce.

Et merde! Le punch-vodka brûlant dans son estomac, elle laissa échapper un cri de triomphe, attrapa Alison Quentin qui portait une robe couture *vintage* Alexander McQueen et de minuscules feuilles d'olivier dans les cheveux, et suivit dans le hall la file de filles sublimes et bourrées qui dansaient.

26

UN HIBOU DE WAVERLY DOIT TOUJOURS REPOUSSER
LES AVANCES DE SON EX-PETITE COPINE BOURRÉE.

Brandon traversait la pelouse tentaculaire de Dumbarton en direction de Richards lorsqu'il aperçut une fille en robe verte style années vingt qui fumait une cigarette et battait des jambes dans le vide comme une rockeuse.

— Hé, chéri! hurla-t-elle. Viens danser avec moi!

Brandon s'approcha et plissa les yeux dans la lumière. C'était Callie. Était-elle complètement déchirée?

— Hé! cria-t-il.

Dès qu'il fut près d'elle, elle lui sauta dessus et enfouit son visage dans son cou.

Elle sentait le punch aux fruits, les cigarettes et ce shampooing frais à la camomille qu'elle utilisait tout le temps. Un frisson parcourut Brandon. L'odeur de ses cheveux fit resurgir des souvenirs de l'an dernier. Ils s'étaient déshabillés sous un édredon dans la salle commune un soir tard, et avaient déchiffré des messages sexy sur leurs ventres nus. Elle posa ses immenses yeux humides sur lui.

— Brandon! *Hiiiiii.*

Ce fut alors qu'il respira son haleine.

— Waouh. (Elle était *bel et bien* déchirée.) Tu as bu la bouteille entière toute seule?

Callie se redressa et sourit.

— Je suis cool, roucoula-t-elle. Tu veux une taffe?

— Non merci.

Elle haussa les épaules et remit la cigarette dans sa bouche.

— Alors écoute, ronronna-t-elle en passant ses longs ongles manucurés sur son bras nu, pourquoi as-tu été si vache avec moi après le cours de bio hier?

À la lueur du porche, Brandon discerna de la chair de poule sur ses jambes nues crémeuses.

— À propos d'Elias et Jenny? Je t'ai dit la vérité.

— Non, c'est faux, le taquina-t-elle en lui touchant le nez, pompette. Personne ne me vole jamais personne. C'est moi qui ai tout manigancé.

Brandon se renfrogna.

— Non, Callie. Jenny *l'aime bien*. Ils s'aiment.

Elle gloussa.

— C'est parce que je leur ai demandé de s'aimer.

— Pardon?

— Je leur ai dit de s'aimer. (Elle se recouvrit la bouche et rit bêtement.) Oups! C'était censé être un secret!

Brandon secoua la tête

— Mais Jenny *l'aime bien*, et lui aussi.

— C'est ce qu'ils voudraient te faire croire! cria-t-elle d'une voix perçante avant de se recouvrir la bouche. Compris? ronronna-t-elle plus calmement, puis elle se fendit d'un grand sourire abruti. Ils simulent, pour que je n'aie pas de problèmes parce que Elias était dans ma chambre!

Brandon recula et réfléchit un moment. Hier, dans la cour, Jenny avait eu l'air bien trop sincère pour simuler.

— Et tous les deux sont d'accord?

— Ouais.

— Jenny aussi ?

— Bien sûr. Jenny est cool.

Callie fit tomber la cendre de sa cigarette, mais elle était tellement bourrée qu'elle atterrit pile sur son gros orteil qui roussit légèrement.

Brandon secoua la tête. Il regarda Callie qui, bien que pétée, lui donna l'impression d'avoir pleuré en cachette pendant des heures dans les toilettes des filles. Il voulait la prendre dans ses bras et la bercer jusqu'à ce qu'elle s'endorme.

— *Tu* flirterais bien avec une autre fille si je te le demandais, pas vrai ? s'enquit-elle en ayant du mal à articuler.

— Euh… non, répondit le jeune homme en fourrant ses mains dans ses poches.

Elle baissa les yeux, frustrée.

— Tu ne le ferais pas ?

Brandon baissa les yeux.

— Si je sortais avec toi, je ne poserai jamais les yeux sur une autre fille.

— Oh Brandon, soupira-t-elle. Comme tu es ringard !

Marrant. Il croyait que les filles *aimaient* la romance.

Elle claqua des doigts, s'illuminant.

— Hé, que penses-tu du fait que Beth couche avec ce M. Dalton ?

— Quoi ? Je n'étais pas au courant.

Callie flanqua ses deux mains sur sa bouche puis les enleva lentement.

— Je n'aurais peut-être pas dû le dire… (Elle se mordit la lèvre.) Oups.

— C'est, genre, officiel ?

Brandon n'avait jamais rencontré M. Dalton à part le premier jour à la chapelle, mais il lui semblait extrêmement glauque qu'un professeur drague une élève, et quant à coucher avec elle…

— Je ne sais pas. (Elle regarda l'herbe.) Je l'ignorais, mais comme Beth ne me confie plus rien…

Elle se tut.

Brandon n'en était pas sûr, mais il crut qu'elle était à deux doigts de fondre en larmes.

— Hé… (Il lui tendit la main.) Tu vas bien?

D'un seul coup, elle jeta sa cigarette dans l'herbe, attrapa Brandon et déposa un énorme baiser mouillé sur sa bouche. Au début, il résista, mais après avoir goûté à son gloss DuWop à la menthe, il ne put s'empêcher de se fondre en elle. Le baiser était si bon! Chaud, doux et sucré, exactement comme un an plus tôt. Il pensa aux matches de football emmitouflés sous des couvertures, au wagon tremblant de la Metro-North Railroad qui les ramenait en ville, où elle s'était endormie sur ses genoux, et à ce dîner formel où ils s'étaient fait du pied.

Mais il la repoussa. Il la désirait – il avait si souvent rêvé de l'embrasser de nouveau – mais là, comme ça, ça n'allait pas. Pas du tout.

— Que se passe-t-il? cria-t-elle d'une voix perçante en reculant en titubant.

— Tu es vraiment raide, observa-t-il en secouant la tête. Nous ne devrions pas faire ça… maintenant.

— Je vais te dire un secret, murmura-t-elle en se penchant vers lui. Elias et moi nous sommes engueulés, grave. Je crois bien que c'est *finiiiiiiii*.

Il marqua une longue pause. Une fois de plus, il avait toujours désiré entendre ces paroles. Mais pas maintenant. Pas comme ça. Brandon savait qu'il était ringard, mais c'était parce qu'il était romantique. Et faire des choses avec la fille qu'il aimait alors qu'elle était bourrée et sous le coup d'une déception sentimentale était nullissime, bordel.

— C'est… tant pis.

Il se détacha d'elle.

— *Allez!* cria Callie. Tu ne veux pas coucher avec moi?

— Tu es soûle. Tu devrais aller te coucher, ça ira mieux demain.

Sur quoi, il s'essuya la bouche et s'en alla.

BennyCunningham :	Salut. T'as envoyé les paroles du numéro ?
CallieVernon :	Pas encore.
BennyCunningham :	Fais-le !
CallieVernon :	Je le ferai. Au fait, quel numéro ferons-nous, nous autres ?
BennyCunningham :	Sais pas. Pourquoi pas « Sois agressive » ?
CallieVernon :	D'acc'.
BennyCunningham :	N'oublie pas de le lui envoyer ! Sauf si tu veux des soutifs sans mamelons !

A : JenniferHumphrey@waverly.edu
De : CallieVernon@waverly.edu
Date : samedi 7 septembre ; 10 h 05
Objet : numéro

Salut Jenny,

Tu as loupé une super soirée hier soir. Comment s'est passé ton truc pour nouveaux élèves ?

Au fait, Benny m'a demandé de t'envoyer les paroles du numéro. Il faudra aussi danser – sexy ! et tu chanteras au rythme de *Sound Off*. Je te joins un document Word des paroles et je te montrerai la choré dans la chambre, d'acc' ?

— C

P.S. : le panier beauté KissKiss ! est-il arrivé aujourd'hui ? Profites-en bien !

P.P.S. : as-tu réfléchi à ce que tu allais dire au conseil ? Fais-le-moi savoir !

27

LES HIBOUX DE WAVERLY SAVENT COMMENT – ET QUAND – ÊTRE AGRESSIFS.

Tout le monde traînait sur l'immense terrain de hockey bordé de forêts touffues. Le soleil brillait directement au-dessus d'eux, et le ciel était d'un bleu parfait, avec un petit vent piquant. Les gradins étaient bondés de parents, d'élèves et d'anciens élèves. Les filles de St. Lucius regagnèrent leur côté du terrain en paradant. Elles portaient leurs sweats et leurs jupes pourpre et blanc et des protège-tibias pourpres assortis. La mascotte de St. Lucius, une oie canadienne noir et blanc géante, les suivait, battant des ailes d'un air menaçant en regardant le hibou de Waverly à lunettes.

Beth ramassa de l'herbe sur l'une de ses Nike cloutées et se moqua du hibou tellement il avait l'air stupide. Elle ne pouvait s'empêcher de penser à ce qu'avait déclaré Dorothy Parker : les hommes font rarement des avances aux filles qui portent des lunettes. À l'évidence, un hibou à lunettes était la mascotte la plus ringarde au monde.

Jenny s'assit à côté d'elle, ôta puis remit nerveusement le ruban adhésif autour de sa crosse de hockey.

— Alors, comment s'est passée la fête hier? demanda-t-elle. Je vous ai entendues rentrer supertard, les filles.

— C'était Callie, pas moi, la corrigea Beth. J'ai essayé de rentrer discrètement sans que tu ne me remarques. Tu n'as pas loupé grand-chose, en tout cas. Sauf que j'ai perdu mon téléphone portable. Tu ne l'aurais pas vu, par hasard?

— Non, répondit Jenny en haussant les épaules.

Beth serra les dents. Ne pas avoir son portable – elle le perdait *tout le temps* – signifiait qu'elle ignorait totalement si Jeremiah ou Eric avaient essayé de la joindre. Elle se demanda si Jeremiah se trouvait parmi la foule. Elle passa en revue le groupe de gens de l'autre côté du terrain, mais ne vit nulle part de grand garçon mignon aux cheveux roux au vent. Elle se demanda comment il avait pris son message, l'autre soir.

— Je suis tellement contente de faire le numéro! lança Jenny, tout sourires. J'ai l'impression que ça va être vraiment sympa!

Beth se tourna brusquement vers elle.

— Tu sais que c'est un piège, non?

Que Callie aille donc se faire foutre!

— Un piège?

Les yeux de Jenny s'écarquillèrent.

— Ouais, c'est ça… commença Beth, mais juste alors Callie surgit derrière elle et posa la main sur l'épaule de Jenny. Beth se détourna.

— Salut, ma belle, dit Callie d'un ton doux à Jenny. Tu es si mignonne aujourd'hui. C'est mon gloss Stila que tu portes?

— Euh non, le mien. MAC.

— Il est si joli.

Beth constata que Callie était légèrement verte, pour avoir probablement abusé de cet abominable punch hier soir. Sympa qu'elle ne lui ait même pas dit bonjour. Elle était trop occupée à lécher le cul de Jenny.

Benny rejoignit le groupe.

— On est prêtes pour le numéro?

— Ouais, acquiesça Callie.

Elle regarda nerveusement Jenny, laquelle regarda nerveusement Beth. Celle-ci haussa les épaules. Chacune sa merde, après tout…

— Allons-y, alors ! hurla Benny d'une voix perçante.

Toutes les filles sur le banc se levèrent d'un bond et se mirent à faire des petits sauts sur la plante des pieds. Elles avaient demandé à Devin Rausch, un terminale dont le père était un célèbre producteur de disques, de jouer de la batterie et de faire office de D.J. Callie lui fit un signe de la tête. La pointe de lecture crépita sur un vieux disque du groupe Funkadelic, qu'il scratcha plusieurs fois, puis le rythme assourdissant sortit des enceintes. Les filles se mirent à taper du pied.

— Sois agressive-agressive.

Beth, qui se tenait au fond du groupe, articula les paroles silencieusement. C'était tellement stupide. Elle jeta un œil à Jenny qui se lança dans sa partie du numéro.

« Les filles de St. Lucius croient qu'elles ont tout ça, mais personne ne veut de filles plates comme ça ! »

Jenny entendit sa voix extrêmement grinçante en solo et se recouvrit immédiatement la bouche. Malheureusement elle se trouvait également au moment du morceau où elle devait bomber la poitrine. Elle regarda autour d'elle et constata que *personne d'autre* n'avait avancé les seins.

Ses coéquipières s'étranglèrent de rire. Jenny se paralysa sur place, les seins toujours en avant. C'était donc ça, le piège. Ah ah ah ! Tellement *pas* drôle.

Les choses commencèrent à bouger au ralenti : les filles qui riaient, ce débile et méchant Heath Ferro qui se frappait la cuisse au premier rang, toute l'école qui fixait sa poitrine gigantesque. Puis elle comprit quelque chose. Elle savait qu'elle pouvait soit se sentir trop mal et jouer l'ancienne Jenny, qui, mortifiée, irait se rasseoir sur le banc et n'adresserait plus jamais la parole à personne. Ou elle pouvait essayer de transformer la situation en quelque chose d'intéressant. Après tout, c'était peut-être son dernier week-end à Waverly. Donc, avant de changer d'avis, elle rejoignit le devant de l'équipe à grandes enjambées et se mit à chanter à tue-tête, le plus fort possible, les paroles du refrain que Callie lui avait envoyées par e-mail :

« Les filles de St. Lucius croient qu'elles ont tout ça, mais personne ne veut de filles plates comme ça ! reprit Jenny en bombant de nouveau son double bonnet D. Les filles de Waverly ont tous les garçons qu'elles veulent-euh ! Venez, tout le monde, on va mettre le feu-euh ! »

Elle trémoussa les hanches.

« Nos sourcils sont épilés, les vôtres sont broussailleux ; notre cul est mignon, le vôtre est hideux ! (Puis elle frappa fort son adorable petit cul rond. Les bouches des autres filles s'ouvrirent en grand.) Notre mascotte est un hibou, et la vôtre est une oie, ouh !! On a des gros seins et vous, vous n'avez rien de rien ! » Rebombage de poitrine.

« Allez, St. Lucius, laissez tomber ! C'est un hibou qui va vous rétamer ! »

Puis Jenny, comme on le lui avait demandé, courut comme une folle sur toute la longueur du terrain où elle fit trois roues, du mieux possible, montrant à la foule ce qu'elle n'avait pas déjà aperçu de son caleçon d'homme bleu clair.

Un silence médusé s'ensuivit. Même si les paroles étaient totalement ridicules, chaque garçon de Waverly comme de St. Lucius – sans parler des frères et des professeurs – la regardait fixement.

Puis, à l'autre bout du terrain, Lance Van Brachel, l'un des footballeurs stars de Waverly, se mit à applaudir. « Ouais ! » hurla-t-il. « Ouais ! »

Un autre garçon tapa doucement dans ses mains. Quelqu'un siffla. Puis une salve d'applaudissements gagna tout l'autre côté du terrain. Tout le monde commençait à devenir fou.

Beth fixa Jenny qui, debout, les bras écartés, regardait la foule d'un air médusé, un immense sourire sur le visage. Elle venait de retourner à son avantage la manipulation de Callie, chose que même Tinsley n'avait jamais réussi à faire. Jenny, apparemment, n'en avait rien à fiche que les gens fassent attention à elle, et son petit corps tout en rondeurs était super quand elle dansait. Elle avait une bonne voix quand elle criait, trop rauque et plutôt sexy.

Elle regarda ses fans qui l'adulaient à l'autre bout du terrain. Waouh, c'était trop cool! Puis il lui vint une inspiration subite.

« Il y a un garçon qu'on appelle Poney, un gros dégueulasse, un obsédé! hurla-t-elle à tue-tête. Il croit qu'il en a beaucoup dans la culotte mais non, c'est juste de la gnognotte! »

Les gradins de Waverly se déchaînèrent. Un groupe de garçons se couvrit la bouche et hurla un « Oh! » collectif en direction de Heath. Tout le monde riait. Jenny regarda Heath au premier rang. Son visage était rouge de colère. *Bien fait!*

— On recommence! cria Jenny en reprenant son numéro, remarquant à peine les autres filles.

C'étaient toutes des rabat-joie. Si elles ne voulaient pas faire le numéro avec elle, tant pis pour elles. Elle se sentait libre et cinglée.

Beth n'en revenait pas. D'un seul coup, elle sourit et courut rejoindre Jenny.

« Les filles de St. Lucius croient qu'elles ont tout ça, mais personne ne veut de filles plates comme ça! » hurlèrent-elles ensemble. Jenny sourit et cogna ses fesses contre la hanche de Beth. À la fin du numéro, Beth souleva même sa jupe. Les garçons à l'autre bout du terrain devinrent fous.

Puis Céline se joignit à elles, elle aussi. Puis Alison, et Benny. Puis toutes les autres filles. Enfin, parce que cela ferait bizarre si elle était la seule joueuse de hockey à ne *pas* participer au numéro, Callie se mit à hurler à son tour.

28

UN HIBOU DE WAVERLY DOIT SAVOIR
QUE « PLUS MIEUX » NE SE DIT PAS.

Regonflés par leur petit numéro, les Hiboux de Waverly battirent les Oies de St. Lucius 6 à 3. Dès que la sirène annonçant la fin de la dernière période résonna, Beth fila dans sa chambre. Sur son lit se trouvait son téléphone portable. L'y avait-elle laissé tout ce temps ? Elle avait trois appels manqués – tous de sa sœur – et un texto : « *Je suis au port. Passe me voir si tu veux. – ED* »

Elle enfila rapidement son pantalon Joseph « il commence à faire frais le soir », son haut en soie sans manches Diane von Furstenberg le plus moulant et remonta la fermeture Éclair de ses bottes en cuir verni noir les plus pointues. Elle piqua un sprint jusqu'aux quais.

Eric se tenait sur le petit pont du voilier blanc, en treillis et polo vert à manches longues. Il portait des jumelles à ses yeux et regardait quelque chose au loin dans les arbres. Une canne à pêche était appuyée à la rambarde du bateau. Quand il l'entendit derrière elle, il se retourna, les jumelles toujours collées à ses yeux. Beth recouvrit instantanément sa poitrine, comme si c'étaient des lunettes à rayons x.

— Pas de match de foot pour toi? demanda-t-il en reposant les jumelles.

— Nan.

— Le match de foot n'est-il pas l'événement le plus important de la journée?

Ouais, sauf que son ex-petit copain était en l'occurrence le quarter-back star de l'autre équipe. Beth ne savait pas au juste si Jeremiah avait reçu le message « J'ai besoin d'une pause » qu'elle avait laissé sur sa boîte vocale, mais elle s'en fichait.

— Je ne suis pas vraiment branchée football, répondit-elle d'un ton évasif. Suis-je autorisée à monter à bord?

Il rit.

— Oui, bien sûr.

— Alors? (Elle passa les mains sur les rambardes en chrome du bateau.) Est-ce que ce truc a un nom?

— Pas encore. Il est tout neuf, expliqua Eric en posant ses yeux verts perçants sur elle. Je pensais à quelque chose de Hemingway.

Beth en fut toute retournée. Par exemple quelque chose tiré de *Le Soleil se lève aussi*? voulut-elle demander.

— Quelle place occupes-tu dans l'équipe de hockey, déjà?

— Oh, centre, répondit-elle comme si cela n'avait aucune importance, bien qu'elle jouât au hockey depuis qu'elle avait sept ans et eût marqué deux des six buts aujourd'hui.

Il gloussa puis attrapa la canne à pêche.

— Qu'est-ce qu'il y a de drôle?

— Ce n'est pas drôle, c'est juste que j'ai du mal à t'imaginer en tenue de hockey.

— As-tu déjà essayé? De l'imaginer, je veux dire.

Beth lui sourit avec coquetterie. Elle était culottée, trouvait-elle.

— Peut-être. (Il avait les yeux rivés sur elle.) C'est un kilt hypercourt. Vous les raccourcissez, non?

— Bien sûr que non! mentit-elle. Ils sont courts comme ça, à la base.

Elle s'assit dans l'une des chaises du capitaine et contempla l'eau qui étincelait. La flèche de la chapelle de Waverly surgissait de l'élégant fourré bleu-vert, et les hiboux s'entrecroisaient au-dessus de sa tête, comme si le yacht les attirait comme un aimant. Même l'eau dégageait une odeur sexy.

— Bien, je voulais te remercier pour l'autre soir, se hasarda-t-elle enfin. L'avion. Le dîner. Voir ta maison de famille. C'était vraiment sympa.

Dalton enleva les jumelles autour de son cou.

— Je suis ravi.

Des acclamations s'élevèrent dans le stade de foot au loin, et le groupe se mit à jouer. Beth jeta un œil dans sa direction, se demandant qui avait gagné. Jeremiah se trouvait probablement sur le terrain au même instant.

Beth regarda Eric. Elle se mordit la lèvre, se leva et avança d'un tout petit pas dans sa direction.

— Oui, c'était sympa, mais…

— Mais quoi?

Eric marqua une pause.

Beth crut avoir décelé quelque chose de bizarre dans sa voix. Elle avait le sentiment de se trouver au bord d'une falaise qui surplombait la mer des Caraïbes turquoise. Elle pouvait soit faire demi-tour et regagner son bungalow pour boire une bière Red Stripe dans son hamac, soit plonger de la falaise. Elle respira un bon coup.

— À ton avis, y a-t-il quelque chose qui pourrait être plus mieux? demanda Beth en tournant la tête sur le côté.

— Plus mieux, ça ne se dit pas, observa Eric avec un petit sourire satisfait.

De l'eau clapotait sur le flanc du bateau.

— Ouais, je sais, murmura-t-elle en baissant les yeux et en se sentant jeune et bête.

Retourne au bungalow! Tout de suite! Tout en sachant que c'était une erreur, elle battit des cils et bomba la poitrine. Elle ignorait totalement d'où lui venaient ces gestes. Jenny, peut-être? Elle entendit Eric respirer vivement.

Et merde! Elle plongea. Elle se dirigea droit où il se tenait et pêchait encore. Il mesurait quelques centimètres de plus qu'elle. Ses cheveux tirant sur le blond tombaient en vrac sur ses yeux, et il arborait une minuscule cicatrice sur l'arête du nez. Il réappuya la canne à pêche contre la rambarde.

— Et si c'était… plus mieux? fit-elle.

Puis elle colla tout son corps contre le sien et l'embrassa. *Ahhhh oui!*

La bouche d'Eric était sensationnelle. Beth tenta de se maîtriser, mais une partie d'elle voulait le dévorer comme s'il était du caviar Béluga. Elle continua à l'embrasser, doucement au début afin que ses lèvres se séparent, qu'il passe enfin ses mains viriles autour de sa taille et que ses lèvres se fondent dans les siennes. Il l'attira contre lui. Sa bouche s'ouvrit. Beth craignait d'empester la sueur à cause du match, mais elle s'en moquait. Tout comme elle se moquait qu'ils soient au grand jour sur le campus de Waverly, le jour de Black Saturday, et que toute l'école ne se trouve qu'à huit cents mètres à peine.

Elle cessa de l'embrasser et recula d'un pas, un sourire timide aux lèvres.

Eric passa sa langue sur ses lèvres. Comme s'il tâchait de dissimuler un grand sourire.

— Hum, eh bien, c'est clair, c'est… (Il prit sa main dans la sienne et ses yeux croisèrent les siens. Il mâchouilla un peu sa lèvre inférieure.) Eh bien… je crois que je devrais retourner à mon bureau un moment.

— Super. Allons-y, répondit Beth, tout sourires.

Dalton se hissa sur la rambarde.

— En fait, je voulais dire que je crois que *je* devrais retourner à mon bureau et *toi*, à ton match de foot, murmura-t-il en effleurant son oreille.

Elle recula d'un pas et regarda frénétiquement en direction

du stade. Eric descendit du bateau. Il lui tendit la main et l'aida à descendre à son tour.

— Si je viens dans ton bureau, tu ne le regretteras pas, déclara-t-elle.

Elle n'avait jamais rien dit de tel à personne de toute sa vie.

— Je n'en doute pas, soupira Eric. Crois-moi, je n'en doute pas le moins du monde. Mais euh... (Il baissa les yeux sur ses chaussures bateau Docksider bleu marine.) Je crois... je crois que je ferais mieux d'y aller. Mais merci.

Sur quoi, il tendit le pouce, toucha son menton et tourna les talons, laissant Beth et ses jolies bottes pointues, sur un stupide dock, seules.

29

LES HIBOUX DE WAVERLY NE REFUSENT JAMAIS UNE PARTIE DE « JE NE… JAMAIS », MÊME SI POUR CELA IL FAUT EMBRASSER HEATH FERRO.

Brandon, un gin-tonic à la main, discutait avec Benny Cunningham à la soirée du Black Saturday, qui, surprise surprise, se tenait dans la maison de campagne de Heath Ferro à Woodstock, à une heure environ de Waverly. Il vit Jenny sortir d'un Hummer avec un groupe de hockeyeuses. Elles portaient toutes des pulls en cachemire couleur citrouille assortis col en V trop grands pour elles. Celui de Jenny soulignait sa magnifique peau de porcelaine et dévoilait une partie de ses épaules nues, et il distingua une large bretelle de soutien-gorge crème.

Après le match de foot, Heath avait distribué à l'élite de Waverly des passes pour sortir du campus la nuit avant d'accompagner tout le monde vers un parc de limousines Hummer noires, empruntées à l'entreprise d'I-banking de Wall Street de son père. De loin, Brandon avait observé Heath aborder Jenny, flanquée d'un troupeau d'admirateurs, l'embrasser bien sagement sur la joue puis lui donner son passe. Même Heath se vit contraint de lui exprimer son respect pour son petit numéro.

La soirée avait lieu sur l'immense pelouse derrière la maison. Il faisait bon, tout était calme dehors, et Heath avait demandé au jardinier d'installer une tente blanche géante ainsi que des rangées de guirlandes de Noël qui clignotent. Pour décorer la tente hors de prix, il avait également piqué six gigantesques sculptures dans la collection toujours croissante d'achats qu'effectuaient ses parents dans des galeries au pif. Les sculptures représentaient d'immenses lis en fleurs. Leurs plis chatoyants évoquaient un sexe à chacun – et pas si inconsciemment que ça. Après avoir maté la poitrine de Jenny, il était difficile de penser à autre chose.

Jenny aperçut Brandon et se rua vers lui.

— Hé! Où es-tu passé après le match? s'exclama-t-elle d'un ton enjoué.

— Je suis juste venu ici un peu en avance, répondit-il, avant de détourner rapidement les yeux.

Toute cette histoire de Callie/Elias/Jenny continuait à le perturber.

— Que se passe-t-il? demanda-t-elle.

— Rien

— Jenny, ce numéro était vraiment trop cool! fit Benny en serrant affectueusement la main de la jeune fille.

Les boucles d'oreilles Mikimoto en perles d'eau douce de Benny étaient tellement grosses qu'elles faisaient s'affaisser ses lobes.

— Merci! s'écria Jenny.

— Brandon, tu l'as vu?

— Je l'ai vu.

Il aurait été difficile de ne pas le voir. Si son numéro avait fait légèrement salope, il avait aussi été très, très chaud. Et il avait eu l'impression que son cerveau allait exploser, à observer Jenny et Callie bomber la poitrine et se taper sur les fesses en même temps. Et naturellement il avait éprouvé un immense plaisir à regarder Heath mourir de honte, lorsque Jenny l'avait interpellé sur sa minuscule chipolata.

Jenny le jaugea précautionneusement du regard.

— Que se passe-t-il? demanda-t-elle de nouveau. (Benny s'en alla dans un shimmy retrouver quelqu'un d'autre.) Tu peux m'en parler.

Il se mordit les lèvres. Il ne savait pas ce qu'il ressentait. Paumé à cause de Callie? Énervé contre Jenny parce qu'elle craquait pour Elias? Ennuyé d'avoir repris les cours, point final? D'un seul coup, une voix dangereusement aiguë carillonna à toute volée au-dessus de la foule.

« Jenny! »

Les têtes de Brandon et Jenny se retournèrent d'un coup. Céline était assise à l'autre bout de la pièce sur un canapé de cuir blanc immaculé. Beth, tout de noir vêtue, était installée sur le bras du canapé. Callie, de l'autre côté, fumait sur un porte-cigarettes en argent fin. Le cœur de Brandon se mit à cogner sourdement dans sa poitrine.

— Jenny, viens ici! gazouilla Céline.

Jenny reposa les yeux sur Brandon.

— Tu es sûr que tu vas bien? lui demanda-t-il.

— *Jen-ny*! hurla de nouveau Céline d'une voix perçante.

Jenny le regarda d'un air interrogateur quelques minutes de plus et Brandon réalisa qu'il se comportait comme un crétin. Callie jouait avec ses sentiments, et après? Jenny n'était pas amoureuse de lui, et alors? Elle n'en restait pas moins adorable et bienveillante. Et, pour l'heure, elle paraissait si *heureuse*.

— Sérieux, lui ordonna-t-il. Vas-y!

Alors que Jenny filait vers le divan des filles, une terminale prénommée Chandler, grande et trop sûre d'elle, lui attrapa le bras.

— Cool, ton numéro!

— Merci!

Une autre blonde, debout à côté de Chandler, qui portait un

petit haut argent moulant et un pantalon fuseau finement rayé de rose et de gris, regarda Jenny en plissant les yeux.

— Tu n'as jamais fait des photos de mode ? J'ai l'impression de t'avoir déjà vue quelque part.

— Je trouve qu'elle ressemble à Tinsley, ajouta Chandler.

— À vrai dire, j'ai fait des photos pour une pub de Les Best ? Mais juste une fois, lâcha Jenny, rayonnante.

— Non, c'est ça ! s'écria la fille. J'adore cette pub. Tu es tellement mignonne dedans, démentielle sur cette plage. Qui était ton styliste ?

— *Jenny* ! cria de nouveau Céline depuis le divan.

— Faut que j'y aille, expliqua Jenny à Chandler et l'autre fille. Ravie de vous avoir connues !

Et alors qu'elle se dirigeait vers le divan, elle comprit brusquement. Elle ne se sentait pas obligée d'inventer une histoire de folie au sujet d'un défilé de mode à moitié nue ou d'une nuit de débauche avec les Raves. Non. Jenny – pas l'ancienne Jenny ou la nouvelle Jenny, mais cette Jenny-là – était suffisamment bien aux yeux de ces filles telle qu'elle était. *J'adore Waverly !* songea-t-elle avec un frisson de plaisir momentané. Non, elle ne pouvait pas se faire virer. Pas maintenant !

Elle rejoignit les autres sur le canapé. Céline lui donna immédiatement un martini-Grey-Goose-et-Red-Bull.

— Alors, tu ne nous fais pas la gueule ? demanda Céline. À cause du numéro ?

— Ouais, ajouta Callie en secouant la tête. Je voulais te dire…

— Ne vous inquiétez pas, les rassura Jenny.

Même si cela avait été plus plutôt vache de leur part, elle avait désormais le sentiment de faire partie de quelque chose – d'une tradition de Waverly, véritable et très select. N'était-ce pas sensationnel ?

— Le numéro était génial, en revanche, observa Céline.

Elle suçait une Dunhill ultralight et un collier de bonbons pastel en même temps.

Jenny s'approcha de Beth, assise à l'autre bout du canapé et l'air d'être éveillée depuis quatre-vingt-seize heures.

— Tu as disparu après le match. Tu vas bien ?

— Je ne sais pas, répondit automatiquement Beth.

— Est-ce… ? commença Jenny.

Beth porta un doigt à ses lèvres, mais hocha misérablement la tête.

— Que s'est-il passé ?

Beth secoua la tête.

— Peux pas en parler, murmura-t-elle entre deux serrements de gorge.

— D'accord.

Callie attrapa le bras de Beth.

— J'ai vu Jeremiah sur la route. Il te cherche.

Les yeux de Beth s'écarquillèrent de peur.

— Tu lui as dit que j'étais ici ?

— Euh ouais. Pourquoi, il y a une raison pour laquelle je n'aurais pas dû le faire ? demanda-t-elle, faisant mine à l'évidence de ne rien savoir.

— Merde, marmonna Beth.

— Où est le problème ? Ce n'est pas comme si tu sortais avec un autre mec, si ?

Beth secoua fébrilement la tête en signe de dénégation.

— Tu n'aurais pas dû lui dire que j'étais là.

— Désolée ! Comment étais-je censée le savoir ? Tu ne me racontes plus rien.

— Tu… n'aurais pas dû, voilà tout.

Les têtes des autres filles pivotaient de Callie à Beth, comme si elles assistaient à la finale de Wimbledon. Jenny se demanda si Callie était au courant pour Beth et M. Dalton. Callie éteignit sa cigarette avec le talon de sa mule en croco bleu.

— Alors pourquoi ne veux-tu pas voir Jeremiah au fait ?

— Je… ne veux pas. Parce que.

— Il n'est pas assez cool pour toi ? Nous ne sommes pas assez *cool* pour toi ? demanda Callie en faisant rouler sa langue contre sa joue.

— Allez, rétorqua Beth, je n'ai pas dit…

— Tu cherches des gens *plus vieux* avec qui sortir?

Jenny fronça les sourcils.

Beth se renfrogna.

— Qu'est-ce que c'est censé vouloir dire?

Callie inclina la tête.

— As-tu trouvé ton portable?

— Ouais. (Beth alluma une cigarette.) Et?

— Et… rien. Je l'ai trouvé. J'm'assurais juste que tu l'avais récupéré.

— Tu as lu mes messages?

Beth éleva vivement la voix.

— Non! (Callie eut l'air blessé.) Je ne ferai jamais ça!

— Mes fesses, oui! Enfin bref, je me casse, bordel de merde!

— Qu'est-ce qu'elle raconte? demanda Céline alors que Beth s'en allait comme un ouragan.

Enrageant, Callie fixa la silhouette de Beth qui s'éloignait et ne répondit pas.

— On dirait qu'elle a des problèmes de mec. Elle ne voulait même pas voir Jeremiah! ajouta Céline. Et il est tellement beau gosse!

— Oh, ce n'est pas avec Jeremiah qu'elle a des problèmes, murmura Callie. C'est, tu sais – *M. Dalton*.

Jenny ouvrit la bouche en grand. Oh non! Quelle bonne amie Callie faisait!

— Dalton? répéta Céline.

Les filles la dévisagèrent dans un silence abasourdi.

— À fond. Ils sont… commença Callie d'un ton suffisant, mais Heath Ferro l'interrompit.

Il portait sur la tête un faux casque de Viking en bois à la Flavor Flav, le rappeur américain, et avait tombé la chemise pour révéler un tatouage provisoire de symbole celtique sur sa poitrine.

— Salut les filles! (Il flanqua ses bras autour de Jenny et Callie. *Je parie qu'il m'aime de nouveau*, songea Jenny avec ironie. Mais elle s'en moquait.) Voyez, j'ai une grosse corne bien droite!

Il leur montra l'une des cornes.

Céline gloussa.

— Pouah !

— Pas étonnant, poney ! cria Benny qui surgit derrière eux.

— C'est vrai. Alors vous voulez jouer à « Je ne... jamais » ? proposa-t-il en attrapant une bouteille de Cuervo sur une table à côté.

— À fond ! acquiesça rapidement Callie en détournant non sans mal ses yeux de Beth qui s'était arrêtée à la porte de la tente, tout le corps tremblant.

— D'accord, mais nouvelles règles : si vous « ne l'avez jamais fait », vous devez boire un coup et embrasser quelqu'un, annonça Heath en caressant une corne sur son casque.

— Tu es incroyable ! dit Benny en riant.

— Bien, soupira Callie. Mais sans la langue.

Jenny, Heath, Sybille, Teague Williams et Benny s'installèrent sur l'herbe humide juste devant la tente. L'air était frais et mouillé, mais Jenny crevait de chaud. À cause de son martini-Red Bull, elle se sentait un peu bizarre.

— Qui veut commencer ? demanda Heath en buvant une longue gorgée d'Heineken à même la bouteille.

— Moi, répondit Jenny en levant la main. (Elle versa à boire dans de petits gobelets en plastique.) OK. Donc... hum... « Je n'ai jamais fait de câlins dans un champ ? »

Callie, Céline et Benny haussèrent toutes les épaules. Jenny, Heath et Teague burent chacune un coup.

— Viens là, Jenny, fit Heath en lui faisant signe et en rampant à travers le cercle pour la rejoindre. Voyons si nous nous souvenons comment faire.

Beurk beurk beurk. Jenny, un peu pompette, déposa un tout petit baiser sur la bouche de Heath puis le frappa au ventre, pour rire.

— Flûte alors ! cria-t-elle d'une voix perçante.

Mais cette fois, au lieu de se moquer d'elle, tout le monde l'applaudit et enchaîna avec une autre partie, rien que pour le plaisir.

30

TOUS LES HIBOUX DE WAVERLY N'ONT PAS BESOIN DE LUNETTES.

Elias tira une bonne taffe sur le joint avant de le donner à Alan St. Girard. Ils étaient assis dans une petite alcôve qui les séparait du reste de la tente grâce à un rideau de perles qui faisait office de porte et qu'une grand-mère devait avoir dans sa cabine de piscine.

— Cette soirée est nulle, réussit à grommeler Elias tout en essayant de conserver la fumée de hasch dans ses poumons.

— Elles le sont toujours, non ? répliqua Alan.

Ils dissertèrent quelques minutes sur telle ou telle soirée qui avait été la meilleure puis décidèrent que c'était celle que Tinsley Carmichael avait organisée dans l'immense cabane en rondins de ses parents en Alaska, voilà un an et demi. C'était pendant les vacances de printemps, et comme la plupart des élèves se trouvaient avec leurs parents à Park City ou Monte Carlo, pas grand monde n'avait pu se rendre en Alaska. La maison était située au bord d'un lac de glace, à côté d'une montagne pourpre géante. Ils avaient tous bu tellement de vin rouge qu'ils étaient complètement désinhibés. C'était avant que Callie et Elias ne sortent ensemble, et il avait amadoué Tinsley pour qu'elle se déshabille avec lui et qu'ils sautent dans son jacuzzi extérieur en bouleau, où ils avaient discuté toute la nuit. Ça avait été le genre de soirée où tout avait été serein et parfait – personne ne s'en était pris à personne, et personne n'avait franchi la limite de l'ébriété sympa et délirante en vomissant partout sur les sols en teck.

Les perles s'ouvrirent, et Beth surgit d'un coup. Elle était tout en noir, anguleuse et grognon, comme cette vieille sorcière méchante, celle avec la pomme dans *Blanche-Neige*.

— Que se passe-t-il? demanda Elias lorsqu'elle s'assit lourdement à côté de lui.

— Je peux me planquer ici avec toi? demanda-t-elle.

Elle s'empara du joint qui s'était consumé en petit filtre noueux, fuma une longue longue taffe et souffla la fumée par le nez.

— Bien sûr.

— Vous êtes à n'y rien comprendre, vous autres, les mecs, déclara-t-elle enfin après une longue pause en passant les mains dans ses cheveux follement roux.

— Quoi? Alan et moi?

— Non. (Beth se tourna vers Elias et celui-ci se rappela pourquoi il l'aimait tant. Elle avait un visage magnifique, avec une grande mâchoire et de grands yeux, un peu comme celui de l'actrice Mandy Moore.) Ce que je voulais dire... c'est pourquoi quand, vous, les mecs, vous voulez quelque chose et que vous l'obtenez, que *nous vous le donnons*, c'est à ce moment-là que vous flippez?

Alan tira une taffe, se pencha en arrière et passa la main le long de sa coupe en brosse châtain extrêmement courte.

— C'est bien trop profond pour moi, man.

Beth sortit ses cigarettes et en alluma une.

— Tant pis, railla-t-elle en se relevant. (Elle regarda Elias en plissant les yeux.) Tu sors toujours avec Callie?

— Je ne sais pas.

Elle partit d'un petit rire narquois.

— C'est bien ce que je pensais. Je me casse. Faites bien la fête, les garçons.

— Elle est tellement étrange, marmonna Alan. Tu sais ce que je viens d'apprendre ? Il paraît qu'elle baise avec un des profs. Le nouveau.

— Beth ? s'enquit Elias en la regardant. Nan.

— Je ne sais pas, man. Regarde-la. Elle est complètement paumée.

Elias grommela et fit rouler une perle du rideau en marbre beige entre ses doigts. Son cerveau embrouillé par le shit tentait d'essayer de comprendre ce qui s'était passé avec Callie. Étaient-ils toujours ensemble ou non ?

Il se leva et sépara les perles avec la main, complètement paumé. Il pensait que l'amour serait quelque chose d'extraordinaire, voire de légèrement douloureux. Comme cette douleur et cette grande fatigue qu'il ressentait dans le dos et les jambes après avoir chevauché Credo toute la journée. Ou le sentiment qu'il éprouvait lorsqu'il était à Paris, sur la Seine, qu'il regardait les gens passer et réalisait subitement qu'il se trouvait *là*, dans le présent, et non coincé quelque part dans le passé ou l'avenir. Mais il ignorait s'il ressentait cela pour Callie. Où était-elle, au fait ?

Et ce fut à ce moment-là qu'il les vit.

Heath Ferro couvrait le visage de Callie de baisers. Elle tira sur le jean de Heath, si bas qu'il glissa sous ses hanches. Il distingua un bout de son cul. Comme d'habitude, Heath était tout nu sous son jean.

Elias retourna dans l'alcôve. Eh bien, il l'avait, sa réponse.

31

UN HIBOU DE WAVERLY SAIT QUE PARFOIS C'EST UNE BONNE IDÉE DE RESTER DANS L'OBSCURITÉ.

— Je me sens toute molle et allumée.

Jenny agita les bras. Elle gagna la pelouse étrangement calme derrière la tente. Il y avait un tout petit jardin de rocaille japonais, un banc de pierre moussu et un étang bordé de carreaux jade. Un poisson rouge géant nageait lentement dans le cercle de l'étang. Après quelques parties de « Je ne… jamais », Brandon lui avait tapé sur l'épaule et proposé de sortir prendre l'air.

— Tu commençais à être un peu verte, constata Brandon.

— Je vais bien. Mais merci de m'avoir sortie de tout ça. Ça devenait un peu bizarre.

Elle ne tenait pas tellement à voir la raie des fesses de Heath qui ne cessait de faire de grandes apparitions.

— Je t'en prie.

— Pourquoi n'as-tu pas joué avec nous ? Tu as quelque chose contre les jeux où l'on s'embrasse ?

· - Je… (Il hésita.) C'est compliqué.

Jenny fit rouler sa tête sur son cou.

— OK, répondit-elle.

Elle était ravie que Brandon se contente de s'asseoir tranquillement à son côté, sans rien expliquer. Les amis restaient assis côte à côte en silence, après tout, et même si elle s'éclatait à cette fête, il y avait une espèce de vide à présent qu'elle était saoule. Avec combien d'élèves communiquait-elle réellement ? Brandon était un véritable ami, et ils pourraient être honnêtes l'un envers l'autre. Elle posa la tête sur son épaule et contempla leur reflet dans l'étang.

— Tu ne m'as jamais dit que tu étais sorti avec Callie l'an dernier.

Elle lui jeta un coup d'œil furtif.

Il baissa les yeux.

— Ouais.

— Est-ce pour cela que tu détestes tant Elias ?

Il opina en signe d'assentiment.

— Eh bien, ça se comprend.

— Mais c'est encore tellement le bordel, commença doucement Brandon. Je l'aime encore. J'essaie de ne pas l'aimer mais… je ne peux pas m'en empêcher.

— Je comprends parfaitement, répliqua-t-elle en pensant à Elias.

Un autre reflet apparut dans l'étang. C'était celui d'un garçon ébouriffé à la beauté irrésistible, qui, même s'il se trouvait à une soirée, arborait encore des taches de peinture dans le cou. Jenny retint son souffle. C'était comme si elle avait fait apparaître Elias rien qu'en pensant à lui.

Ou peut-être était-elle simplement un peu pompette.

— Hé, lui lança-t-il d'un ton doux.

Elle plissa les yeux. Il portait un T-shirt noir délavé à l'effigie du NASHVILLE MUSIC FESTIVAL et un jean sale maculé de peinture. Ses épais cheveux brillants presque noirs, en manque certain d'une bonne coupe, bouclaient dans sa nuque.

Brandon fronça le visage de frustration, puis serra affectueusement la main de Jenny.

— Je devrais y aller, annonça-t-il. (Il se pencha et lui murmura à l'oreille :) Bonne chance.

Brandon effleura Elias sans lui dire bonjour puis s'en alla doucement. Elias s'assit à côté de Jenny.

— Que fais-tu là ? Il se passe des tas de trucs déments par là-bas.

— Ouais, je participais à ces trucs déments, justement, mais j'ai décidé de sortir pour regarder l'étang.

— Joli, murmura Elias.

— C'est vrai, hein ?

— Je parle de toi, pas de l'étang, murmura-t-il.

Les mots de Jenny restèrent coincés dans sa gorge. Elle était beaucoup trop bourrée, mais d'un seul coup elle se sentit beaucoup trop sobre. Elias alluma une cigarette qu'il fuma en silence, faisant dériver un fin filet de fumée grise par-dessus les jardins pour constituer une auréole au-dessus des arbres origami.

— J'ai vu ton numéro au match aujourd'hui, reprit Elias, brisant le silence. C'était… quelque chose.

— Oh, réussit-elle à dire en baissant les yeux, embarrassée.

Plus Jenny avait picolé, plus elle s'était demandé si sa place était vraiment ici. D'accord, elle avait tourné le petit spectacle à son avantage aujourd'hui, mais si elle n'était pas tout le temps aussi vive d'esprit ? Elle avait beau essayer de ne pas y songer, mais d'innombrables pensées au sujet de l'audience du conseil de discipline ne cessaient de se glisser furtivement en elle. OK, elle était populaire ce soir, mais qu'est-ce que cela changerait si jamais elle se faisait virer de Waverly ce lundi ? Une fois de plus, elle pourrait dénoncer Callie, mais tout le monde la détesterait une bonne fois pour toutes si elle faisait expulser Callie. Il n'existait aucun moyen de gagner.

— Où as-tu appris ça ?

— En fait… c'est trop bizarre à expliquer.

— Euh, répondit Elias. Alors tu sais ce que je t'avais dit sur ces hiboux dans mon petit mot ?

233

— Ouais.

Jenny observait son profil du coin de l'œil. La nuit était de plus en plus froide, et elle distinguait de la rosée se former sur l'herbe autour d'eux. Elle se demanda quelle heure il était.

— Tu as trouvé ça complètement stupide?

Elle croisa les jambes.

— Quoi? Non. Pourquoi?

— Parce que… je t'ai dit que je pensais qu'ils parleraient.

— Non, en fait, je l'ai trouvé super mignon.

— Vraiment?

Il gratifia le sol d'un sourire timide.

— Ouais.

Elle sourit, elle aussi, et le regarda cette fois.

Elias se rapprocha légèrement d'elle.

— Pourquoi?

Elle réfléchit un moment. *Parce que tu es sexy? Parce que tu es beau gosse? Parce que je n'arrête pas de me dire que tu es parfait pour moi?*

Elle se cala sur le banc.

— Elias? Flirtes-tu avec moi parce que Callie te l'a demandé?

Il tira une taffe sur sa cigarette.

— J'allais te poser la même question.

— Oh, fit-elle, confuse. (Elle contempla son reflet dans l'étang.) Alors?

— Non, répondit-il enfin. (Elle constata que sa main tremblait.) Et toi?

— Non, répondit-elle rapidement. Sûrement pas.

— Que vas-tu faire pour le conseil de discipline? s'enquit-il au bout de quelques secondes en éteignant sa cigarette sur une grosse pierre. Vas-tu dire que c'est la faute de Callie?

— Je n'ai toujours pas décidé.

Elle sentit son visage se plisser. Elle ne voulait pas gâcher la vie de Callie, mais ne tenait pas non plus à se faire virer de

Waverly. Et si, après le conseil de discipline, elle ne revoyait plus jamais Elias?

— Écoute, soupira-t-il. Je pense que rien de tout cela n'est juste, et je pense que tu n'as pas à porter le chapeau. De plus, je ne sors même plus avec Callie.

Jenny retint son souffle.

— C'est curieux qu'elle nous manipule, tu sais?

Elle hocha imperceptiblement la tête.

— Et surtout, que les choses... n'aillent pas, murmura-t-il, comme s'il parlait tout seul.

— Que veux-tu dire? demanda-t-elle, l'adjurant intérieurement de croiser son regard et, pourquoi pas, de toucher ses lèvres.

— Eh bien... (Il s'allongea dans l'herbe et regarda le ciel. Jenny se rappela alors le soir où il lui avait montré les Pléiades sur le plafond de sa chambre et se demanda quelle était la constellation ce soir.) Tu sais, ces pubs pour les diamants De Beers, elles montrent que l'amour est un truc... vraiment fou et étincelant?

— Oui, répondit-elle en s'étendant également sur le dos.

— Eh bien, c'est ce que je veux, expliqua Elias en développant. Je ne l'ai pas maintenant, mais c'est ce que je veux. Pas bêtement, mais je veux tout ça.

Jenny frissonna intérieurement. Elle comprenait parfaitement ce qu'il voulait dire et, comme ils contemplaient le ciel, les étoiles se mirent à clignoter, toutes brillantes et étincelantes. Comme des diamants.

A : « fêtards » (27 membres sur la liste.)
De : HeathFerro@waverly.edu
Date : dimanche 8 septembre, 11 h 40
Objet : génial, génial, génial !

Les potes,

La soirée du Black Saturday était chauffée à blanc. Quelques chiffres intéressants :

6 : nombre de filles avec lesquelles j'ai fricoté hier soir (en tout cas, le nombre dont je me souviens.)

11 : bouteilles de Cuervo que nous avons descendues. Eh ouais, bordel !

1 : type bizarrement hyper pomponné sur la touche de la partie de « Je ne… jamais » dévorant des yeux une certaine déesse blonde d'Atlanta.

2 : paires de chaussures de filles oubliées. Une paire de Manolo, une paire de Tod's. Qui était tellement raide qu'elle est rentrée pieds nus chez elle ?

2 : gens assis près de mon étang à poissons rouges, à se bouffer du regard. Mais je ne vous dirai pas qui. Seul Stanley mon poisson rouge le saura.

À plus, amis fêtards,
Heath

P.S. Attends avec impatience la prochaine teuf.

P.P.S. Ce sera dans trois semaines seulement. Reposez-vous !

32

FAIRE DU SPORT EST UNE FAÇON SAINE DE GÉRER LEUR AGRESSIVITÉ POUR LES HIBOUX DE WAVERLY.

Les professeurs de sport de Waverly étaient tellement vaches qu'ils forcèrent tout le monde à participer à l'entraînement de sport, le Blacker Sunday – ainsi surnommé pour des raisons évidentes. Tout le monde gagna le train avec une haleine fétide empestant le Martini, des traces de maquillage sur leurs paupières supérieures et des langues roses, avec la gracieuse autorisation d'avaler deux bonnes lampées de Pepto pour calmer leurs estomacs gargouillants.

Callie, la tête entre les jambes, était assise sur le banc de hockey. Elle avait un suçon dans le cou et était certaine qu'il ne provenait pas d'Elias. Elle avait tâché de le planquer à l'aide de son stick camouflant Joey New York, mais la grosse zébrure pourpre était toujours là. Vraiment, elle se sentait trop mal pour s'en préoccuper. Elle observa Jenny et Beth assises par terre en train de s'étirer, comme si elles n'avaient pas bu une goutte d'alcool hier soir. Depuis quand étaient-elles si bonnes amies ?

Mme Smail donna un coup de sifflet, appelant les filles dans la mêlée. Sur tout ce qu'elle pouvait faire lors de l'entraînement post-fiesta du Black Saturday, elles allaient *vraiment jouer*? Pourquoi ne pouvaient-elles pas se contenter d'effectuer quelques tours de piste avant de retourner se coucher?

— Callie Vernon, Beth Messerschmidt, vous serez les centres, ordonna Mme Smail.

Un halètement collectif s'éleva du banc. Toutes les têtes effectuèrent de rapides allers et retours, de la queue-de-cheval blonde de Callie à la coupe au carré rouge feu de Beth. Callie se releva non sans mal du banc; elle se sentait toute ballonnée et dégoûtante. Elle regarda Beth filer comme un ouragan au milieu du terrain. La frustration gronda de nouveau en elle. Comment Beth *osait-elle* ne pas lui parler de M. Dalton?

Dès que Mme Smail lança le petit ballon argent, Beth porta un grand coup dedans et accompagna si brutalement la balle qu'elle frappa le protège-tibia gauche de Callie.

Celle-ci recula de douleur et de colère. Elle se lança à la poursuite de Beth, qui se trouvait désormais quelques pas devant elle et dribblait. La pelouse se ramollissait sous ses pieds et ses Nike noir et blanc cloutées s'enfonçaient méchamment dans le sol. La jupe de Beth se soulevait de sorte que l'on pût distinguer le bas de sa culotte bouffante STX bordeaux et son petit cul maigre. Callie la rattrapa et fourra sa crosse entre Beth et le ballon. Puis les mains de Beth se tordirent et elle donna un grand coup dans la balle avec le côté arrondi de sa crosse, l'envoya caréner loin de Callie en direction d'un des milieux de terrain de l'équipe de Beth.

— Faute! hurla Callie en s'arrêtant net. Mme Smail! Il y a eu faute!

— Je ne l'ai pas vue, répondit Mme Smail. Continuez à jouer.

D'un geste, elle désigna les autres filles qui avaient attrapé la balle et l'emportaient à toute allure vers l'un des buts.

— Nom de Dieu! s'écria Callie en jetant sa crosse par terre de dégoût. Elle a touché la balle avec le mauvais côté de la crosse!

— Peu importe, répondit Mme Smail. Ce n'est que l'entraî-nement, et je ne l'ai pas vue.

Callie se tourna vers Beth, yeux plissés.

— On n'enseigne pas le hockey sur gazon dans le New Jersey, hein ?

Callie regarda la peau blanc laiteux de Beth blanchir encore plus.

— Va te faire foutre, finit par marmonner Beth.

— Waouh, la super réplique de la « présidente » de classe, Beth Messerschmidt ! Je pensais que tu avais de super compé-tences linguistiques ! Je croyais que tu saurais te sortir de pres-que toutes les situations avec ta langue !

— Les filles, les avertit Mme Smail, jouez. Beth, votre équipe vient de marquer un but.

Beth contourna Mme Smail pour se planter devant Callie.

— Qu'est-ce qu'il y a, Callie ? C'est quoi ce truc que tu as contre moi ? Ce serait plutôt à moi d'être en colère contre toi – pas le contraire !

— Ah ouais ? Et pourquoi ?

— Parce que tu es une salope manipulatrice, voilà pourquoi ! hurla Beth.

Les autres joueuses haletèrent. Mme Smail tenta de s'interpo-ser entre elles, mais Callie lui adressa un regard d'avertissement qui disait : « Ne vous approchez pas. » L'entraîneur se retourna et se dirigea d'un bon pas vers les vestiaires.

Callie se tourna vers Beth.

— Retire ce que tu viens de dire. Je ne suis pas une manipula-trice.

Beth glapit :

— Non ? Et toute cette histoire d'Elias et Jenny, alors ? Ce n'est pas de la manipulation ?

Elle jeta un coup d'œil furtif à Jenny, parfaitement immobile, crosse en équilibre, qui les observait depuis sa place au milieu du terrain.

Callie jeta un coup d'œil à Jenny elle aussi. Super. Vraiment super. Ce genre de réflexion n'allait pas pousser Jenny à défendre ses intérêts au conseil de discipline. Elle fusilla Beth du regard.

— Tu ne sais rien du tout.

— Je n'ai pas besoin de savoir quoi que ce soit, rétorqua Beth du tac au tac. Je te connais et je sais comment tu fonctionnes. Après ce que tu as fait à Tinsley.

— Tinsley ?!?

La bouche de Callie s'ouvrit en grand.

— C'est vrai. (Beth baissa d'un ton. Elle se rapprocha de son ex-meilleure amie, si près que leurs nez se touchaient presque.) Pourquoi ne lâches-tu pas le morceau ? Tu as tout manigancé pour que Tinsley porte le chapeau. Tu as tout fait pour ne pas avoir de problèmes.

Ça alors, pas possible ?!

— J'ai tout manigancé ? Qu'est-ce qui me dit que ce n'est pas *toi* ? hurla Callie d'une voix perçante. (Des larmes perlèrent dans ses yeux.) Je n'ai même pas *parlé* à Tinsley avant son départ ! J'ai été convoquée au conseil de discipline, je suis sortie et elle était déjà partie !

— Ah ouais ? Elle est bien bonne…

— Pourquoi aurais-je monté un coup contre Tinsley ? Nous étions amies !

Beth recula d'un pas et fusilla Callie du regard, l'air confus. Elles se fixèrent de longues secondes avant que les épaules de Beth se détendent quelque peu.

— Tu es sérieuse, hein ?

Callie opina vivement du chef.

— Et tu crois que c'est *moi* qui ai créé des problèmes à Tinsley ?

— Comme ce n'était pas moi, c'était *sûrement toi*, expliqua Callie, mais Beth sentit que sa détermination faiblissait.

— Je n'ai pas eu non plus l'opportunité de parler à Tinsley. Elle était partie avant moi.

Callie baissa les yeux.

— Vraiment?

— Oui.

Les autres joueuses retinrent leur souffle.

— Je ne comprends pas, conjectura Beth. Tinsley a... simplement porté le chapeau pour nous, toute seule?

— J'imagine. Mais pourquoi le ferait-elle?

— Aucune idée.

Callie se mit à rire.

— C'est vraiment la merde!

Beth se mit à glousser doucement, elle aussi.

— Quand je pense que *je croyais* que c'était de ta faute!

— Et moi, de la *tienne*!

— *Je croyais* que tu allais demander un transfert de chambre, juste pour ne pas avoir à parler à Tinsley!

Derrière elles, Mme Smail courait avec M. Steinberg, l'entraîneur de foot des garçons, dans son sillage. Lorsqu'elle vit Callie et Beth rire puis s'étreindre, elle s'arrêta net, confuse.

— Je jure qu'elles étaient prêtes à s'entre-tuer!

— Les filles! soupira M. Steinberg avec désespoir en secouant la tête.

33

UN HIBOU DE WAVERLY DEVRAIT VEILLER
À NE PAS SE FAIRE CHOPER.

Mme Smail passa les doigts dans ses cheveux blond miel courts.

— Dites, pourquoi n'iriez-vous pas prendre une douche, vous toutes? suggéra-t-elle au bout d'un moment.

Enfin.

Beth avait l'impression qu'elle venait de courir un marathon, ce qu'elle ressentait systématiquement après s'être vigoureusement disputée avec quelqu'un. Elle regagna lentement les bancs avec Callie, sans parler. Mais c'était un silence agréable, pas un silence tendu. Elle jeta ses protège-tibias dans son *cabas** Hervé Chapelier en nylon gris, et constata que son téléphone vibrait. Elle avait un texto. *Retrouve-moi sur mon bateau quand tu peux. Il faut que l'on parle – Eric.*

Elle mit sa tête entre ses mains. Cet unique baiser qui subsistait encore. Ses lèvres douces. Qu'il ait enfin passé son bras autour d'elle et l'ait attirée contre lui. Son odeur de menthe

*En français dans le texte.

242

poivrée, de cigarettes et de savon français à la lavande. Qu'il ait un peu gémi quand ils avaient arrêté. Elle s'était tellement sentie rejetée après leur baiser de la veille, mais peut-être avait-il changé d'avis ? Elle savait que c'était dangereux, mais dans la vie il fallait prendre des risques, pas vrai ? Elle espérait seulement qu'Eric ressentait la même chose.

Il était vautré dans une chaise longue blanche moderne sur le pont du bateau, un sachet de bretzels à la moutarde au miel à côté de lui, lorsqu'elle arriva. Il se leva et épousseta des miettes sur son pantalon en toile tout propre.

— Salut.

— Salut, répondit-elle en restant au bord de l'eau.

Elle avait enfilé à la va-vite un T-shirt noir C&C California et un jean Blue Cult taille basse, dans l'espoir d'avoir l'air décontracté et modeste, mais voilà qu'elle trouvait sa tenue inappropriée. Son T-shirt était trop court et son jean, trop taille basse, de sorte que son ventre bronzé lui faisait un clin d'œil. C'était trop déclassé pour Eric. Elle tenta de le cacher avec sa main. Et elle n'était pas aidée par le fait qu'il était absolument canon, ses cheveux châtain-blond bouclant sur les bords de son polo blanc.

— Salut. (Il lui sourit.)

— Salut, répondit-elle d'un ton calme.

Ils se turent et s'observèrent de loin. Beth se sentait idiote – mais pas lui, manifestement. Son estomac produisait un bruit sourd en elle, irritée qu'il lui ait demandé de venir pour lui annoncer ce qu'elle savait déjà : qu'ils ne pourraient plus se voir et patati et patata. La belle affaire, on n'allait pas en faire tout un putain de fromage ! Elle voulait que cela se termine rapidement. Et ne *plus jamais* le revoir. Elle pourrait démissionner du conseil de discipline. Tant pis si cela faisait bien sur vos candidatures pour l'université. Il existait d'autres moyens d'entrer à Brown.

— Donc voici ce à quoi je pensais, dit-il, interrompant ses

pensées. Il te reste encore un an, ici. Et tu as dix-sept ans. J'en ai vingt-trois. Ça fait, genre, six ans.

— Hum-hum, répondit Beth en entortillant un morceau de corde sur l'un des pylônes du dock.

— Six ans. Quand nous aurons vingt ans, tu en auras vingt-deux et moi, vingt-huit. Et quand j'en aurai cinquante, tu en auras quarante-quatre.

— Que veux-tu dire au juste? jeta Beth.

— Je... commença Eric.

— Ne le prends pas mal, rétorqua Beth sur-le-champ en se raidissant. Mais je ne vais pas t'attendre jusqu'à ce que j'aie quarante-quatre ans. J'espère que je serai avec un type plus jeune, d'ici là.

Eric la fixa intensément.

— Je ne crois pas pouvoir attendre que tu aies quarante-quatre ans.

— Oh, répondit-elle en serrant la corde autour de son doigt si fort qu'elle lui coupa la circulation.

Il la regarda fixement puis soupira.

— Tu viens dans ma cabine?

Beth hésita. Elle n'était pas sûre et certaine, mais elle se doutait que ce serait le plus grand, le plus fort moment de sa vie. En T-shirt pourri, et dans son jean le plus pourri, un dimanche comme un autre après un entraînement de hockey, avec une légère gueule de bois, âgée de dix-sept ans, un tout petit bouton sur le coin de sa joue droite, planqué avec un camouflant MAC, des devoirs de cours avancé de bio à faire... à part ça, sa vie était un sale bordel. Mais si elle voulait que cela se produise, les prochaines minutes pourraient changer son existence à jamais.

— Ouais, j'imagine que oui.

Elle sourit tranquillement en elle-même et passa les mains le long de la rambarde pour grimper à bord.

34

PARFOIS, UN HIBOU DE WAVERLY
DOIT PRENDRE DES RISQUES.

Lorsque Callie tourna au coin de Dumbarton, elle vit Elias bloquer la porte d'entrée. Son premier instinct fut de faire demi-tour pour regagner les terrains d'entraînement.

Mais Elias la vit.

— Attends! (Il descendit les marches en béton.) Reviens!

La mort dans l'âme, Callie fit demi-tour. Elle fit un flash-back sur des images floues de la fête de la veille – un fouillis de bouteilles de tequila, l'ignoble tatouage celtique de Heath, Elias qui jetait un œil à travers les perles de la porte, l'e-mail de relance puéril de Heath. Depuis le début de l'année, tout le monde se moquait de la façon dont Heath baisait toutes les filles, et d'accord, elle était saoule, en colère contre Beth et encore plus contre Elias, mais pourquoi avait-elle laissé Heath l'avoir, elle aussi?

— Hé, répondit-elle d'un ton bourru.

— Alors tu t'es bien éclatée hier soir? lui demanda-t-il en levant les sourcils.

— Je suis désolée. (Elle flanqua ses mains sur son kilt de

hockey à carreaux bordeaux et bleus.) Pour… tu sais. Le truc. C'était débile. Un jeu-beuverie.

— Ça m'a clairement pris au dépourvu.

Elias agita nerveusement le pied sur un pavé rond du sentier. Le voir aussi mal à l'aise fit fondre Callie.

— C'était une soirée bizarre.

Elle baissa les yeux.

Elias ne répondit pas.

— Elles n'étaient pas comme ça, l'an dernier, poursuivit Callie. Elles étaient sympas.

Elle s'assit sur les marches et serra les genoux, réprimant un besoin urgent de fermer les yeux bien fort.

— J'aimerais simplement que les choses redeviennent comme l'an dernier. On s'éclatait tellement !

— Ouais, acquiesça Elias d'un ton doux.

— Que nous est-il arrivé ?

— Je ne sais pas.

— Peut-être pourrait-on essayer de tout faire pour que les choses se remettent en place. (Callie leva la tête, pleine d'espoir.) Peut-être, si nous, je ne sais pas, sortions du campus et discutions. Là où il n'y aura personne d'autre. Où tu veux. Je ferai même du cheval avec toi, ajouta-t-elle impulsivement.

Elias avait toujours essayé de la pousser à faire du cheval avec lui, en vain.

— Vraiment ?

— S'ils ne me flanquent pas à la porte, oui. (Elle s'agita sur la marche.) Je ne sais toujours pas ce que va faire Jenny. C'est vrai, je ne crois pas qu'elle veuille me dénoncer, mais elle ne tient pas à avoir de problèmes.

Elias contempla ses tennis.

— Je ne crois pas que ce soit *à Jenny* d'avoir des problèmes.

— Ouais, tu l'as déjà dit.

Callie perçut la dureté dans sa voix.

— Je crois que tu devrais assumer la responsabilité. Jenny n'a rien à voir là-dedans.

— Si j'assume la responsabilité, je vais me faire virer. C'est ce que tu veux ?

Elias secoua la tête en signe de dénégation.

— Non. Je… je ne sais pas. Si seulement il existait un moyen pour qu'aucune de vous n'ait de problèmes…

— Je ne comprends pas. (Callie le fixa.) Pourquoi te préoccupes-tu tant de savoir si elle aura ou non des problèmes ? Vous deux ne vous connaissiez même pas jusqu'à ce que…

D'un seul coup, ce fut comme si une ampoule s'était allumée au-dessus de sa tête. Ce que lui avait confié Brandon après la soirée pré-Black Saturday. Ce qu'il y avait écrit sur le bras de Jenny. L'e-mail médisant de Heath – *deux personnes qui se bouffent des yeux*. Ils avaient été tous les deux hyper ouverts à flirter ensemble lorsque Callie les avait sollicités.

Elias aimait Jenny. Pas parce que Callie lui avait demandé de l'aimer, d'ailleurs. Parce qu'il l'aimait sincèrement.

Callie fourra son pouce dans sa bouche et se détourna pour qu'il ne voie pas l'expression sur son visage.

Elias l'observa s'en aller, se demandant ce qu'elle pensait. Comment pourrait-il sauver Jenny et Callie ? La seule idée qui lui vint à l'esprit était de compromettre sa propre place à Waverly. Était-il assez viril pour le faire ?

Callie se retourna de nouveau.

— J'imagine que ce qui doit arriver arrive.

— Qui sait. Ils vont peut-être quand même me virer.

Elle se tut un instant.

— Je regrette de ne pas pouvoir, genre, remonter le temps.

Elias posa la main sur celle de Callie.

— Je sais, répondit-il, réfléchissant.

Ce qu'il éprouvait pour Jenny… quoi que ce fût – c'était trop énorme pour qu'il le comprenne. Et peut-être trop flippant. Il regarda Callie assise sur les marches dans son kilt de hockey sur gazon et ses tongs post-entraînement, ses cheveux attachés en queue-de-cheval bordélique et sans une trace de maquillage, elle avait l'air d'un enfant. Elle était mignonne, saine et il la comprenait. Il ne supportait pas d'envisager de la quitter – qu'il la quitte pour Jenny ou qu'il quitte définitivement Waverly.

— Je peux peut-être faire en sorte que cela se produise, déclara-t-il en enroulant affectueusement ses doigts autour des siens.

35

LES HIBOUX DE WAVERLY DOIVENT VEILLER
À CE QUE LEURS PETITS AMIS NE LES SURPRENNENT
PAS AVEC UN AUTRE MEC.

Une heure plus tard, Beth redescendit la passerelle de débarquement, les bras serrés contre la poitrine, encore sous le choc de ce qu'elle venait de faire.

Eric Dalton l'avait déshabillée et embrassée partout. Puis il s'était lentement dévêtu, comme s'il se trouvait dans un club de strip-tease. Beth n'avait jamais vu de garçon se dénuder *en plein jour*. Il avait gardé les yeux rivés sur elle tout le long. Non-stop. Ils s'étaient massés, caressés puis, juste au moment d'aller… plus loin, elle lui avait brusquement dit qu'elle avait besoin de prendre l'air. Être avec Eric dépassait tout ce qu'elle avait espéré. Dépassait le fantasme qu'elle avait nourri sur lui. C'était irrésistible. Et pas forcément dans le bon sens du terme. Elle avait besoin de réfléchir.

Puis, qui vit-elle au bout du dock ?

Merde.

— La voilà, marmonna Jeremiah en lui-même. Je croyais que le bateau, c'était pas ton truc ?

Il y avait d'immenses cercles sous ses yeux. Il portait un jean et un T-shirt blanc proclamant CBGB OMFUG, cette boîte punk dans l'East Village de Manhattan, et un immense sac marin L.L. Bean agrémenté de ses initiales brodées sur un côté. Beth ressentit une culpabilité lancinante – que Jeremiah, dur et cool, trimballe un sac que, sans nul doute, sa maman avait fait monogrammer pour lui, lui parut très vulnérable et mignon.

— Oh, salut.

— Salut? (Le jeune homme secoua la tête.) C'est tout ce que tu trouves à dire : *Salut* ?

— Bien.

Beth tenta de passer devant lui mais il l'arrêta avec le bras. Sa main agrippait son biceps bien fort. L'espace d'une seconde, elle eut un peu peur et regarda vers le bateau pour chercher de l'aide. Puis elle réalisa que c'était Jeremiah. Elle se détacha de son emprise.

— Ne me touche pas comme ça! Tu n'as pas eu mon message?

— Quoi? Tu romps avec quelqu'un par messagerie vocale? hurla-t-il en retour. C'est très classe. Je croyais que tu valais mieux que cela.

Beth ne tenait pas à ce que cela se passe juste devant le bateau d'Eric – qui s'était déshabillé très lentement. Eric, qui l'avait touchée avec beaucoup d'adresse et de maturité, non pas tripotée avec gourmandise comme le faisaient les garçons de son âge. Eric, qui ne s'était pas mis en colère lorsque Beth avait remonté sur elle les draps Ralph Lauren à motif cachemire, et déclaré qu'ils feraient mieux d'arrêter. Elle redescendit le chemin jusqu'au campus.

— Bien. (Elle se retourna.) Je romps avec toi en face, alors. Tu es content?

— J'imagine que tu ne me donneras aucune putain d'explication, hein?

— Bien sûr que si, railla Beth. Croyais-tu réellement que c'était sérieux entre nous? Tiens, en voilà une!

Jeremiah s'arrêta. Ses yeux étaient tout gonflés et rouges. On aurait dit qu'il ne s'était pas encore couché.

— Ouais, je *pensais* sincèrement que c'était sérieux. Sinon pourquoi t'aurais-je proposé de m'accompagner en Californie ?

— Eh bien...

Elle regarda fixement par terre.

— Mais apparemment il y a quelqu'un d'autre, avança-t-il. On m'avait dit de te chercher par ici. C'est le bateau d'un mec, pas vrai ? Tu étais avec un mec ici, sur son bateau, dans sa cabine ? Allez, Beth, c'est un peu bas de gamme, tu ne crois pas ?

Beth se hérissa et plissa les yeux. Parce qu'il se croyait bien placé pour parler de « bas de gamme », avec son accent de banlieusard à la noix ? Puis elle comprit brusquement.

— Attends, qui t'a dit que je serais ici ?

Jeremiah haussa les épaules.

— Qu'est-ce que ça peut faire ? (Il fouilla dans son sac à dos d'où il sortit un paquet de Camel light.) Le fait est que quelqu'un me l'a dit et que tu n'as fait que le confirmer, bordel de merde ! Tant pis pour toi.

Il tourna les talons et regagna la pelouse d'un bond, une cigarette éteinte pendillant de sa bouche.

— Attends ! cria Beth d'une voix rauque. (Elle n'était qu'un paquet de nerfs.) Qui t'a dit que je serais... ?

Mais il était bien trop loin pour l'entendre et elle ne voulait pas hurler. Elle se retourna et regarda fixement les docks. Le bateau d'Eric dansait placidement sur l'eau, comme s'il ne venait pas d'assister au moment qui avait changé l'existence de Beth. Elle n'avait que quelques pas à faire et elle pourrait y retourner, et se recoucher avec Eric. Ils boiraient du vin, parleraient de choses et d'autres et il la réconforterait sur tout. Puis elle coucherait avec lui, pour sa toute première fois.

Mais elle ne pouvait pas le faire. Et elle ne savait pas précisément pourquoi.

36

UN HIBOU DE WAVERLY EST UN HIBOU HONNÊTE.

Lundi matin, Jenny s'assit à la grande table ronde en chêne dans le bureau de Dean Marymount, à quelques minutes de la réunion du conseil de discipline. La pièce sentait un mélange de vieux livres et de peinture fraîche. Elias s'assit à quelques chaises d'elle ; Beth, Ryan, Céline et les autres membres du conseil, ainsi que M. Pardee, M. Dalton et Dean Marymount s'installèrent côte à côte de l'autre côté de la table, les mains croisées et les yeux attentivement rivés sur elle. Comme cela était strictement réservé aux membres du conseil de discipline, Callie n'avait pas eu le droit d'assister à l'audience. Jenny l'imaginait fumer nerveusement tout un paquet de cigarettes dans Dumbarton au même moment, dans l'attente du verdict.

Sur le mur en face de Jenny trônaient des tableaux au cadre en argent peints par des diplômés de Waverly, de 1985 à nos jours. C'étaient des empreintes de mains, dans des gouaches de couleurs différentes, chacune arborant en bas de page le nom de l'étudiant. Même les mains des élèves de Waverly dégageaient une certaine richesse. Elle se demanda de quoi aurait l'air la sienne au milieu des autres. Puis elle se demanda si elle resterait suffisamment longtemps à Waverly pour ajouter son empreinte au tableau que peindrait sa classe.

C'était ce qui s'appelait être dans le flou total. Elle n'avait toujours pas décidé ce qu'elle allait déclarer au conseil, et l'heure était venue. Marymount, l'air tout particulièrement banlieusard avec son gilet en tricot à losanges bleu marine sous son blazer de Waverly bordeaux et ses lunettes rondes à la monture métallique dorée, se lécha le doigt pour tourner la page de son bloc sténo.

— Bien. Monsieur Pardee, les notes en ma possession me disent que l'on a surpris M. Walsh dans la chambre de Mlle Humphrey. Ils discutaient, et M. Walsh était pratiquement nu. Est-ce correct ?

— C'est vrai, confirma M. Pardee. Je les ai surpris et on aurait dit qu'il y avait eu une espèce d'activité sexuelle.

Il baissa alors les yeux sur la table, son cou s'empourprant. Jenny se mordit l'intérieur de la joue.

Marymount posa les yeux sur Jenny.

— Mademoiselle Humphrey ?

Ça y était. L'heure était venue, soit de griller Callie, soit de se griller, elle et sa nouvelle vie. Elle respira un bon coup, bien qu'elle n'eût toujours aucune idée de ce qu'elle allait dire.

— Tout était entièrement de ma faute.

Tout le monde dans la salle se tourna vers Elias. Il s'éclaircit la gorge.

— Pardon ? fit Marymount.

— Tout était entièrement de ma faute, répéta-t-il. Vous voyez, je cherchais Callie. Je m'étais endormi, en boxer, et je suis passé la voir dans cette tenue. Je suis entré dans leur chambre, mais Callie n'était pas là. Je me suis donc mis à parler à Jenny, mais en aucun cas elle ne m'a invité à entrer. C'est à ce moment-là que M. Pardee nous a surpris. On aurait peut-être dit que Jenny et moi sortions ensemble, mais non. Elle n'a absolument rien à voir avec cela.

La bouche de Jenny s'ouvrit en grand.

— Je me suis assis sur son lit, poursuivit-il. Elle ne m'a pas demandé de le faire. J'y suis juste allé et je l'ai fait.

Marymount passa la main dans ses cheveux blond-roux qui se clairsemaient.

— Réalisez-vous les répercussions de vos dires? Leur caractère déplacé?

— Oui, répondit Elias en baissant la tête.

Jenny se mordit la lèvre et s'assit sur les mains. La partie étudiante du comité la fixa d'un air interdit, le visage dénué de toute émotion. Principalement parce que personne n'avait encore dessaoulé depuis samedi soir. Bien qu'elle fît de son mieux pour ne trahir aucun sentiment, intérieurement, elle avait l'impression d'être un flipper qui dysfonctionnait. Elle était tirée d'affaire, mais Elias se trouvait désormais dans un gros pétrin. Et s'il se faisait virer? Tout le monde lui en voudrait-il? Et surtout, Jenny risquait-elle de perdre le premier garçon qu'elle avait jamais… aimé?

Marymount se raidit et fit rouler ses doigts sur son bureau.

— Mademoiselle Humphrey? Est-ce ce qui s'est passé?

Jenny hocha légèrement la tête. C'était la vérité, après tout. En quelque sorte.

— Bien, même si c'est le cas, ce n'est pas la meilleure façon de débuter l'année, surtout après votre petit numéro au match de hockey. Je veux vous voir dans mon bureau la semaine prochaine. (Marymount fronça les sourcils.) Je pense que nous allons devoir trouver quelque chose pour vous sortir du pétrin.

Jenny acquiesça d'un signe de tête.

— D'accord.

Marymount se retourna vers Elias.

— Juste pour que les choses soient claires, monsieur Walsh, vous endossez l'entière responsabilité de tout cela?

Elias respira un bon coup. Il avait rêvé de ce moment, de la seconde où ils le foutraient *véritablement* à la porte de Waverly. Quelque part au fond de lui, cela lui avait toujours paru plus ou moins inévitable. Il avait imaginé ce qu'il dirait, ce qu'il porterait. Aussi fou cela fût-il, il avait imaginé qu'il porterait sa tenue rouge de Mighty Morphin des Power Rangers qu'il possédait enfant, et agiterait dans tous les sens l'un des fusils *vintage* de son père non chargés, juste histoire de leur foutre un peu les boules. Il arborerait ses lunettes de soleil *Terminator* de Dolce et Gabbana trop grandes pour lui sur le front. Il dirait à tous les employés de Waverly ce qu'il pensait au juste d'eux, puis il grimperait sur Credo et s'en irait sous le coucher de soleil.

Mais les choses ne se passaient jamais comme vous les aviez imaginées. Voilà qu'il se mettait à transpirer méchamment dans sa chemise Brooks Brothers blanche et sa veste de Waverly bordeaux bien repassée. Il songea à tous les trucs qui lui manqueraient si on le flanquait à la porte. Les hiboux. Le coucher de soleil orange et pourpre sur l'Hudson. Son vitrail préféré dans la chapelle. Jouer au foot avec Alan quand ils n'avaient pas envie de travailler. La tarte aux cerises de la cafétéria et Mabel, l'employée enjouée de la cafète, originaire d'une petite ville près de Lexington. Callie. Jenny. Tout ce qu'il voyait en Jenny lui manquerait.

— Alors? l'urgea de nouveau Marymount.

— Oui, acquiesça-t-il. J'endosse l'entière responsabilité.

— Bien, alors, poursuivit Marymount d'une petite voix déçue, comité, déclarons-nous M. Walsh coupable? Qui est pour?

Beth, M. Dalton, M. Pardee et Benny levèrent la main. Les élèves de troisième et de seconde, membres du comité de discipline, haussèrent les épaules comme pour s'excuser, mais levèrent la main eux aussi. Enfin, Alan, la mort dans l'âme, leva également la main, ainsi que deux filles de terminale.

Une pause atroce plana dans l'air tandis que Marymount comptait les mains de chaque membre du conseil de discipline. Elias regarda par terre.

Enfin, Marymount soupira.

— Très bien. Voici ce que nous allons faire, monsieur Walsh : ceci est notre tout dernier avertissement. Nous allons vous mettre en liberté surveillée. Une fois de plus. Deux semaines.

Vous ne pourrez pas vous rendre aux écuries pour voir votre cheval, sauf en cas d'urgence. Pas le privilège d'aller en ville ni de visites. Vous irez à la chapelle, en cours et déjeuner, mais *c'est tout.*

Il continua à parler, mais personne ne l'entendait. Alan, Benny et les deux filles de terminale laissèrent échapper un soupir de soulagement collectif. Beth couina dans sa chaise et croisa les bras sur sa poitrine, tâchant de ne pas sourire.

— Attendez, murmura Jenny à personne en particulier. Que se passe-t-il?

— Ce vieux salaud ne me fout pas à la porte, murmura Elias.

Mais, à sa voix, elle comprit combien il était heureux. Et au regard éloquent qu'il lui lança, Jenny se dit que peut-être, juste peut-être, cela avait quelque chose à voir avec elle.

37

BEAUCOUP DE HIBOUX DE WAVERLY PEUVENT ÊTRE FABULEUX, MAIS UN SEUL PEUT ÊTRE « IT ».

Beth fouilla dans son sac de hockey Hervé en nylon gris d'où elle sortit une bouteille de rhum Gosling d'un demi-litre.

— Nous devons fêter ça, annonça-t-elle d'un ton théâtral.

Les trois filles, exténuées, étaient assises par terre dans la chambre 303 du dortoir de Dumbarton, Jenny et Beth à cause du stress du conseil de discipline, et Callie, du stress de *ne pas* y avoir assisté.

Jenny observa Beth verser lentement du rhum dans chacun de leurs grands verres ébréchés Crate & Barrel. Elle se sentait quelque peu comme à la soirée du Black Saturday – elle crevait de chaud, se trouvait toute sentimentale et incluse. C'était ainsi qu'elle avait rêvé la vie à Waverly et voilà que cela était réel. Ses rêves étaient devenus réalité.

Au moins, c'est ce qu'elle ressentait avec Beth. Callie paraissait encore un peu froide. Évidemment, dès que Jenny était revenue dans la chambre et lui avait annoncé la nouvelle, elle s'était empressée de la serrer bien fort dans ses bras et de lui confier qu'elle lui serait éternellement reconnaissante de ne pas avoir donné son nom. Mais il restait encore des affaires non résolues entre elles.

— À la nouvelle année à Waverly! lança Beth en levant son verre.

Elles trinquèrent.

— Et, dit soudain Callie, à nous qui avons laissé toute cette histoire de Tinsley derrière nous.

— Exact, acquiesça Beth.

— Je n'ai même pas su ce qui vous a tant énervées, les filles, lança Jenny.

— C'est une longue histoire.

— Il y avait des rumeurs, expliqua Callie. Des gens racontaient pourquoi Tinsley s'était fait virer. Certains prétendaient que c'était à cause de moi, d'autres à cause de Beth. Aucune de nous n'a jamais su que croire.

— À propos de rumeurs, commença Beth. (Jenny constata que ses yeux étaient teintés de rose, et que ses ongles, en temps normal vernis et polis à la perfection, étaient rongés jusqu'au sang.) Hum, est-ce que l'une d'entre vous a entendu quelque chose sur Eric Dalton et moi?

— Non, répondit Callie un peu trop vite.

Jenny la gratifia d'un regard perplexe.

Beth roula des yeux.

— En fait, je sais que vous êtes au courant toutes les deux. Enfin bref, je suis… sortie avec M. Dalton.

— As-tu couché avec lui? s'enquit Callie.

— Non, mais j'ai failli.

Elles gardèrent le silence un instant.

— Mais, hum, Jeremiah m'a surprise quand je sortais de son bateau hier, poursuivit-elle d'une voix égale en plaçant ses cheveux derrière son oreille. (Jenny remarqua un énorme suçon dans son cou.) Et je me demande comment il a su que je serai là-bas.

Jenny serra les lèvres et constata que Callie faisait la même chose. Elle n'avait rien dit à personne, mais Callie avait sûrement dû le faire. Quoique… comment Callie l'avait-elle appris ? Beth croyait-elle qu'elle l'avait balancée ?

— Je n'en ai aucune idée, répéta Callie sans regarder Beth directement dans les yeux.

— OK, marmonna Beth.

— Tout va bien ? demanda Jenny. Avec M. Dalton et tout et tout ?

Beth haussa les épaules. Elle ne savait pas quoi répondre. Elle aurait voulu être plus adulte pour leur dire la vérité : que pendant qu'elle regardait Eric se déshabiller, la façon dont les garçons de son âge tâtonnaient nerveusement et s'emmêlaient les pinceaux avec leurs vêtements lui manquait, comme s'ils ne parvenaient pas à croire à la chance qu'ils avaient de sortir avec une fille comme Beth. L'expérience manifeste d'Eric l'avait fait flipper. Elle aimerait revenir le voir et lui dire d'un ton assuré : « Hé, grand garçon, prends-moi maintenant », mais elle ne pouvait pas. Elle n'était pas prête. Naturellement, elle tenait à raconter tout cela à Jenny et Callie, mais elle avait affirmé à Callie qu'elle avait perdu sa virginité il y a quelques années avec ce Suisse à Gstaad. De quoi aurait-elle l'air si elle avouait la vérité maintenant ?

Les filles sirotèrent leurs boissons en silence, attendant que Beth réponde. Jenny se pencha en arrière. Elle se dit qu'elle avait de la chance. Elle n'était pas la petite amie d'Elias, mais elle savait que s'il finissait par se passer quelque chose entre eux, ils ne feraient rien de mal. Ce serait super bien. Il fallait simplement que Callie se réconcilie avec Brandon…

— Hé, fit Callie, brisant le silence. J'ai une idée. (Elle se releva non sans mal et sortit de la chambre en courant. Elle revint rapidement, munie d'un livre épais relié de cuir rouge. Il arborait l'inscription HIBOUX DE WAVERLY, 2000.) Dans le salon, ils en ont tout un tas, y compris qui remontent aux années cinquante.

— Un vieil annuaire ? dit Beth. Nous ne figurons pas encore dans celui-ci.

— Non, mais M. Dalton si, rétorqua Callie avec ironie.

— Oh mon Dieu, ouvre-le! s'exclama Jenny.

Elles ouvrirent l'annuaire à la section des terminales puis à la lettre D comme *Dalton*. Il y était, en smoking de diplômé, avec ce même sourire « J'ai quelque chose derrière la tête, mais vous ne saurez jamais quoi ». Il faisait bel et bien cinq ans de moins, mais demeurait toujours aussi mignon. Elles fixèrent la photo en silence.

— Je pensais que l'on découvrirait peut-être que c'était un gros abruti, obsédé par la PlayStation et recouvert de boutons, reconnut Callie d'un ton solennel. Je me suis dit que ça pourrait aider. (Elle haussa les épaules.) Mais visiblement ce n'est absolument pas le cas.

— Allez, contre-attaqua Jenny, nous n'avons qu'à trouver l'annuaire de son année de troisième. Je vous garantis qu'il doit avoir une tronche de monstre. C'est vrai, quoi, tout le monde a l'air d'un abruti en troisième.

— Même toi? s'enquit gentiment Callie.

— Oh non, je n'ai jamais été une abrutie. Si tu voyais mes photos de cinquième! J'étais en plein trip « polaires Old Navy ». C'était supersexy.

— Beurk, fit Callie en riant.

— Ouais, quand vous rencontrerez mon père, il se fera un plaisir de vous montrer les photos.

Beth lui donna un coup d'oreiller.

— Tu es tellement bizarre!

Jenny se mit à glousser et rendit son coup à Beth. Une plume s'échappa du coussin et atterrit sur la lèvre de Callie, recouverte de gloss MAC collant, ce qui fit rire Jenny encore plus fort. Peut-être était-ce le rhum, mais elle était survoltée.

Soudain, un coup fut porté à la porte. Les filles s'immobilisèrent sur place.

— Le rhum, murmura Callie. Sous le lit.

Elles cachèrent les verres non sans mal, et dans leur hâte,

même l'annuaire 2000. Callie ouvrit la porte à la volée sur Marymount, Angelica Pardee et M. Pardee, tous agglutinés sur le pas de porte en bois.

Oh non, songea Jenny. *Ils ont changé d'avis. On va toutes se faire virer. Merde, merde, merde.*

— Cette chambre est assez grande pour quatre, observa Angelica d'un ton songeur en passant la pièce en revue.

— Il nous faut juste un lit supplémentaire, ajouta M. Pardee. Il y a déjà un bureau de libre.

Callie, Jenny et Beth se regardèrent. *Quatre* ?

— Hum, pouvons-nous vous aider ? demanda Beth.

Elle tenta d'ouvrir la bouche au minimum en parlant afin que les professeurs ne sentent pas son haleine empestant le rhum.

— Les filles, annonça Marymount, j'ai une nouvelle intéressante qui, j'en suis sûr, va vous enchanter.

— Quoi ? (Callie était perplexe.) Vous allez caser une autre fille ici avec nous ?

— Pas n'importe quelle autre fille, dit M. Pardee en souriant. Votre vieille amie Tinsley.

Les trois camarades de chambre devinrent silencieuses. Callie et Beth se dévisagèrent, yeux écarquillés. Les yeux de Jenny effectuèrent des allers et retours entre elles deux. *Tinsley* ?

— Attendez, fit Callie d'une voix perçante. Que dites-vous ?

— Vous nous avez bien entendus, répondit Marymount d'une voix tonitruante. Le corps enseignant a décidé de réintégrer Tinsley.

— Et elle se réinstalle… ici ?

— C'est exact.

« Waouh » fut tout ce que Beth parvint à dire. Les autres filles opinèrent du chef.

— Flûte alors ! ajouta Jenny.

« *Flûte alors* » résumait parfaitement la situation.

CallieVernon : Tu es à l'autre bout de la pièce, mais je ne veux pas que Jenny entende ce que j'ai à te dire.

BethMesserschmidt : OK, balance !

CallieVernon : Je me demande s'il y a de la place pour Tinsley et Jenny sur ce campus.

BethMesserschmidt : Que veux-tu dire ?

CallieVernon : Je sais que tu sais ce que je veux dire.

BethMesserschmidt : Bon d'accord, elles ont toutes les deux ce petit truc en plus. Et si elles devenaient meilleures amies ?

CallieVernon : Ou s'arrachaient les yeux.

BethMesserschmidt : Ça va être une année intéressante...

CallieVernon : Je le reconnais.

BethMesserschmidt : À ton avis, comment Tinsley a pu être réintégrée, d'ailleurs ?

CallieVernon : Elle a peut-être fait une *lap dance* à Marymount... Il paraît qu'il adore ça.

BethMesserschmidt : Tu es crade !

CallieVernon : Mais c'est pour cela que tu m'aimes.

BethMesserschmidt : C'est vrai. Pour l'instant en tout cas...

Achevé d'imprimer sur les presses de

BUSSIÈRE

GROUPE CPI

à Saint-Amand-Montrond (Cher)
en août 2006

FLEUVE NOIR
12, avenue d'Italie
75627 Paris Cedex 13

— N° d'imp. : 062501/1. —
Dépôt légal : septembre 2006.

Imprimé en France